金由汀　短編集

JN114469

社会評論社

目次

たまゆら

なあ、あんさん、どない思いはります？

師走ちゅうたら素人はんも入ってきて、ネズミ一匹とて通りにくいほどの人出だっしゃろ。それが、市ん中ぁ自転車が通っていくほどガラガラだ。昔はあんさん、押しあいへしあいしもって、さあ、さあ、売り手も買い手も殺気だって、な。あっちからも、こっちからも銭ぃ握った手が出てきたもんだ。奈良の羅漢さまのようだったんだっせ。顔三つに手が六本、それらが何体も何体もまるで襲いかかるようだした。いっぺんに手ぇが出てくるんだ。

あてらは、早よぉおくれんかいな！　いう声で焦りましたんや。この品もんにあの品もんと、客が釣銭のいる銭など出そぅもんなら、どなっても怒られなんだ。そんなときだ。こすっからい目をした婆さんを目の端にとめてもどうもならんかった。婆さんはいつの間にか、手品みたぁに手元の袋に品もん入れよる。一年に一度のかきいれどきだってんで、一割ほんどは目こぼししたんだす。そりゃ、あわわ、ちゅう間に一日が終わったんだ。それが、どうだい、どこもかしこも物が売れんで、魚まで色褪せて見えるがな。ええい、げんくそ悪い。この鶴橋の卸し市でこんな按配なら他も知れたこと。あてがここで店ぇ張って六十五年、こんな年は初めてだ。

鶴橋っちゅうところは、だ。早ぉから鉄道が三つも敷かれたさかい、遠くは神戸、奈良に京都、三重や伊勢から、もっと遠くは名古屋からも買い出しに来たもんだっせ。スーパーとやらがあっちこっちに出来たって、なにぃ、ここはビクともせんかったちゅうに。ここの魚はどびきり新鮮ときたもんだ。まんだ星の出てる時間に、伊勢や和歌山から活きた魚が届くよってにな。乾物だって捨てたもんじゃあないさな。だいいち艶が違うねぇ。それに国際市場のキムチだあ。なあ、あんさん知ってなはるか？　ここいらには日本人とおんなし位のチョーセンが村ぁ張ってたんだ。うん。あてが生まれる前からだ。えっ？　今はカンコクってか？　カンコクっちゅうのんは新しほう。あてらの知ってるのんは大仏さんがでけた頃からだっせ。戦前から飴や薬草を売りに渡ってきなはったチョーセンだ。なに、あてらと見分けがつけられん。子の代、孫の代までなったらあてらと混じってしもうてわからんがな。

えっ、ずっと大阪やてか？

あては大阪で生まれたんやがね、あての両親っちゅのんが東京は浅草の生まれ、チャキチャキの江戸っ子だったんだす。震災でなにもかも無くなってしもうてあんさん、命からがら大阪に流れてきたもん同士が一緒になってあてが生まれたんだと。てて親は早ぉに死んで……。そうさな、あてが十歳くらいやったと思うで。女にえらいもてたらしいがの、酒と博打に明け暮れとったちゅうがな。けどな、あてがしもやけになった足の指をカイ、カイ、言うて掻きまっしゃろ、それが膿んだ時、てて親があての足の指をタコ糸で縛ってから針でピュッと刺したんだ。あては、痛い言うてワアワア泣きましたんや。ほたら、てて親が自分の親指と人差し指に力を入れて、あての足指からどす黒い血い出してから、あてに餡をくれたんだ。今でも、四十ワットの裸電球が灯いたら、そのことを思いだしまんねん。あては、涙目ぇでぼぉっとしてたんだすけどな。

せやけど仕事もせん極道もんだした。あての父親は。けんど、博打で当たった日にゃ、そら、ごちそう食べさしてくれまんねや。ええべべ着せてもろて繁華街に出ます。ええか、おなごは世帯くさぁたったらあかん、小股のきれあがった姉さんていわれるくらいにならんとあかん、てなこと言うてました。えっ、それがなんだす？　どこが小股のきれあがったって？　そのグローブみたいな手ぇに目やにのついた目ぇ、おまけに背中が曲がってやてか。まあ、あてのことはよろしいがな。そんなええ思い出もひとつかふたつ切りだっせ。一文もない日の方が多いんだ。

その頃いうたらあてらは京都にいてましたんや。そやから、なんだ。あての言葉は東京弁の母親と、あっちこっちと流れて住んだ時の言葉とが混じってまんねや。地の人に比べたら新しいいうたら変どっしゃろけど、底のしれたあるとこはチョーセンと一緒だんな。あては戦争が終わるまで、ずっとあっちこっちの貧乏長屋に住んでましたんやけどな、なんでそないに宿がえしたんかてか？

へへへ、てて親が博打で負けまっしゃろ、負けたら夜逃げしまんねや。てて親が死んでからもひとつ所に落ち着かんのが癖になっとりました。そうだんな、いっちゃん長ぉ住んだ大阪は北の、レンコン畑に囲まれた長屋のことは、よぉ覚えてま。あてはそこで、国民がっこにあがったんだす。いえね、二年しか行ってまへなんだかい、えらそうなことは言えまへんけどな、読み書きそろばんはできるよってに不都合はおまへん。それにあては、言葉も出んうちから人の話をじいっと聞いてたらしいんだ。四日にいっぺん銭湯に行きまっしゃろ、ほたら、のぼせてても、おばはんの口元見てまねしとったちゅうで。せやから、大人の話もあるとこまでは理解できて早ぉからおませだした。

そこがどんだけ貧乏かって？　あんさんに説明してもわからんと思いまっけど、ちぃと雨が長ぉ降ったら畳まで濡れまんねや。そやさかい、晴れた日にゃ長屋中で畳を干しますんやで。あてら子どもは、雨の日は、どぶ板が浮いてんのがおもしろうて、ピチャピチャと水遊びのつもりで遊びましたんや。せやけど、いつも一緒に遊んどった、あてよりひとつ年下のたー坊、へぇ、ほんとの名前は知らんのだす。そのたー坊が足の甲にひっ掻いた傷がありましたんやがな、そこにばい菌が入ってそれが元で死によりましたんや。医者なんぞに患る金なんぞありまへんやろ、痛い痛いって唸ってる内に声も出んし、顔が黒ぉなって腐った魚みたぁな目ぇしたなと思ったら冷たぁなってしもた。白い菊の花が玄関にありましたわ。それが弔いですわ。生まれたのが嘘みたいでんな。今でもあてはたー坊の顔がどんなやったか思いだせんのだす。目がどうやったか鼻はどっちに曲がってたかな、て考えまんねんやけどな……。影が薄いちゅうのんはこんなこと言いまんねんな。けどな、たー坊の声だけは覚えてますねん。男やのに、女みたいに甲高い声で、いーちゃん待って……言うて、あての後ろについて歩きまんねん。へえ、あては、いしいう名ぁやさかい、いーちゃんだす。たー坊は、ベッタンやらしたら弱いよってに、べったんに油ぁ塗りたい言うてましたんや。なんで油を塗るてか？　油を塗ったらよぉすべりまんねん。たー坊がお母ちゃんに油ちょうだい、言うたら、べったんなんかに塗る油なんかあらへん、て怒られてましてんやけどな、そんなに簡単にあきらめしまへん。いつまでも泣いてぐずるよってに、たー坊、終いには遊びひとつでも工夫しとっかけられてましたで。たー坊は遊びひとつでも工夫しとったんやけど、あっさり死んでしもた。あてと大違いや、な？　その時、あては思うたんだ。死んだら終いや、犬や猫とどう違うんやろか。

そうそう、あてのとなりの家には男ばっかり三人棲んでましたんやがな、夜になったら出かけまんねやと。あては早ぉ寝るから知りまへなんだけど、朝になったら共同水道であての母親も混じって噂しまんねや。泥棒一家やと。ほんでも長屋のもんは盗りまへんのや。なに？　盗るもんがなかったんやて？　へへへ、そういうたらそうだんな。あてはその泥棒一家の怖い顔、へえ息子の方はなんともおまへん。せやけど、おやじさんはギョロッとした目ぇがとびでてる上にみみずみたぁな血管が走りよって怖い顔だした。そんなおっさんの顔を普段から見てまっさかい、どんなおっとろしい顔が出てきてもどうもおまへん。あては、その家の前では立ち止まったらあかん、て言われてましたさかいにな、いっつもかけあしで通りすぎてましたんや。ほんだらあんさん、びっくりしまっせ。ある日、その家に女の人が棲みはじめましてな。玄関に花柄ののれんがかかりましてん、わぁ、きれいなぁって見とれてましたで。なんやしらん、赤や黄色が混じった模様やったと思いますぅ。風がふいたら家の中が見えましてん。リンゴ箱でっしゃろなあ、おんなじ花柄の布れを巻いてちゃぶ台にしてありましたわ。それにも見とれてたん覚えてます。なんでかいうたら、それまで走りながらでもその家の前を通りながら見てたんは、先の見えん、今にも吸い込まれそうな真っ暗なとこだしたやろ。あての母親がその女の人のことを褒めてましたで。そうそう、あての母親は人の好き嫌いがはっきりしててあきまへん。向かいの、というのんは、長屋は東西に向かいあって建ってましたんや。あてとこは東向きやよってに、朝ぁ一番は陽が入りまっけどな、向かいはきつい西陽しかはいりまへんよってに、いっつもいがみおうてたみたいだ。あての母親は、向かいの大工の嫁はんはお里が知れたぁるって、口をへの字にして言うてました。というのんも、その大工の嫁はんいうのんが、色の黒いきつねみたいな、いうたらなんですけど、細ーい目したうりざね顔の昔美人なんやけどね、夕方になると決まって湯に入りに行きまんねや。

その恰好いうたら、あんさん、こう、胸んとこで湯桶に手を添えて、下駄の音たてて素足につま先で尻ふりふり踊るように歩きまんねや。あてら、子ぉはぞろぞろと後ろについて、その嫁はんのまねして尻ふって歩きまんねん。ほたら、怒ったらよろしいのんに、澄まぁして行きまっしゃろ、あてらはおもしろうないよってに散り散り帰ってきますねん。せんど経ってからその嫁はん、顔から首にかけて真っ白けぇに天花粉《てんかふん》塗って帰ってきますねん。あての母親は、こんな長屋に妾がおる、いうて白い目ぇ光らして睨みますやろ、ほたら、その大工の嫁はんも負けてぇしまへんで。唇真っ赤に染めて、大工はんが帰ってきたら頭のてっぺんから声だして笑いよりまんねん。そこの大工はんは稼ぎがよかったんかして、それみよがしに、はしりのサンマをオンボウ焼き、へえ、新もんなんぞあてらは口にできまへんなんだ。サンマの背ぇが磨きすました鏡みたいに光ってました。そのサンマに粗塩ふってわざわざかんてきを外に出して、真っ黒けぇになるまで焼きまんねん。えらい煙だっしゃろ? 長屋中に匂いを撒きちらしよるわ、醤油をかけるジューたらいう音が聞こえるようだした。あてらのお腹はクーッと絞るようだっせ。それからまるで宴会だ。うるさいよってに、あての母親はこめかみに絆創膏を貼って、鍋ぇ叩いて家ん中回ってましたで。そんでも、雨が三日も続こうもんなら、その大工はんの家からなんともいえん、悲鳴が聞こえてきますねん。あての母親が話してるのんを聞いて、あては、セッカンてなんやろなぁ思うてましたけどな。男の気分次第で、女が地獄と極楽を行ったり来たりしてどもならん、て、あての母親が怒ってました。そんな時、もうひとつ覚えてる言葉があての心に念仏みたぁに残ってますねん。どっちを向いても耳のええ乞食ばっかりだ。鼻の利く乞食はおらん。関西っちゅうところは食い意地が張ってみっともないねえ。あたしの生まれた浅草なんぞ、金は天下の回りものってね、べらぼうめ、明日は明日の風が吹くって言ったものさ。みんなで貧乏して分け合って食べたものさ。これからは誰も頼りにでけん。いし！　へえ、あては、午年生まれだんねやがね。なんでも、石みたいに動かんややこやったらしおっせ。それで、いしいう名ぁがつきましたんやと。あんさんも女やいうて澄ましとらんと、しっかり働きなはれや、男なんか頼ったらあかん、て言うてお終いだした。

　そうそう、あんさん、聞いてなはるか。

　その長屋に、チョーセンが居りましてな。チョーセンの家は子だくさんで、いっつも栄養失調だすやろなあ、腹がポコッと出てましたで。あては、今はこんなんですけんど、あの頃は引っ込み思案で、へへへ、ほんまでんがな。長屋の子ぉらとよぉ遊びまへなんだよってに、たー坊がおらんようになってからは、いっつも見てましたんや。チョーセンの子ぉら。ベッタンやらビー玉なんか強ぉおした。長屋にはよぉけガキ、いや、子ぉがおりましたさかい、自然と親分子分ができて、子分はぞろぞろと親分について歩きまんねや。なんでかって？　紙芝居なんか来ますやろ、金のないのんは見られぇしまへん、けど親分が水飴を買ぉてくれまっから見られますんや。そやから、普段から親分の機嫌をとりますんやな、小そぅても一人前だ。けんど、チョーセンの子ぉらは絶対に子分にならへん。兄弟で固まってま。ほんで、ベッタンやらビー玉で親分が負けますやろ、ほしたら子分らが、大けな声で、チョーセン！　言うて逃げまんねん。こんなんで借りが帳消しなんやろな。

　けんど、そこのチョーセンのお母ちゃんは、いっつも朝早ぉに長屋中のどぶそうじをしてましてな、好き嫌いのはげしいうちの母親が感心してましたで。

　そうそう、チョーセンいうたら、しょっちゅう法事やいうて、人が集まって賑やかどした。そんな日は前の日から大掃除しはるよってに、ははーん、明日やなぁ、て母親が言うてました。当日は、朝からごま油と肉の焼けるええ匂いがしましてな、すきっ腹にはたまらん匂いどした。なんでも、ご先祖様が来はるんやいうて、玄関の戸ぉ開け放してありまっから、よぉ見えましたんや。指くわえて見てるあてらに、なんやしらん、家で作った油もちのはじっこなんかくれましてな。今でこそごま油なんぞ珍しいこともなんともおまへんけどな、甘ぁい油にざらめ砂糖がまぶしてありまんねや。あてら、喉に落ちていってもその指を長ぁいことなめてましたんやで。そら、おいしかったでっせ。あてらはそれをええことに、お腹が空いたら玄関に立って、おばはんらの作ってる手元をじっと見ますんや、ほしたら、できたてのよもぎ餅なんかをくれました。なんでも、春先の新芽の柔らかいのを摘んできたんや、いうてそっから話がはじまるんかどうか、蕨を採りに山に入った話らしいんやけど、日本語じゃない言葉が混じるよってに、あては訳がわからんかったけれども、周りの大人が言うてた、汚い、臭いチョーセンジンの話と、そこに居てた底ぬけに明るいおばはんとが合わんで、しがめっ面してたらしいんだ。おませな子ぉやこの子は、言われてたん覚えてまっせ。おばはんらは、新聞紙を敷いたところに輪になって、手も動かすけんど大きな口をあけて笑うたりしてにぎやかどした。ちらちら見まっしゃろ？　夕方になったら、なんや字ぃの書いたぁる屏風を立てて、その前にごちそうを並べてました。ろうそくに灯が点もりましてな、木のええ匂いがしますねん。風の向きに灯がゆらゆら揺れて、いつか、雑誌かなんかで見せてもろたお能の世界と一緒だした。あのええ匂いはなに？　て聞きましたらな、サンカジ（済州島の方言）いうて、香木でな、この匂いを嗅いでご先祖様は迷わんと来はるんや、て。そらそうやな、いっぱい家があんねやから、迷うわなあ、なんて、判ってんのか判らんのかしらんけど納得しましたんや。親戚の長老みたいな人が筆ですらすらと、戒名なんですかな、白い紙に書いたもんを屏風の真ん中に張ってました。その紙がご先祖様やろなあ、そこへ大きな、怖い顔したおっさんたちが代わる代わるお辞儀してなはった。大きな背を丸めて頭を畳にすり寄せるようにだ。不思議な光景だした。

日が代わる頃にご先祖様があの世に帰りなさるとかいうてはじめてお膳をばらしなはるんやけど、その頃あては寝てますからよぉわからんけどな、お供えした蕨や肉なんかをひとつかみずつ屋根に投げはるんやと。なんでも、鴉《からす》に食べてもらうんやて。なんでかて？　鴉は神さんの遣いやと信じてはるんや。それで大騒ぎだ。鴉が朝の早ぉから来まっしゃろ、カーカーと叫んで屋根の上を旋回いうんですかな、回りますやんか。絶対、もっとくれぇいうてまんねんで。うるさいし、ごみは散らばるしで、家主が飛んできまんねや、毎度、毎度。ここは日本やさかい、そんな不潔なことしてもろたらあかん、てどなりますねん。ややこしい話いだすやろ、普段はどんだけきれいねんや、ほんまにおもろいわ。ほんでもあるときなんぞ、大けな声したかと思うたら、お膳をひっくりかえしてえらい騒動だした。あての母親がそのたんびに言うてましたんやがね。なんでチョーセンのお母ちゃんはあないに亭主に従順なんやろなあ、て。借金してまで先祖供養して、ほんで死ぬほど働いて……訳がわからん。母親の親戚なんぞ、亭主に見込みがない思うたら、さっさと追んでて鉱山師や、土木建築師なんかの妾にでも収まってええ暮らしをするんが今の流行りやがなあ、とかな。

　そうそう、あんさん、あての話、まだ聞いてくれはるか？ん？　忙しいてか。そうでっか。ほなら、手ぇ止めんときなはれや。あっちもこっちも忙しい、忙しいて、なんでそないに走りまんのん。ほこりがたつがな。

　あてのてて親はあっけなく死んだんだす。戦争でも行ってくれてたら恩給でも出まんのになあ。宵ごしの金はもたんっちゅう江戸っ子だすやろ。金もないのんにキップばっかり大きいそんな人間が、そんでもある時期ちょっとばかし船場の足袋問屋に丁稚に出てましたんやと。誰が考えても勤まりまへんわなあ。丁稚いうのんは冬でも袷一枚で、店の掃除から始まって一日んち中、荷の梱包やら受け渡しに配達、おつかいに走りまわらんとあきまへん。夜は夜でちめたい板場で正座して帳面読みだす。帳面読みいうたって大したことおまへんけどな。帳尻が合わんかったら合うまでやらされますねんて。眠たい目ぇでなんぼしたかて合いますかいな……。へへへ、いつの間にかてて親の肩もって。てか？　ちがいまんがな。当たり前のこと言うてますんやで。あんさんも心あたりありまっしゃろ。夜になんぼしたかって合わん計算が朝にしたら合ってたやなんて経験。それだすがな。それでも時代でんなあ。無駄なこってす。あてのてて親はそんでも役者ばりのええ男前だしたんだと。女衆が競っておにぎりを内緒で差し入れてくれたそうだす。丁稚のご飯いうたらお粥ばっかりで腹持ちが悪いうえに、力もでまへんけどな。女ちゅうのはどこまでもあほだ。すぐに気になる男に肩入れしよる。それがあきまへん。てて親でのうてもこうなったら女がどないかしてくれる、とこう思いまんねやな、辛抱でけんようになりまんのや。

　ある日、番頭はんのお供をした時のことだ。帰りにおいちょかぶの賭場に行きましたんやと。そこであてのてて親は悟ったんだすな。どうせよそもんのおいら、こんな丁稚奉公したぁってのれん分けなんぞ夢にも叶わん。それに比べてこの番頭はんは大して能もないくせしてうまいこと甘い汁吸いよってから、賭場ならまだしも、遊郭にまで供させて、わしをぜんざいひとつで外で待たしよる。人間の一生なんぞ苦しかったら長いもんやが、ええい、楽しい目ぇしてええもん食べてええもん着て太く短く散って何が悪い！　とこう思うたんだ。ちがいまっか？　そんなてて親がてめえは女にもてるっちゅううぬぼれがありまっしゃろ、それに啖呵《たんか》ばっかりが大きい。ある飲み屋で、あてのてて親が、流し目をくれとった姉さんにちょっかいをだしたんだと。その姉さんには、ちょいと怖い兄さんがついてましたんや。美人局《つつもたせ》だんなぁ。謝ったらよろしいのんに、謝ったたって金がいる思うたんだすやろ、酒に任せて大きく出たんだ。それで出刃包丁でブスリと。あての母親は報せを聞いてかけつけたそうでっけどな、涙も出んかったたって言うてました。なんでかって？　そらあんさん、仕様がおまへん。いっつも掛けの集金が来るってぇと、てて親いうたら母親の髪をもって引きづり、殴る蹴る。ほんでから死ぬ、死ぬ、いう芝居をしまんねや。そんなくりかえしだっしゃろ、おまけに、掛けもでけんようになったら余計に暴力をふるうんだすな。まるで体でも売ってこいとでもいうみたいだしたそうな。あては、殴られた後の母親をよぉく覚えてま。てて親が暴れだしたら怖いでっしゃろ。パアーッと外に一目散に逃げまんのや、イタチばりにすばしこぅおまっせ。それで、シーンとなってから家ん中にそーっと入りますとな、戸ぉの幅だけ光が入ってましてな、その光の中をふわふわと、髪の毛ぇが踊るように上にぃ上にぃあがっていきますんや。まるで生き物のようだした。お岩さんじゃありまへんけどな、母親が泣きながら髪を梳いてますんや。なんや、あてまで悲しいなってしもてな。あんさんも泣いてくれはんのか？　なんや、湿っぽうなってしもたな。なんでこんな話になったんやろ。そうや、あての生い立ちを話しはじめたんやなあ、ごめんやっしゃ。

そりゃあねえ、あんさん。あては、今じゃあ背中も曲がって歩くのにも不便なこってすがね、セリ、いえね、あてが勝手にセリや言うてまんねんけどな、買い出しだすわ。値のかけひきでは誰にも負けやぁしませんよ。この三輪車は足が地につくんで便利でっせ。なんせ、あての足ちゅうんが、見ての通りくの字に曲がったままだっさかいにな跨いだり、漕いだりするのに重宝しまっさ。へぇ、ちりめんじゃこを売つてんのに、なんでかってか？　カルシユームっちゅうのんは、育ち盛りにしっかりとらんとあきまへんなあ。それにぃ、あれが無くなってからだっせ、この背中が曲がってきたのも足がこんな風になってしもたんも。へえ、あての足は三輪車を降りても伸びまへんけどな、ハンドルを持ってた手ぇをこう、へぇ、膝に添えて歩きまんねや。すり足でそろそろと歩きまんねん。能楽師のようだっしゃろ？　東部市場の若い衆は、ええい、じゃまだ、じゃまだ、どけどけい！　と威勢がよろしおま。はじめは邪見にしよってからに、あてが転んだりすると、まるでトドがひっくり返ったみたいや言うて笑いよりましたがの、しょっちゅう通ってるうちにあてをのけて通ってくれるようになりましたわ。

へえ、普段の仕入れは二日にいっぺんくらいだすけどな、この頃は師走だっさかいにな、毎日行きまんねや。毎朝二時に起きて、あては一キロほど先の東部市場までこの三輪車で行きまんねん。なんやて？　漕いでんのか歩いてんのかわからんやて？　そうだんがな。ほんでも蝸牛のごとしだっせ。歩を進めていくうちに着きまんねや。

数の子、いくら、鱈にちりめんじゃこ、わかめにくじら、紅鮭、カニなんぞの仕入れ値が按配つきますとな、後は配達してくれまんのや。

なにね、最初はおっさん、いや、亭主がセリに出かけてたんですがね、うちのおっさんはあかん。安ぅ落せたら得したいうて呑み、高かったら高いで、高ぉてどもならん、いうて酒を呑む。あんた、こないに高いもん、商売になりまへんがな、言うたら、今度は安いのんは安いんでっけどな、艶のない、すぐに売りもんにならんようなもんを仕入れてきまんねや。文句を言う先から、なんか文句があんのか！　とあてを封じこめまんねや。ありゃ生まれてからこのかた、体とあそこだけ大きゅうなって頭の方は成長しとらん。人の嫌がる仕事でもなんでも工夫しながら必死に働いとるチョーセンをちょっとは見習え、と思いまんのやけどな、口にはよぉ出せしまへん。ほんで、あてが代わりにセリに出る言うたら、もめたのなんの。あてはまだ四十の元気な頃やったさかい、強引に押し切ったんだ。

なんせ、おっさんのすることというたら、酔いの冷めた昼ごろになって慌てますねん。あんた、仕入れの大口は終わってますがな言うても、男っちゅうもんは、てめえのことは棚にあげて、女のするこっちゃどもならん、と酒の肴にしよる。けんど、今思うたら、内心はシメシメと思うてたんちゃいまっか。

乾物屋なんぞ、この鶴橋の卸し市だけでも八軒が並んでまっしゃろ、すでに出遅れだ。そんな時に限って市に家庭の主婦なんかがウロウロしまんねや。卸しと小売りの境って昔はあったんだすけどな、うちみたいにええかげんな商売してると狙われまんねや。ほんま、うっとうしいでっせ、あんさん。この頃の主婦いりたら厚かましいんだ。おやっさん、これ、偽装してへん？　て、はじめにかましよる。あほぬかせ、正真正銘の淡路産じゃ。おっさんがむきになって言いまっしゃろ、ほたら、黒目を横に流して、そう？　じゃあ、味見していい？　とこうだ。一キロ単位で売ってたもんが、あんさん、一〇〇グラムほしいんやけどぉ、男前のおやっさん、こっちのこまい方、塩かげんがどないか、もう一回味見さしてぇな、てなこと言いまんねん。唇を赤く塗りたくったおなごが首をかしげておっさんを見て、一〇グラムほんどつまんで食べよりまんがな。ええ。うちのおっさんはとたんに目じりを下げて、へえ、へえ、よろしおま、なんぼでも味ぃみておくんなはれや、言いよる。たった一〇〇売んのに、味見で一〇グラム、おまけやいうて、秤の先が止まらんうちに手ぇ離すよってに一〇〇は超えてまっしゃろ、往復であんさん、一二〇グラムはいってまっせ。この頃の主婦いうたらあんさん、秤の針をじーっと見まんねん。おっさんはそれだけでもじもじしまんねや。ほんであてが文句言うたら、男のすることにいちいち口だしすな！　つて睨みよる。なんだんな、男っちゅうもんは、この、女のおしろいの匂いとくすぐりに弱いんでんな。そんなに損してまで売って、あんた、なにを考えてまんねや、言いまっしゃろ。ほたら、早ぉからあの時には役にたたんようになった男が大きな啖呵をきりまんねや。商売っちゅうもんは、損して得とれいうんじゃ、ぼけ！

あてはあほらしゅうておなごを睨みまっしゃろ。ほんでまた喧嘩の種が増えますんや。おまえ、悔しかったらあのおなごはんみたいに、口紅でも塗ってそのしわを伸ばしやがれ！　えてこみたいな顔して、たるんでっさかいにくしゃみでもしようもんなら、水洟《みずばな》たらして色気もくそもない、いっつも前掛けにウロコつけやがってえ……。あては、好きこのんでウロコなんぞつけてぇしまへん。卸し市をうろうろしよりますとな、ウロコがあての方に寄ってきますんやで。えてこみたぁな顔言いまっけどな、目ぇが大きおまっしゃろ、それに唇が厚うおまんねや。誰に似たんか、産毛いうのに、ひげみたあに毛が強いときてま。そんでもこの顔のおかげで、周りはんがびびりよるさかいに、昔は銭湯でも行ったらあんさん、シャーッと洗い場を開けてくれまんねや。芋の子ぉ洗うみたぁに混んでてもだ。あては、ただ、目ぇが悪いよってに目ぇを細めただけだす。それでも、顔のこといじられたら憎ったらしいでっせ。

えっ？　ほたら、なんでそんな男と一緒に居てるんやてか？　そこだんがな。うちの亭主はこんなぼんくらでっけどな、力もちだんねや。女が男に負けるっちゅうたら腕力だけと違いまっか。頭が軽い分、なんだんな、神さん仏さんはうまいぐあいに人間を作りなはったな。いえね、ほんとのところはそれだけではありまへんな。そうそう、思いだしますわ。

　戦争が終わったちゅうたら、その時あては、大阪に居たんだす。鶴橋界隈は一面焼け野原でなあ、あんさんも知ってなはるやろ？　なあ。どないして生きていったらええんや、と途方にくれましたなあ。そんでも、空襲に逃げまどわんでもええ分、気ぃが明るうなりましたな。なんにも無いはずが、すぐにバラックがあちこちに建って、闇市場がでけましたなあ。そこに行ったら、出てくるわ、出てくるわ、なんでもあるんやから。大けな鍋で汁もんを炊いてるからなんだすやろぅと思うたら、進駐軍の残飯を集めて売ってなはる。びっくりしましたなあ。そんなんでも生きていくために食べましたんやで、あてらは。ピースやコロナちゅう煙草なんぞ、警察と専売局がなんぼ取り締まったって次の日にはまた売ってましたやろ。戦争で孤児になった子ぉら、目ぇギラギラさせて走りまわってましたなぁ。靴みがきやら、ホタル売りなんぞけちくさい商いもありましたな。夕暮れて、だんだと暗ぁなっていくと心細うなってあてみたいなじゃじゃ馬でも泣きたぁなりましたけんど、暗闇の中でホタルの光が頼んないねんやけどピカピカときれいでな、いっとき、ちんまい頃の夏に縁日にいてるみたいで、ほっこりしましたなあ。

　あんさん、耳だけはまだいけまんねやな、さっきからにこにこしてうなずいてなはる。体が動かんようになって、ほんま、あてら、不自由でかないまへんな。あんたは口が達者やてか？　そらそうでっせ。あてがしゃべらんようになったら死んでまんねや。

　鶴橋は梅田や天満に比べて無国籍みたあな賑わいどした。ここも、そらもう、なんでもありだしたな。それまで、虐められとったチョーセンがへーバン！　へーバン（解放）言うて踊るように歩いてましたな。そらそうやわな。あてらがズカズカとよそのうちに入って行ったんやさかい、今度はあてらがうちへ入って来られて仕返しされんのや、とちょっとはびびりましたな。そやけど、入るうちもなし、お互いに生きていくのに必死やさかい、そんなこともおまへんかった。反対によぉ助けてもらいましたで。なんせ、チョーセンの人ら、生きるっちゅうのに逞しゅうできてま。買い出しも、チョーセンのおばはんに教えてもろうて行きましたんやで。字ぃも知らんのによぉ判りまんねやなあ、なんでですのんて聞きましてん。ほたら、目ぇと口さえあったらどこにでも行けます、やて。あべこべやがな。

　あてと母親とがある時、ようよう乗れた列車で……。列車いうても乗ってるもんがいけずして戸を開けよらへんから、連結部でちめたい風にふかれて縮こまってたんだ。芯から冷えてなあ……。あてと母親はかぼそい腰に米を捲いてたから余計に冷えて、水みたぁなうんこがしょっちゅう出ましてな、そんな苦労してても、なんでか判るんだんなぁ、そらそうやて？　そうだんがな、キリギリスみたいな首に今にも折れそうな肩やのんに、腹だけが膨れてるんやさかい。検査で皆、没収されてしもうて。ほんま、どんだけしんどい目ぇしたら人生が終わるんや、とヤケになりかけましたわ。その時、うちのおっさんがあてらに玄米を分けてくれましたんや。ほんで、おっさんが言うのんに、鶴橋のガード下にわいの連れ、チョーセンの兄やんが分けてくれた場所があんねや。こないに買い出しに出てる間ぁに、隣の奴に越境されたらどもならん。あんた、わいと世帯を持ってそこで商売せぇへんか？　なにぃ、わいの身内はみんな空襲で死んでしもうた。おかんも一緒に来たらええがな、とこう言いましたんや。あての母親は、恩給のあるひとりもんの爺さんの後添えにでもと思うてましたんやがな、東京弁の女はきつう見えるらしいんだ。なかなか縁がおまへん。二坪もないところの、あんじょう留守番だっけどな、内心、これで永久就職でけたとホッとしましたんや。それに、ここらちゅうたら、人がうじゃうじゃしとりましたさかい、なにを売っても商売でけましたんや。なかなかこんな運はおまへん。へえ……としおらしゅうに返事したんだす。その時のあては、べっぴんで通ってたんだっせ。

せやけど、女に優しいっちゅうんは、あてにだけ優しいのんと違いまんねやなあ。後になって気づきましたんやけどな、もう遅いんですわ。そんなこんなでここで商売して今まで来ましたんや。

鶴橋の卸し市っちゅうのんは、魚やとひっついてるさかい、いっつも水が流れてて芯から冷えまんねん。おっさんは酒で体ぁ暖めまっけどな、あては、もったいのうて一所懸命に商売しましたんやで。そのせいかどうか、体が冷えてしもうて、とうとう子ぉひとりも産めん石女《うまずめ》だす。それで、おっさんが、よその女の尻を追いかけてた時、子ぉでも作ってきてんかいな、て言いましたんや。さびしゅうてたまらんから子ぉ育てたいわ、言うたんだす。今でいうペットたらいうのん飼うのとおんなし気持ちだすな。ほたら、男っちゅうもんは可笑しい動物だんな。な、なに言うとんねん、わ、わしは知らんど。て、慌てよりましたわ。ほんであてはピーンときましてん。その日は、おっさんが朝からそわそわしてっさかい、ははあーん、今日やな、と見当をつけておっさんの後をつけましたんや。ほたら、生玉はんの境内から、だらだらと坂を下りたとこの長屋で、おっさんいうたら、こんまいぼんの手ぇつないで歩きよりましたわ。横には、へえ、あてが見たらどこにこのおなごのええとこがあるんやろ思うような、ションベン臭い田舎娘だ。

そうや、おっさんいうたら、あてをくどいた時とおんなし顔をしとりやした。額をのばして目じりが下がり、唇の端をあげてま。それであては合点がいきましたんや。あてはもうトウのたった四十女だっしゃろ、情けないやら悔しいやらで一晩泣きましたけんどな、あとは却ってすっきりしましたんやで。

　あんさん、もう好きにしなはれ、言うたらあんさん、ここが男の不思議なとこだっさ。手ぇ切って帰ってきよりましたんや。あてはもうひとりで商売できとったし、毎日日銭が入るよってに、おっさんなんぞ居てもおらんでも一緒だした。かえって夜のお勤めせんならんのがじゃまくさぁおした。あてかて、まだいけてましたよってに、この際なんぞおもろいことでもしよか思うてましたんやけど、うまいこといきまへんなあ。ほんでも帰ってきたおっさんを追い出す訳にはいきまへん。元はというたら、おっさんの運で、こないなええ場所で商いできたんやよってに。

　ところがあんさん、聞いてくなはるか。それからのおっさんいうたら、ネズミみたいなちっこい目ぇキョロキョロさして、運が尽きたんいうんか、次第に元気がおまへんのや。あんさん、つまらなさそうにしてんと、あのおなごとぼんのとこ行きなはれや言うたんだす。ほたら、あのおなご、道頓堀の飲み屋に勤めだしてから、えらい垢抜けよってからに、ええ旦さんでけたからはいさいなら、言いよってん。あのぼんかっておれの子ぉかどうかわからん、とこうだ。あんた！　それでも金玉ぶらさげた男かいな、自分とかかわりのあったおなごのこと悪ぅ言うたら男がすたりまっせ、て言うたんだすけどな。なんでんな、女はそれこそ命がけで骨ぇきしませて子を産むっちゅうらしやんか？　そやさかい理屈ぬきで子ぉがわかるんやろうけど、男は実感がないんでっしゃろなあ。

　たまゆらもこころーて、なんでんねん、いきなり大声だして。たま……、てなんです？　へえ、一瞬、あっという間、てかいな。あんさん、学のあるお人でしたんやなあ。ほんでも、あんさん、チョーセン、いや、カンコクちゃいまんのん？　正真正銘の日本人のあてが知らん、古ーい言葉やら、よぉ知ってなはるな、えっ？　ちっこい時日本人やってんて？　ガッコ行ったら教えてくれたんや、てか？　ふうん、よぉでけたんやなあ。あては銭勘定しかでけんけどなあ。いっつも、たまゆらもこころーて言うてなはんねやなあ、昔の栄華に生きてなはんねやなあ。あてはそんなええこといっこもおまへんけどな、あての一生もあっという間でしたわ。なんです？　一生があっという間やのうて、夢みたいな時があっという間、たまゆらやてかいな。どっちゃなでもよろし。あんさんもあてもお互い、死ぬ時は平等や。ハハハ。あてな、このことがかたき討ちしたみたいに嬉しいんだ。

い〜し〜さぁ〜ん、目ぇあけてやあ、夕飯ですよ〜。

へぇ、もう夜だっか？　今日は何日だす？　へぇ？　もう正月が過ぎて二月やて？　あて、なんでここに寝てますねん？　あんさん、誰だんねん？

ヘルパーですよぉ。いしさん、市場で軽トラックにはねられてここの、大腿骨いう骨折れたんよ。手術してからこのホームに来たんでしょう？　ベッド上げるよぉ。あら！　またや！　いしさん！　おむつ破ったらあかんやんか！

そやかて、あて、ひとりでおしっこできまっさ。おしめするくらいやったら死んだほうがましや。

　なに言うてんねん、布団やシーツが濡れるやろ！　あれ？　おかしいな、足の感覚があれへん。あて、どないかなったんかいな。

　だからあ、毎日、毎日、おんなし話ばっかしせんといてぇな。いしさん、おとなしゅうしてんと、また包帯で縛られますよ。

なんで縛られますねん？

　いしさんね、夜も昼も見境なしに、ええい、どうだい！言うて啖呵きってから、長々としゃべりますやろ。静かにしてねぇ、言うたらその腕ふりまわして、ヘルパーをどついたんやろ。壊れたテープみたいにおんなし話ずっとしてるのん知らんの？

　あほぬかせ！　人をボケ扱いしやがって。もうすぐ夜があけるがな、セリに出んとどもならん。どいてんか！

　ああ、またや。手ぇ振り回すよってにごはんが落ちてしもうたやん。うち、知らんよ。今日は余分がないで。

　ふん！　どいつもこいつも、やや子扱いしやがって。あてはまだまだやりまっせ。あては、な。鶴橋っちゅうとこで六十五年、店ぇ張ってたんだ。

　あては、あては……みしぇへぇはあってぇ、はぁぁてぇへへ〜ぅぅ。

（二〇一五年「抗路」）

イカ釣り

初夏の月の光が、漆黒の闇の中を、青い透明な妖しさで海面を照らしていた。

錆びかけた船尾に、塗り込められた共和国国旗の青と赤が見えた。

ピシッ、ピシッと細かい水滴が円窓を叩いた。それは、月の光を受けて強く反射し。李俊一の眼に突き刺さるようだった。

二等船室は十畳ほどの広さで、内装は濃いベージュ色に統一されていた。向かいあって壁際に二段ベッドがある。部屋の中央に丸いテーブルと椅子が二脚置いてあった。李俊一は、ひとり、船酔いで苦しむ男たちを無視して、煙草をくゆらし椅子に座っていた。消灯時間が過ぎていた部屋は、弱燭の電灯が彼の影を壁にぼんやり写していた。李俊一は、甲板のざわめきの方へ耳を傾けた。歓声が聞こえてくる。彼は煙草をもみ消して立ち上がった。部屋の空気が動き、影が動いた。

新潟を出航してから丸一日過ぎていたが、李俊一は、同室の祖国訪問団員たちとの接触を極端に避けて、声をかけられないように、同室の男たちと視線を合わさないようにしていた。彼が部屋を出ようとした時、同室の男三人は、ベッドであお向けに、あるいは横むけにしていた体を起こし、顔を見合わせほっとしたというように眉を延ばした。猪首の男が耳に当てていたイヤホーンを外して、向かい側のベッドに寝ている痩せぎすの男に話しかけた。ラジオの音が洩れた。ドアーに手をかけた李俊一の肩が動いた。

「どこから来ましたか?」

「山口から……」

「誰が?」

「姉がふたり……」

「どこに?」

「元山と、平壌と……。いつまでこうして訪ねることが出来るやら……わたしが帰国を勧めたのでね……罪ほろぼしに……」

「アイゴ……」

会話は、船酔いも手伝って断片的であった。NHKの深夜放送からテンポのあるアナウンサーの声で、『母を語る』

という番組が場違いな明るさで聞こえてきた。李俊一は振り返って、顎をひいたまま上目使いで音のする方を睨んだ。

「船に乗る時に、そのラジオがよく許可されましたな」

二段ベッドの上から、白髪の男が声をかけた。猪首の男は、

「贈物だと言えば訳ないですよ、ええ……。アイ！、わかってますとも……」

と場違いな憤怒にやりきれない、といった風に眉をしかめてボリュームを下げた。

凡ゆる衝動を自分の中で殺すことに慣れた李俊一は、気取られなかったかと、一瞬の内に顔をあげて構えたが、男たちは打ち解けていた。漠然とした気がねがなくなっている。お互いに離散家族の悲哀を語れる兄弟であることを認めあっていた。それは、その場限りの旅先での親密さだった。こうした親しみは、将来において尾を引かない感情があった。しかし、それ以上の会話は弾まず、そこには淡々としているが、抑揚のない声、深い溜め息があった。そして男たちは、李俊一が部屋を出た後ヒソヒソと、

「今のは、共和国の人間ですな」

「どうして判ります？」

「あの目と、体臭ですよ」

万景峰号の中は、ペンキ臭と機械油と犬や猫といった動物的な匂いが混じった一種独特の匂いがしていた。猪首は、そこまで言ってから、首をすくめてベッドにもぐりこんだ。

「そういえば、スッソ、オディンミカ？（宿舎はどこですか）と聞いたら、チョデソヨ（招待所です）と言ってましたな」

痩せぎすの男は過去に総連の組織で働いていたことがある、と言って李俊一から只ひとつ聞き出したことを言った。

「は、はぁーん……。では、今のは労働党のお偉方か、工作員ですかな？」

白髪の男が身を乗り出して言った。

「いや……そこまでは……」

痩せぎすの男はそう言って、苦しそうに体の向きを変えた。

猪首は、猿のように狡猾そうな眼をぎらつかせて、

「そうですとも！

あんなに色が白いのは、政府高官か、工作員ですよ！

人民は、誰も彼も真っ黒に日焼けしていますとも」

と言った。

甲板に出た李俊一には、青黒い波が白いしぶきをあげて岸壁に打ち上げる音が聞こえた。彼は耳の底でワァーン、ワァーンという声を聞いた気がした。

月は真上にあり、元山港を前にした万景峰号と灯台だけが闇の中の人工的な灯りだった。海岸地帯は真っ暗で、山の稜線がかすかに空との陰影を作っている。

錨を降ろした万景峰号は七〇〇〇トン級の船だが、ブブブーンといった振動を最後にエンジンが止まった。なまぬるい風が李俊一の鼻孔深く潮の香りを沈ませる。

船べりでは、タコ糸に鉤をつけただけの、信じられないほど粗末な仕掛けで、ヤリイカやするめイカを釣りあげる乗務員がいた。祖国訪問団の案内員たちは、その側でシャツをまくりあげ蝶ネクタイも外してしまっていた。次々と釣りあげられるイカをバケツに入れている。

祖国上陸を前に昂揚しつつある訪問団の一行のうち、船酔いもせずに元気な少数の人間たちは、もの珍しさも手伝って彼らを囲んだ。乗務員たちは慣れた手捌きで糸を引き、海面でイカの腹が膨れるのを見定めてスミを吐かせたあと、甲板の上のバケツの上で鉤を逆さにした。すると、いとも簡単にイカはバケツの中に落ちた。透けて見えたイカの胴は、ヒクヒクと震え次第に白くなっていった。プラスチックのような、ふねと呼ばれる軟骨が抜かれると、イカはだらしなくひしゃげてバケツの外に落ち、まるで泳ぐように甲板の上を滑った。

「ヒャーッ」

「イカパーティやわ！」

「手でちぎるんやでー」

訪問団は、民族学校の高校生も含めて、全国から集まっていたが、逞しい関西人はここでも主導権を握って仕切っている。イカを頬張る初老の女は、乗務員のイカを捌く手順を俄かに覚えていた。尻を浮かし蛙のような格好で座りながらイカをちぎっていた。それをバケツの水で濯いでから、ほれっという風に投げた。それを受けた高校生たちは、一瞬驚いて顔を寄せたが、興味も加わってか口に入れた。高校生たちは、祖国訪問団と合流して修学旅行に向かう途中だ。

「ヒャーッ！　こ、こんなにおいしいイカを食べたん初めてやわ！」

イカの足を口からはみ出し、シャキッ、シャキッと咀嚼する音を立てて女子高生は言った。

「アンコウの肝みたいー」

イカのはらわたを口に入れた中年の女が黄色い声を出した。はらわたは女の前歯でひき千切られ、女の口の回りは黄土色に染まった。ロビーへと移動していく人たちと捕れたてのイカのバケツを持った案内員は動いたが、まだ八人ほどの乗務員たちはイカ釣りを続けていた。彼らはアタリがあった時、糸が重くなるのか、前屈みになった態勢を立て直すかのように、ぐっと反り返って糸を引きあげていた。その反復作業は一定のリズムを持っていた。言葉もなく、静かに動いている。そうしている内に男たちは、一段落をつけるという風に、鉤のついた糸を順に船べりの紐にかけていった。煙草をゆっくりとくわえ、振り返って李俊一に初めて気付いたとでもいうように眼を止めた。男の眼は、船べりに尻をつけてもたれて腕を組み、睨むように彼らを見る李俊一に、一瞬強い視線を浴びせたが、すぐに眼を反らせた。前屈みに立って伏し目がちの李俊一の眼は、時折強い三白眼になって灰色の光を放つ。五十歳にしては皺でたるんだ首筋を、李俊一は水色のポロシャツの襟を立てて隠した。彼は訪問団員ほどには、イカに食欲を覚えなかった。それよりは、むしろ懸命にイカを釣る人の姿が、驚くほど静かな、満ち足りた恍惚感を彼に与えていた。機械的に動く様は、月の光を受け青黒い海面に影を作っていた。

ロビーに出ていった人達は、食堂に陣取り、捕れたてのイカをワサビ醤油で食べている。

「メッチュ（ビール）は五百円、五百円」

若い乗務員は、肩から吊した籠に冷蔵庫から出したばかりの、水滴のついたアサヒビールの三五〇㎖缶を詰めて売って歩いた。いつの間にか再び蝶ネクタイをきっちり付けて、汗を流しながら、忙しく訪問団の間をぬって走りまわっている。

「アンネウォンソンセンニム（案内員先生）、こっちもビール持ってきてや」

呼称だけはていねいだが、大阪からの中年女は、船の中だけの案内員や乗務員には、チップも出さずにこき使う。

「イエー、チャンカンマムキダリセヨ（はい、少々お待ちください）」

よく訓練された乗務員は、そんな中でも丁寧に答えていた。

李俊一は、いつまでも船べりに立っていた。

「明日のおかずはイカだらけやろなぁ」

大阪弁の嬌声を聞きながら李俊一は海を見た。乗務員たちが糸を引っ張ると、イカは逆さになって上がってきた。水しぶきを立てていた。イカがプルルンと跳ねると水しぶきが散った。李俊一はまるで音のない花火を見ているように思った。花火……確かに彼は、青や黄、緑が見えるようだった。しかし、それは一瞬だった。彼は感傷をふり払うかのように顔を上げて星を見た。ふっと、強い磁力のような輝きを持つひとつの星に引きつけられていた。それは十文字に光を放っていた。

二十八年前の、一九七一年夏……。いきなり、李俊一が査問委員に引っ張られて行った夜も、こんな夜だった。

その年の春、平壌音楽大学大学院に進み、作曲の勉強をしていた李俊一は、査問委員会に掛けられ調査を受けていた。それは、人知れず日本やアメリカの情報を集めているという疑惑を受けたのだった。李俊一は、十歳で帰国した際にラジオを持っていた。そのラジオは、平壌放送以外は聞けないようにハンダづけされていたが、いきなりプレスリーの曲が流れてきて彼はハッとした。おもわずハンダ付けしていた部分を見たが、長い間に接合部分が剥がれていた。定期的な検閲時に報告せず、そのままにして、日本からの放送を時折聞いていたのが、隣人の密告によって見つかってしまったのだった。息を詰めて聞いたプレスリーやビートルズのメロディー。そしてなにより懐かしかったのは、幼いころを過ごした土地の言葉だった。李俊一をすっぽり包んでいた母の腕のような響きであった。懐かしさの後は、目も眩むほどのためらいと興奮が、李俊一の胸を支配した。

その時の李俊一は、祖国忠心を誓って画一的で戦闘的な英雄的行進曲、そして逆に彼の感情とは別に、抒情たっぷりな金日成個人崇拝の曲を作らされていた。李俊一は満たされていなかった。彼の心の中からは、押さえても押さえてもほとぱしり出る旋律があった。矛盾した思いをぶち明けたい衝動にかられていた。しかし、査問委員会はそれを認めなかった。キーポ（日本からの帰国者を呼ぶ蔑称）と呼び、油断ならぬ奴として徹底的に思想教育を受けた。それは自己批判から始まり、出生からの生い立ちと現在の彼を、これ以上ないほどに潰してしまうものだった。頬にアザのある細い目をした幹部は、李俊一を見据えて、おまえを育てた言葉や感情には、被植民地人としての卑屈な意識が流れていると、断言した。なるほどそうだろう。彼は、日本人の母と朝鮮人の父との間に生まれた。生まれた時から十歳で父の国に帰国するまで、日本語で考え日本語で語っていた。父は父の国の人間として彼を育てたかったのだろう。それまでの、根無し草のような日本での生活の中でも、李俊一の家族は比較的にましな生活を送っていた。それは彼の父に紳士服の縫製技術があったせいであったが。しかし、父は彼の将来について不安を抱いていた。独立した祖国は社会主義社会で、皆が平等に暮らせて教育費や衣食住が全て保証される。ありがたい社会だということを彼の父は信じていた。

いきなり、朝鮮人として立ちかえることを求められ、祖国といわれて差し出されても、李俊一はとまどうばかりだった。民族意識を駆り立てて努力してみても、彼を培った言葉はときに日本的な感覚を露呈する。日本的な特性は、ものごとの是非を正すよりは、平穏である状態を優先させようとする余り、ＹＥＳか、ＮＯということを嫌うが、李俊一はこのラジオ事件でそれを思いしらされた。うわべだけの自己批判をしていた彼は、不穏分子として収容所行きを宣告されたのだった。頬にアザのある幹部は、ただひとつおまえを救う道がある、と言った。そして二晩考えろといって、李俊一を檻の中へ入れた。その檻は、一メートル四方の床に、高さが一メートル二十センチも無いところであった。立つことも寝ることもできなかった。李俊一は膝を折り曲げた状態で生温い尿の感触を臀部に覚え、ブルブルと震えた時から涙を流していた。それからは、出るがままに汚物は垂れ流していた。中からは見えないのぞき窓が開くと、かろうじて片腕が入る位の隙間から、アルミの皿に乗せられたエサが放りなげるように入れられた。李俊一は、顎がはずれたかのように嗚咽し、鼻水と涙を流し、手でそれを口に運んだ。三日目に現れた、頬にアザのある細い目の幹部は、涙と汗と汚物にまみれ、這いつくばって出てきた李俊一を見据えて、こうして一生を過ごすのか、それともおまえの特技を生かせて、首領様のしもべとなって、共和国の闘士として働くのか？　と言った。そしておまえのような不穏分子を見つけたらすぐに報告せよと……。李俊一は囚われた犬になった。

万景峰号の底に近い二等船室に戻って、ベッドに横になった李俊一は、上着の左側の襟に付けている胸章を見ていた。楕円の真ん中にキムイルソン将軍の顔が描かれている。忠誠の印としての胸章が、日本にいては何の役にも立たないのに、上陸するとその階級差がこの胸章ひとつで歴然とする。李俊一は改めて自分の存在価値と自分の仕事に耐えうるためには、自分で自分を形成しなければならない習性とを思った。

李俊一には、資金調達の指令が降りている。北海道、仙台、東京、大阪、倉敷と、同胞の店や家を訪ねて歩いた。パチンコ屋の事務所に入ると、塩でも撒きたいかのような眼と緊張の眼が彼を迎えた。焼き肉屋もしかり。どこも、バブル経済がはじけたといって、不景気に呻吟していると言った。すでに潰れて、跡形もなく違うビルが建っていたりした。ぬるい茶を出して、窮状を訴えていた経営者たちは、それでも、共和国に離れて住む親や兄弟の近況を伝えると、後でホテルを訪ねて来た。目的は達成された。それらを思いだして、李俊一は深く溜め息をついた。

李俊一は、窓から見る空の色に、夜明けの近いことを知った。空は真っ暗な中に灰色が混じっていた。寝付かれずにいた彼は部屋を出た。

甲板に出てみると。空の色はまだ暗かった。人気のない万景峰号の灯は、先の勢いが削がれたかのように暖色の光の帯を海へ長く延ばしていた。そして、どこかこっそり遠慮気味に作業する音がした。

船べりには、先の仕掛けを使って一心にイカを釣る男たちがいた。目の回りに黒い隈を作り、ランニング姿の彼らは、機械油にまみれ、痩せてはいたが腕の筋肉は発達していた。男たちの動作は、先の乗務員たちの優雅さとは比べるべくもなく、ありありと分かる程に殺気だっていた。李俊一に気がついた男がギロッと彼を見た。油にまみれた顔にひらく大きな眼は充血していた。唇は歪み、その眼が回転して彼を睨んだと思ったら一瞬、怯えたような光を放った。いや、李俊一にそう見えただけなのかも知れなかった。思考を奪われた者のみが放つ光であった。檻の中の李俊一の眼であった。グルッと回った黒眼は剥きだされ、白眼は赤く澱んでいた。檻の中で獣のように手でエサをつかみ、寒さに震え、汚物にまみれて孤独に追いつめられ、果てしもなく続く恐怖と、囚われの身の怯えた過去の李俊一を鮮明に浮かび上がらせた。

今、李俊一は、かつての自分が今の李俊一を睨んだように思った。一瞬後ずさった彼は、なぜ、人間はこうまでして生きるのか！　という腹だたしさを抱えていた。怒りが李俊一の胸の底から激しくこみあげた。彼は船べりに手を掛けうなだれていた。彼は、たかがイカ釣りではないか、わたしはこのような底辺に生きる人間ではない、わたしは共和国のエリートではないか、わたしは特権を持っているのだと、自分で自分を納得させようとして冷や汗をかいていた。彼は、深呼吸をしたが息を吐くのが苦しくなっていた。脈搏がどんどん早くなっているのが判った。そして、ひとたび生きて、そして死んでいく以上は、生きることも死ぬことも共に肯定したいと李俊一は強く思った。

太刀魚に迫われて、滅多に浮いてこないイカの群が、水面すれすれに近づいてきたかと思うと、また逃げるように深く潜っていった。太刀魚の肌が、今にも消えいりそうな万景峰号の灯に反射し、刃先のような銀色がにぶく光った。

（二〇〇一年「白鴉」）

ぶどう

一

じりじりと暑い八月の午後だった。

車窓に西日の強い熱線が当たっているためか、わたしの額から汗が流れ出て頬を伝った。ガラスを透過した西日越しに歩道橋を潜ったバスは、光と影を交差し、一瞬バスの中が陰って、すぐに視界が真っ白になった。

わたしは、バスの真ん中の席に座っていた。わたしの座っている席は、バスの進行方向ではなく、左右対面式に長椅子がしつらえてある。わたしは、外を眺めるのも本を読むのも面倒になっていた。日除けの端から、光りが繊光のようにに入っては消えた。

姫路城が見える停留所から、ふと気付くと、わたしの前に白い服の女が立っていた。向かい側の席の前に立っているため、女の後ろ姿の全身が見えた。俄かにわたしは、半睡の状態から抜けた。女は、日除けから漏れる光りを遮って影を作った。白い肌の、痩せたというより無駄な贅肉のない、均整のとれた立ち姿であった。ショートにした髪の耳朶にピアスの金属ネジが見える。首から腋にかけた思いきった断ちの上着から、細い肩がもろに出ている。タイトスカートから細いまっすぐな素足が出て踵のないミュールを履いている。女の細い首や腰、白い腕からは、丈夫なだけが取り柄の女房を想像するのには無理があった。女の、栗色に染めた光沢のある髪や、緊張した襟足、肩のえくぼのようなくぼみ、細い足首などは、よく調和のこれた和音を奏でるような均整が見えていた。腰高で弓がしなったような腰の線は、お産の経験がないのを物語っている。わたしは、女の顔を瞼に浮かべた。卵型の顔に細い眉、豊かな睫にふちどられ、やや茶色がかった黒と白練のような部分の眼、象牙のような肌、内耳をのぞくときっと細い血管が透けて見えるだろう。声はアルトか、ソプラノか。

城の周囲をバスは大きくカーブしながら走った。わたしの足が遠心力に押され浮いて、上半身が進行方向に傾いた。女を見ると、彼女もやや半身を傾かせ、右足を軸にして、左足を浮かせた。その刹那、足が開いた。すると、スリットの間から、左腿の内側が見えた。五百円玉くらいの、火傷らしい傷があった。それは鈍色に縮れて皮膚を引きつらせていた。わたしの眼はそこへある恐れをもって釘づけになった。女は意識したのか、すぐに足は閉じられてしまった。わたしの脳裏にその傷が鮮明に焼き付いた。濡れた手でドライアイスをさわったように、キーンと脳髄にまで衝撃が走った。わたしの中の記憶が怯えと共にめまぐるしくかきたてられた。

その時、この女の不幸か悲しみのようなものが、わたしを襲った。この根拠のない感情は、病的なまでにわたしを捕らえて離さなかった。それは、激しく、淋しい感情であった。わたしと健一を棄てて逃げた母親に、わたしは、許せない、と言った。しかし、心のどこかで母親を否定しきれぬ複雑な感情をもち、吐いた言葉に訳もなくうろたえ、唇を噛んだ記憶が蘇る。わたしの意思とは裏腹に、自律神経の乱れが出てきた。動悸が激しくなり、息が苦しくなる。奥歯に力が入り、苦しくなるほど息を吸う。息を吐かねばと、意識すればするほど呼吸が乱れ、胸が締め付けられていった。

ジョウサイショウマエ（城西小前）……というアナウンスがあった。女とわたしが降りて、わたしの前を歩く女は白いパラソルを広げた。わたしの前を軽やかに歩く。わずかに尻をふって、爪先立ちのように歩いた。ケーキの箱を持っている。わたしの額から胸、腋にかけて、じわじわと汗がふきでてきた。太陽は、じんわりと女とわたしを焼いていた。その中を女とわたしは歩いていた。重い錘《おもり》を嵌めたようなわたしの足取りに比べて、女は、軽やかに、屈託のない調子で爪先立ちで歩いている。わたしも爪先で歩くといって、祖母にうとまれた記憶が蘇った。いつからわたしは、すりあしのように踵をつけて歩くようになったのだろうか。いつも、爪先で歩くといって、祖母にしかられていた。

『ああ、おまえがそんな歩き方をすると、あの女を思いだして胸が苦しくなる。おまえの母親は、乳の形が崩れるといって、おまえを産んですぐに、母乳を切ってしまったんだよ。アイゴーッ、犬や豚でも我が子には、自分の乳をやるというのに、出ないならともがく……。アイゴッ、母親の乳を吸ってる赤ちゃんを見ると胸が痛いよ。それにい、洗濯物を干すのを見て、わたしは、たまげたよ。つまんで、そのままロープに止めて、それで終いだ。白い便器もアンモニアで真っ黄になって……。アイッ、思いだすと、胸が苦しくなる。おまえが遊びにきたら、三歳にもなるというのにパンツの中に、おまえはいつも小さいうんこを挟んでたよ。おまえはいつも、イーイーと夜泣きしてぇ、わたしは訳がわからんから、一晩中、りんごをすりおろしてやったり、抱っこしたり……。おまえの弟が生まれて、男の子だからちょっとはましに育てるかと思ったら、一緒だから……。日本人はこんな育て方をするのかと言ったら、逃げてしまったんだよ』　祖母の声が聞こえるようだ。

木の桟が櫛目のように入った引き戸のある傾きかけた家と、トタン屋根の廃屋と隣あわせに、しゃれたモルタル塗りの二階家がある。辻のところに一軒、駄菓子屋があり、『かき氷』の旗が吊ってあるが人の気配がなかった。低い屋根が続くので、狭い道路が広く見える。しかし、城の周囲と違って緑が少なく、どこを見ても埃っぽかった。陽射しを遮る木や軒も、日陰も、極端に少なかった。人が住んでいる証拠には、家内工業のようなモーターのうなる物音がして、機械油のような匂いが漂っていた。やがて柳の木の側に、古い木造校舎のような建物が見えてきた。白い柵が細い道に続き、軽自動車が道の三分の二を占めていた。予約していた面会時間が迫っている。

二年前に覚醒剤を持って自首した健一が収容されている少年刑務所だ。健一は覚醒剤では初犯であったが、高校生の時にけんかをして相手を傷つけ、鑑別所に入った前科があった。そのことが関連しているのか、一年前に実刑の判決が下りて服役していた。少年刑務所となっているが、成人した受刑者も多いらしい。

突然わたしは、額が冷たくなり、血が下がって足がふらついて、しゃがみこんでしまった。白い服の女以外には何も見えなくなって、眼の前が真っ暗になった。目頭を押さえると、暗闇の中で女の健康骨と腰骨がまるで骸骨のように左右に揺れて動いて見えた。白い骨が揺れる。揺れながらカラン、カランと音をたてている。いつの間にか、その骨に顔がついていた。それは母だった。眼底の底に沈むように、母が遠のいていく。わたしは、追いかけて走っている。ハアー、ハアー、と息を切らし、走って、走って、つまづいて転んだ。すぐ側に母がいる。手を泳がせながら起き上がって、もたれかかろうとすると、母は消えた。

血が上ってきて、あきらかに幻覚と気付くのに何分かかったのだろうか。瞼を押さえて起きあがって眼をあけた。すると、白い服の女がその門をくぐるのが見えた。面会にケーキ？　わたしは、いきなり冷たい水をかけられたかのように、女の白痴ぶりに気ぬけしてようやく覚醒した。女は守衛所に入り署名をしている。守衛所にいた大柄な巡査は、全身からシャワーでも浴びたかのように汗をふきだして、それをぬぐいもせず女を確認し、マイクで奥へ連絡している。署名を済ませた女はバックから煙草を取りだして火をつけた。左の人差し指と中指に挟まれた煙草は細く長い。顎をつきだして伏し目になった女の、低い鼻梁と赤い唇とが見えた。女は、砂利の混じった広場を横ぎって、待ち合い所へ入っていった。女の左手は、手の平にお盆を持つ手つきで空に向き、赤い火のついた煙草が燃えている。ミュールガ砂利にひっかかり、女はかすかによろめいた。

続いてわたしも署名をしてから、砂利の混じった広場を渡って、面会待ち合い所へ向かった。待ち合い所まではどこかの校舎のようだったが、奥には、三階建ての煉瓦の建物が続いている。小豆色の要塞のようだ。そこへ西日が当たるとまだらな臙脂色が燃えていた。わたしは、本と現金を窓口で差し入れ申請してから、低い庇の待ち合い所に入った。そこには四畳半ほどの広さの隅に置かれた十四インチのカラーテレビから、映りの悪い映像が流れていた。すでに女の姿はなく、ちぐはぐな椅子が並び、これも椅子とは不釣合な、天板の剥げた低いテーブルがあった。その上で空き缶をくりぬいた灰皿に、赤い口紅のついたタバコが、埋火のごとく燃えていた。右の壁には、B4の大きさの写真が飾られている。運動会の写真であったり、餅つき大会や、バレーボール大会の写真、書道や絵画クラブ、職業訓練などの様子を写したものだった。それらは刑務所という印象を薄れさせるが、受刑者の眼の部分が黒く塗りつぶされていて、ハッとさせられた。更生……か。

『ねえちゃん、俺、今、独房にいてるねん。アッハッハ。謹慎やて……。ちょっとしたけんかしてしまってな。ここにいてたら、本を読んでも時間が余って……、食べることばっかり考えてしまう。ああ、外に出たら思いっきり、食べるぞう……。マックのチーズバーガーにケンタッキーの唐揚げ……。いや、きっと立派な男になってみせる。ねえちゃん見ててや』

いつも、ねえちゃん見ててや、立派な男になる。で締めくくられる手紙からは、ちっとも変わっていない健一の様子が伺えた。元来、健一は、深刻なことにも一向に真剣になるということがなかった。すぐおどける。初めて檻の中で正月を迎えた時なども、

『今日は正月。ねえちゃん。餅いりの雑煮が出たで。俺、こんな雑煮より、ばあちゃんの作ってくれたトックッ（雑煮）がええなあ……。でもムッチャおいしいで。ここにいてたら、ホント、食べることと、本を読むことぐらいしか楽しみないねん。また､本のリスト入れとくから､送ってな。ねえちゃんにいっつも頼みごとばっかりして申し訳ないけど、出たら、俺、きっと立派な一人前の男になって、ねえちゃんを助けるからな』

といった手紙を送ってきた。なぜこんなに無邪気でいられるのかと、わたしは手紙を読むたびに腹がたつ。面会をしたといっても、わたしと健一の間に特別な話はない。

『出たら歯を入れような。そのままやったら、まぬけみたいや』

『うん』

『満期までに出られんの?』

『あかんねん。俺、けんかして、謹慎ばっかりや。ハッハッハ、ハッ』

ノーテンキな手紙の内容と、面会して会う健一の姿との落差は、わたしを深い深淵へと陥とす。前歯が抜け落ち、土色の顔と、藍鼠色の囚人服を着た健一の痩せた姿を見ると、また、何日も胸の中にしこりとなって残り、泣くことも、喚くこともすべて徒労のように思えてくる。

健一が十歳、わたしが十六歳の時、別れて九年目に、母と会った事があった。あの白い服の女のような、娘のような姿の母は、ファミリーレストランで、細い外国たばこをくゆらせ、ビールを呑みながら言った。きれいなソプラノで、大きくなったねえ……と。わたしは、心の中で叫んでいた。この女はどうしてこんな中途半端で単純な、ぼんやりとした着想しかできぬのか。親というなら、淋しい思いをさせてごめんね、と言ってほしい。祖母が、疲れた顔をしながら、祭りや正月やと、友達にひけめのないように、とがんばればがんばるほど遠慮が入って、心底甘えられない、このきもちを分かってほしいと思った。今の健一を見ても的の外れたことを言うんだろ、あんたは。

「二十番。金山さん」とスピーカーの呼び出しがあった。わたしの番だ。左側の引き戸が開いて、白い服の女が出てきた。女は眉をつりあげ口を歪めて、頬を痙攣させながら、斜めに倒れるように椅子にもたれかかった。一度に年老いたようにうなだれていた。その眼が真っ赤に、鮮血のように鮮やかな、いや、それよりもっと濃い、凝固した血のような濃い赤に染まっていた。そして、振りはらうように顔をそむけると、涙が一筋、大きく孤を描いて散った。わたしは窒息しそうになった。やっと大きく息を吐いた。

二

二年前の朝早く、電話のベルが鳴った。

わたしは、電話のベルが鳴ると、胸の鼓動が激しく響くようになっていた。

「金山美夏さんかね」

低く、なめくじのように粘った声が、わたしの全身の皮膚を縮ませた。

「おんどりゃ!」

男は突然どなりつけてきた。

「隠したりしたら、承知せんど!」

「な、なんのことでしょう？」

「健一のことや！　居場所が判ったらすぐに連絡せんと、承知せんど！　清原組や！　わかったなー」

ガチャンと大きな音をたてて電話は切れた。ツーツーツーという無機音を耳に、わたしは呆然としていた。またか！　と思う。だが今度は、今までになく切迫した気配がした。とうとう、来るところまで来たと思うと、ワーッと叫びたくなって受話器を音をたてて置いた。

「だれからやぁ……」

祖母の間延びした声がした。祖母が二階から首を出してかしげた。白髪が乱れている。窪んだ眼に、目やにがこびりついている。白い差し歯が黄ばんだ歯の間から見えて、つばが溜っている。無表情の中にも、かすかに察している黒眼の光があった。

「なんにもない！」

説明するにも時間がない。祖母に説明しようと思うと、余計に気が重くなる。帰ってから祖父に話せばいいだろうと思うのだが、いらいらのぶつけるところがなくて、わたしは、洗面所に逃げ込み、ドライヤーの音にまぎれさせて、タイルに手当たりしだいに足や手をぶつけた。その痛みに今の鬱憤を逃れさせた。そして、血が出るほど爪を噛んだ。

たったふたり……。どこまで姉弟という関係がついてくるのだろう。いつもそうだ。健一はどうしようもなくなるところまで持っていく。自分ひとりでさまようのではなく、いつもわたしを道づれにする。憎たらしいが、わたしまで健一を見放したらどうなるのだろうかと思う。健一とわたしは、まるで鼠取りの籠に捕らわれた二匹の鼠のようだ。出口を求めてグルグルと走り回っている。

鳩時計が七時を打った。わたしは急いで化粧をした。

わたしは、地面に張りついたような桜の花弁を見ながら急いでいた。水曜日の今日、オペが二件ある。いつもより早く歯科医院へ出勤しなければいけなかった。

ＪＲの桃谷駅を西へ行くと、『山本歯科』がある。その看板はとなりの弁当屋の旗に隠れてしまい、初めて『山本歯科』を訪ねる人は必ずといっていいほど行き過ぎた。何の変哲もない外観からは想像もできないが、この小さな医院で高度な技術の要る手術をしていた。山本院長は、大学病院で研修を積んだころからの夢で、アメリカに留学した時にその確信を持った、といつもわたしたちに言った。歯槽膿漏の手術はいうに及ばず、インプラント植立手術なども手術日を設け短時間に済ませていた。インプラント治療は、虫歯や歯周病などによって歯を無くした場合の治療法だ。従来の入れ歯と違い、歯の代わりとしてインプラントが顎の骨の中に埋めこまれる。その上に支台部が連結され、新しい歯が装着される。インプラント治療によって出来た歯は、入れ歯と違って、顎の骨に固定しているので安定し、咀嚼も元の歯となんら変わらずに出来るので人気があった。仕事をもった患者には、半日のわずかな時間で済ますことが出来たのと、噛みあわせが悪かったり、痛みを覚えたりした場合など、やり直しがすぐに出来るのとで、山本院長の評判は日に日に伸びていき、診察時間は予約でぎっしり詰まっていた。しかし、その噂とは似ても似つかぬのが、山本院長の風貌だった。精悍なイメージをもって訪れた患者は、まず院長の、眠っているのか、いないのか分からないような眼に驚いていた。院長は五十代で、背は低くずんぐりとした体型でボソボソと喋るので、マスクを通した声は聴きとりにくく、助手のわたしが通訳するような形になった。初診の患者は、チェアーに座ると、眼を左右に動かして落ち着かず、あの噂ははったりではなかったのだろうかと、『山本歯科』を選んだことを後悔している様子がよく判った。

診察時間前の医院の通用口から入ると、急いで着替えて、今日のオペの用意にかかった。『山本歯科』に勤めて八年になるわたしは、この重要な仕事を任されていた。初め、アシスタントとして入ったわたしに院長は、働きながら歯科衛生士の資格を取るように指導してくれ、講習やテストの時など優先させるなど、便宜を計ってくれた。大学を出たばかりの歯科衛生士には、

「金山さんの仕事をよく見なさい」

と言った。勤めて三年目に歯科衛生士の資格が取れた時、同僚たちに院長との仲を勘ぐられたが、わたしはじっと耐え、時間の過ぎるのを待った。今ではそんな噂のあったことさえ、皆は忘れてしまっている。

手術室のチェアーに寄り、患者の顔にかけるオイフが滅菌袋に入っているのを確かめた。オイフは手術する部分だけ穴を開けた布だ。口を大きく開けたところへ被せるので大きな穴があいている。大小とあるが、今日は大の方だろう、と大きい方のオイフを出して置いた。ドクターの使う、骨を削るためのコントラや、インプラント工具を消毒し揃えた。そして、スリーウェイシリンジのボタンを押し、水とエアーが出るのを確かめた。それから、わたしが使うバキュームとエジェクターを手に取ってスイッチを入れ作動を確認し、それらを全て消毒してキャビネットに並べて、手術室のドアーを閉めた。

アシスタントをしている同僚がコーヒーを入れてくれていた。

「先輩、どうかしました？　顔色が悪いですよ」

「そう？」

「生理中ですか？」

「ううん、違うけど、顔色悪い？」

「はい、蒼いです……。コーヒーよりココアにしましょうか？」

「うん、ありがとう、コーヒーでいいよ」

同僚は、上目遣いでわたしの顔を見た。わたしの表情からなにかを探ろうとしているのだろうか、

「先輩、手術日って、わたしのような者は暇ですけど……。先輩のようなベテランでもやっぱり緊張するのですか？」

わたしの顔が蒼いのを、緊張のためと思ったらしい。

「そうでもないけど、間違いがあったらあかんやん？　だからいつもの点検はマニュアル通りにしてるねん。消毒とか、器具の点検もマンネリ化したら、大きな事故に繋がるやろ」

今度はわたしがコーヒーを啜りながら、同僚の顔を上目遣いにして見た。同僚は眼をパチパチと瞬きした。

「そうや、そこが金山さんの偉いところや」

コンピューターの端末機を見ていた年配の同僚が口を挟んだ。彼女は薬剤師の資格を持っていて、『山本歯科』に来て一年が過ぎていた。

「わたしは、今まで大きな病院にいたから、こんな手術をこんな町医者がして大丈夫かなって最初はびっくりしたけど、アメリカナイズされた院長は腕が確かやわ。クレームが少ないのを見てもそれがわかるな。でも、院長はなんでも実力本位で見はるから、余計に厳しさが伝わってくるなあ」

実力本位……。大学を出たばかりの歯科衛生士の同僚は、わたしの助手のような仕事をしている。わたしは、プレッシャーと不安とで胃が痛くなりそうだった。

受付の時計を見ると、八時五十分だった。今日のオペは、九時半と十一時の二件だ。診察日なら、すでに予約の患者が来て待っている時間だが、今日は待合室もガランとして、後は、院長と麻酔医が揃うのを待つだけだ。わたしは、タバコを吸おうとトイレに入った。トイレの鏡を見ると、同僚の言ったように、顔が蒼ざめていた。手術日は化粧を禁止されていたが、うっすらとファンデーションを塗っている上から頬紅をひと刷毛はいた。誰にも心の中を気取られたくなかった。マスクを眼深に被れば、わからないだろうと思った。

わたしは、最初の患者について考えていた。四十代の男性だが、今日の手術をひどく怖がっている。抜歯の際にも、

麻酔が効かないといっておおげさに痛がるので、細心の注意を払っていなくてはいけなかった。

「中へどうぞ……」アシスタントの声がした。九時半になっていた。呼ばれた男性は背を丸めて診察室に入ってきた。インプラント手術を院長に勧められたが、まだ迷っている様子だ。

「昨日の夜はよく眠れましたか?」

院長は抑揚のない声で聞いた。よく聞きとれなかったのか、どう返事をしたものか、と首をしぼめ亀のようになった患者に、わたしはニコッと微笑んでチェアーに誘導した。このタイミングがいいと、院長はいつも褒めてくれていた。『健一ならもっと上手い』と思った。健一は幼い頃から機転が利いた。人の心の動きに敏感で、いち早く相手の心を読み取って動いた。ふたりでトランプのばばぬきをした時など、わたしは健一に勝ったことがない。どうして手の内が判るのか不思議だったが、健一は、姉ちゃんの顔に書いてあると笑っていた。頭の回転も早く気が利いたが、どこへ行っても年寄りからは、きさんじと言われ、楽天的なのんき者と見られていた。だがわたしは、健一の暗い表情を知っている。人の前ではニコニコしているが、ふっと顔を反らすと寂しそうな眼をして、口はへの字に曲がった。それに気づかれると、途端に饒舌になった。そんな時は必ず最初に吃った。

『あ、あのな……、こ、これな』という風に。健一は、表むきの明るさの反動のように、中学生になるまで寝小便をした。まるで夢精の後のように、パンツの前をいつも濡らしていた。そして、眼と肩をヒックヒックと震わせていた。

「薬はちゃんと飲んでこられましたか?」

肩で息をしている患者に院長は尋ねた。全てマニュアル通りだ。手術の前日の朝から当日の朝まで、一日に三回薬を飲むことによって、術後の痛みや腫れが大分収まるのだが、まれに薬を飲まない患者がいるので、要確認事項だった。うなずいている患者にわたしは、

「トイレを済ませましょうね」

と、声をかけ案内した。患者の不安を和らげる意味からも、この、術前のコミュニケーションは、とても大事なことだった。トイレから出てきた患者に、今度は滅菌した白衣を着せてオペ室へと誘導するのだが、この時、今日のような患者の場合には、変に笑顔をつくると余計に不安がるので、わたしは無表情のままでいた。

オペ室のチェアーに仰臥した患者に、麻酔医がモニターを装着した。血圧、心電図、血中酵素濃度などを測定するのだった。黙々と進められる間にわたしは、笑気ガスと酸素の用意をしていた。オドオドと不安がっている人に、笑

気ガスは必要不可欠だが、そんな素振りは見せてはならなかった。笑気ガスは一種の麻酔で、意識は無くならないが、酒に酔ったような状態になり、手足が重くなる。多少気分も高揚するので、怖がりの人の気持ちを落ち着かせ、血圧が急に上がるのを防ぐためでもあった。眼の辺りがトロンとなった患者に、

「もし、痛みがあったら押してくださいね」

と言って、コールボタンを渡した。笑気ガスが効いてきたようだ。

「まぶしいので被せますね……」

オイフを患者の顔に被せた。眼の前には、動物の化石のような骨片を上下に持った大きな空洞があった。光に照らされた奥は、暗い影になっていた。まだためらいがあるのか、舌が動いた。訓練された眼が、それを物として見ていた。わたしは、その時、ハッと気づかされた。生きているのだ。院長が、麻酔医とわたしに眼でサインを送ってきた。これからは感情を入れてはならない世界だった。執刀医である院長が局部麻酔の注射をした。注射の針を見てわたしは、心臓の中を冷たいものが通り過ぎるのを感じた。胸がドクドクと鳴っている。いつも見慣れている筈の注射針が、眼に刺さるようだ。

いつもは寄りつかない健一が、先月の冷んやりとした夜に、

「ね、ねえちゃん、ここ、ど、どこか分かれへん!」

と、電話をかけてきた。二十二歳にもなるのに、泣きじゃくっていた。覚醒剤の幻覚だった。健一にはタクシーに乗るように指示をして、タクシーの運転手に、近くの公園の場所を教えた。祖父母と同居しているわたしは、勘当されている健一を、すんなりと家に連れていく訳にはいかなかった。公園にやってきた健一は、泣きじゃくりわたしは途方にくれた。健一の生活ぶりが、その身なりに現れていた。黄色く染めた髪は根元から一センチも黒い地毛が伸びている。頬は痩せこけて、瞳はうつろに落ち着きなく回転していた。おしゃれだった健一の面影はなく、トレーナーはよれよれになって異臭を放っていた。健一は、しかし、いつもこれから真面目に働くとか、頑張るとか言うが、その舌の根も乾かない内に、わたしを裏切るようなことを何回もしていた。

「ね、ねえちゃん……、どうしたらええんか……、どうしたら……」

健一はこんな時、素直な一面を見せる。だが、それに安心していると、別の健一の一面を突き付けられて愕然とすることがある。健一は小さい時から盗癖があった。わずか、六歳の頃から、祖母のサイフから十円、五十円、と

いう風に始まった。祖母に見つかり、右手を火傷させる位の折檻を受けても直らなかった。大粒の涙を流しワァーワァーと泣くので、二度としないだろうと周りで安心していると、次は知恵を使っていた。ある時、祖母が台所で洗い物をしていると、台所の窓に二階の方からなにやら落ちてくる。ヒラヒラとちり紙を丸めたものが落ちた。同時に、タッタッタッと、階段をかけ降りる健一がいた。外へ走っていき、拾ったといってちり紙を持っていた。その偶然にピンときた祖母が、むりやり、健一の手を開かせてちり紙を剥くと、中にお金が入っていた。なんでお金がいるのか、どうしてこんな手のこんだことまでしてくすねるのか、といっても泣いて謝るだけだった。学校へ行き始めて、人の物を盗んだりしたらどうしようかと、周りは心配したが、その時はそこまでに至らなかった。健一はスリのようにその瞬間のスリルを味わうのか、段々と手口が巧妙になっていった。ある日、サイフの中の札が一枚、二枚、足りないことに気づくという風だった。それは、わたしがトイレに入っている間だったり、寝ている間だったりした。健一は高校を中退してからは、どんな仕事に就いても続かなかった。ある日、ＪＣＢカードとＶＩＳＡカードの振替通知がきて、キャッシングの額に驚いた。カードはただ持っているというだけで、借りた覚えも買い物をした記憶もなかったが、不審に思って調べはじめると、健一は姿を消した。健一は気が弱いくせに大胆なことをする。請求書を前に、わたしはどこへこの怒りをぶつけていいのか、血の気の無くなっていく感覚で、鋏でカードを切り捨てた。

わたしの母は、健一が生まれてすぐにまた妊娠したという。母は、産後四ヵ月で妊娠したことでノイローゼになったのか、貧乏所帯に嫌気がさしたのか、お腹の子を呪うかのように、冷たい水に入ったり、腹を打ちつけたりしたという。病院へ行くお金もなかったのか。その時のことを、祖母は犬畜生にも劣る母親と言った。六ヵ月になっていた胎児は、死産で流れた。男の子だったといった。その時の周りの人間の沈黙と、安堵のような溜め息と、母親の目じりから流れた涙の筋が、わたしの心の中に眠っている。

それからの母は、祖父母にわたしと健一を預けて、クラブのホステスになって荒んでいき、家庭を捨てて逃げてしまった。わたしが七歳、健一が一歳の時だった。この頃の両親の表情は、私の中で鮮明に生きている。セピア色の写真に写る母は、いつもわたしを左に抱いて微笑んでいる。フルバンドでトランペットを吹いていた父を、いつもこうして見送っていた。『いってらっしゃい』と言った母のソプラノ、『イッテラッチャイ』と言ったわたしのアルト、ニヒルに微笑み、キザに手を振った父。積んでも積んでもサラサラとこぼれていく砂のような幸せの構図だった。だが、それさえも健一には無く、健一にとっての母は、掴みどころのない実体のないものだった。祖母は、『冬に向かっていくのに、毛布一枚残さずに行ってしまった女に、子は育てられん』と、舌打ちした。子を包む毛布に気が配れる人なら、子を棄てたりしない、とわたしは心の中で思っていた。

父は、母がいなくなってから、いつもわたしと健一の枕元で泣いていた。わたしは、はっきりとその時のことを覚えている。父は、わたしと健一の頭をなでながら、しゃくりあげるようにすすり泣いた。酒の匂いと嗚咽は一体となって部屋の空気を震わせ、わたしは、眼を開けるのが怖かった。すすり泣きが段々と高じると、わたしはがまんができなくなって、首をふり寝返りをうつ真似をして背をむけた。父はわたしの背中に布団をかけ、ウッ……ウッ……、ウーと言ってむせび泣き、洟をかんだ。もう一度寝返りをうって、片方の眼を開けてみると、父はわたしに背をむけてうなだれていた。夜明け前の薄明りの障子戸に映った父のシルエットは、わたしの瞼に焼き付いた。わたしは、持って行き場のない悲しさで胸がつぶれそうだった。父がしゃくりあげる度に、得体の知れない恐怖がわたしを襲った。そして、母は、わたしと健一だけではなく、父も棄てたんだと思った。健一が泣きだした時、父は、ごめんな、ごめんなと言っておむつを替えていた。

父は、母との結婚が国籍や風習の違いと思ったのか、韓国の女性と再婚した。踊り子として日本にやってきた女の、抑揚のあるとろけるようなソウル言葉は、祖父母を感激させた。捨ててきた故郷の懐かしさと、儒教の教えの通り家を守り、子を育て、家長に仕える嫁をイメージしたのだった。ところが、海を渡ってきた花嫁は、高い踵のハイヒールを履いて尻をふって歩き、金持ち日本にきたのに、どうしてシンモ（食母という女中）がいないのかと言った。炊事などとんでもないと言いながら、キムチと豚足を食べると止まらなかった。継母と銭湯に行くと、わたしにきつく絞ったタオルを持たせ、背中や足の垢をこすれといった。力を入れて、下から上へとこすれと言った。わたしは額から、こめかみからも汗をしたたらせ、垢をこすった。白いかさぶたが剥がれるように垢が出て、黒い団子になっていった。継母の背中から前に回ると、継母の陰毛が膨脹して黒い塊になって眼の前に広がっていた。わたしが継母の足首からふくらはぎへと垢こすりをしていると、継母は自分の腕をこすりながら立て膝をした。わたしの眼の前に広がる鬱蒼とした黒い物の中から、鮮明な赤い血の色をして、歪んで笑っている唇のような物が見えた。突然、わたしは、眩暈《めまい》がしそうになった。訳などなく、陰毛ごと毟ってしまいたい衝動にかられた。すると、いきなり、冷たい水を顔にかけられた。継母は歯を剥きだして何やら言っている。どうやらお湯で背中を流せといったことらしい。お湯を継母の背から流すと、そこは、擦過傷のように赤くなったところもあるが、細い血管が透き通るように見えた。それから継母は、牛乳を手にとり音をたてて、胸や肩、足などにつけた。湯船に牛乳が散って渦になって沈んだ。湯船に浸かっていたおばさんの、しかめた眼に、わたしは赤面しうなだれていた。継母は、整形した二重瞼と、白い歯と、ツルンとした肌が武器と思っているようだった。金以外の価値観を認めなかった。その結婚はすぐに破綻した。それからの父は、わたしと健一を祖父母に預けて、北海道や東京、大阪を転々とした。大阪に居た頃、小学校の三年生だった健一は、参観日の度に、祖母や韓国なまりの女、という風に母親面した顔が変わるので、同級生に、おい、健一、今度のかあちゃんはどんな人や？　とからかわれていた。こんな時、韓国から来た継母は一所懸命に世話をやくまねをした。わたしは、中学生になっていたし、女であることで、祖父母や父の中でどこか放任の部分があって、参観日も知らせずに済んでいた。健一は長男で、跡取りということになるためか、周囲から過度の期待を常にかけられていた。継母は、そんな空気が分かるのだろう。健ちゃん、健ちゃん、と言って健一の顔色を伺っていた。健一はそれにどっぷりと甘えていたが、どこかに嘘が分かるのか顔を歪めることがあった。俄か仕立ての母親は、健一の中ではわずらわしいだけであったようだ。わたしは、バレーボールに夢中になり意識的に逃げていた。健一は中学生になると、東京にいた父の元で暮らした。それが、健一の放浪の始まりだった。東京にいた父は若い女と住んでいたが、健一にとっては母というより姉に近く、慕っていたようだが、その女がある日突然逃げてしまった。健一はそれからシンナーを吸い始めた。父にどういう欠陥があるのか、わたしには判らない。この頃から健一の心の空洞が表面に出てきた。

「気分は悪くないですか？」

わたしが尋ねると、オイフの下の顔が縦にかすかに動いた。

「顔は動かさなくていいですからね……、ＯＫのサインはベルでいいですよ」　わたしは、優しく語りかけるように、と気をつけて言った。

院長は、メスを持って歯肉を切り開き、剥離子で剥離した。わたしは、神経を集中させて血をバキュームで吸った。ひっきりなしにバキュームで吸いこんだ。そして、絶えず患者に、

「気分は悪くないですか？　痛くないですか？」と、機械的に聞いていった。

いつも見慣れている筈の血、ポニポコと沸いて出る血、滅菌したナイロン手袋を染める血、そんな血に命を吹き込むことで起こる様々なことを思うと、わたしの中の血が逆流しそうに感じた。健一がどうしようもなく、わたしの手の届かない淵に落ちた頃のことを思いだしていた。

健一が東京でぐれ始めたのを心配した周りは、健一を大阪に戻して、祖父母の元から高校へ通わせることにした。家庭教師をつけて進学して、やれやれと周りが安心していると蓄膿が判った。臭い膿を出して集中力に欠けていた。国立病院でその手術をしたが、そこで健一は、B型肝炎のキャリアであることが判った。母の胎内から出る時の感染であるということが、健一を打ちのめした。同室でのガーゼ交換の折は、最後に持っていかれ、新たに医師や看護師が緊張するのが分かった。『母親の面影もないのに、こんなことで自分と母親が繫がってるやなんて！　どこにこの腹だたしさを持っていったらええんや！　一体自分は何や！　なんで生まれてきたんや！　どこまでマイナスを背負わんとあかんのや！』と言って健一は泣いた。しかし、わたしにどうすることが出来るというのだろうか。わたしは、かろうじてキャリアではなかったが、健一にかける言葉を見つけられなかった。健一の気の弱さは、その後、『俺って……バイキンマンやな』と言って眼を伏せ唇を歪めたことでも分かった。その頃から、もうひとりの健一が生まれた。

院長は、歯肉をきれいに剥がして、骨が完全に出てきたら、コントラに切削器具を取り付けて骨を削り始めた。その削ったところへ、人工歯根のインプラント体を埋入するのだが、この加減が難しい。しかし、院長は、その技術に自信を持っていた。院長は常々、

「歯医者というものはねえ、職人と一緒だよ。いくら頭がよくっても、技術がおそまつではねぇ」

と言っていた。インプラント体を骨の中に完全に埋入できたら、歯肉を上から被せ、ナートというナイロンの糸で、剥がした歯肉を元へ戻し縫い始めた。この頃になると、院長の緊張がゆるんでくるのが、わたしに分かる。きれいにナートし終わったら、院長はわたしに眼でサインをした。モニターにも異常がないのを確かめると、院長は麻酔医にもサインを送り、消毒液で手を洗った。後はわたしの仕事だった。オイフを取り、滅菌したガーゼを患部に当てて、奥に詰めていたガーゼを取り出した。患者の舌が動いて血染めのガーゼを剥がすと、喉の奥の空洞が見えた。照射された口腔の影に、眩暈がした。真っ逆さまに深い穴に墜ちていく錯覚に襲われ、平衡感覚を失いそうだった。健一は

いつも、『どうせ長生きなんかできないから』と言っていた。そんな風に言うのは甘えているからだと思っても、わたしは健一の心の中まで入っていけなかった。しかし、心のどこかで糸の切れた風船のように、早く遠くへと飛んでいってほしいと思っていた。

「しっかり噛んでくださいね」

わたしは、やっと言った。患者は安堵の深呼吸をしている。まだ麻酔が効いているので感覚は鈍いようだったが、噛もうとしていた。わたしは、笑気ガスと酸素を送っていたチューブとモニターを外し、

「はい、終りましたよ。点滴が終わるまで、もう少しこのままでいてくださいね。今日は土台を作ったので、半年後にセラミックの歯を被せますから、後で院長の説明を聞いて帰ってくださいね」

と言ってから、器具を片付けた。キャップとマスクを外し、白衣を脱いだ。ホッとしてわたしはトイレに入った。今日は疲れたなぁ……と溜め息をつき、鏡を見た。蒼ざめていた顔が土色に変化し、眼は三白眼になっていた。深爪の指に挟まれたタバコを吸いこむと頬がこけ、眉が落ちた。ふーっと息を吐くと、白い煙りが鼻と口から出た。わたしの鼻は、母に似てか、丸いだんごのようだ。ざらついた唇を舐めた。眼をあげてもう一度しげしげと顔を見ると、母のある日の情景が蘇った。わたしを抱いて、母もこんな顔をしていた。母の細い指がタバコを持って、拗ねたように顎を反らせていた。そうかと思うと、ガクッとうなだれタバコは揉み消された。物憂げな表情で深い溜め息を漏らしていた。あの時、両親の仲はすでに、修復のできないところまでこじれていたのだろうか。わたしだって、逃げだしたいのよ母さん！　声にならない呻きをあげると、なぜか父と健一の泣き顔が浮かんできた。わたしは、涙を拭くとパタパタと音をたてて、パフで化粧を直した。

手術日は、普段の倍の緊張を強いられるが、午後二時には帰宅の準備にかかれるので、どこかホッとした解放感があった。普段は朝の八時半に医院に入ると、夜の九時頃まで拘束されるモグラのような生活なのだった。午前と午後診の間の二、三時間に私用を済ませることも出来たが、わたしはいつも本を読んでいた。

わたしは、ＪＲ桃谷駅から東へ続く商店街で、牛肉やトマト、レタス、アスパラなど眼につく物を買っていった。水曜日の午後は、マサルのマンションで、午後十一時頃まで過ごすのだった。マサルは、大阪駅前にある、ホテルの中のイタリアンレストランで働いている。コック長だ。マ

サルは、『以前住んでいた灘で震災に遭い、住んでいたマンションが全壊したんだ。生死が絶望視された俺と子どもと妻がガレキの中から這い出したんだが、すぐに火があがり、無我夢中で走ったんだ。そのことが原因かどうか、避難所の小学校で生活を始めた時から、妻が変になったんだ。塞ぎこんだと思えば急に笑いだして、夜中でもウロウロと徘徊するようになって……。また、夜中にむりやり寝かせると、金縛りにでもあったように硬直して呻き声を出すんだ。雑居している避難所でこれ以上住めないから大阪の親戚を頼っていこうと荷物をまとめているときに、妻は道路に飛びだして……。トラックにはねられて死んでしまったんだ』と言った。

子どもは、さやかといった。さやかを抱き、『山本歯科』に治療に来たマサルは、初対面のわたしに、治療の間、さやかを頼みます、と強引に押しつけた。どこか断れない強いものがあって、わたしはマサル親子を覚えていた。

休みの土曜日、近くのスーパーの横の路地から、マサル親子が出てくるのに偶然に出くわした。

「こんにちは」

自然と口から出た。髭面のギョロッとした眼がわたしを見た。

「あっ、こんにちは」機械的に返事をしたマサルは、寝起きなのか、瞼が腫れていた。

「こんなに朝早く、どこへ行かれるんですか?」

「保育所です……」

マサルは自転車の前にさやかを乗せると、走っていった。

それからしばらくして、今度は、スーパーの中で買い物をしているマサル親子とばったり会った。

「お買い物ですか?」

また、わたしの方から声をかけた。

「ええ……」

人相の割にはソフトな語り口だった。さやかは抱かれたままおとなしい。

「奥さんはご病気ですか?」

聞かずにはいられなかった。

「いません」

マサルはギョロリとした眼を剥き言った。ピシッと頬を叩かれた気がした。胸が苦しくなってドクドクと鳴った。

「ご、ごめんなさい」

「……いいえ」

「よかったら、……荷物持たせてください」

「いいです」

「いえ……わたし……荷物少ないですから」

強引にマサルの荷物を持つと、マサルは初めて顔をゆるめたが、同情されるのはまっぴらとばかり、すぐにまた、怖い顔になった。わたしは、なぜか、胸の動悸が収まらず、しかし、それを気取られないように、わざと饒舌になった。

「いくつ?」

さやかは、わたしをじっと見ていたが、マサルの顔を見て、人差し指をたてた。

「ひとーつ? かしこいねえ」

さやかの黒い瞳に、わたしが映った。滑稽なまでに緊張したわたしがいた。マサルは口を堅く結んだまま黙っている。若い女の気まぐれで声をかけたのだろうと思ったのだろうか、とわたしはまた緊張した。それがおかしくて、今度は笑いそうになった。わたしは、深刻そうな時に限って笑うので、祖母にいつも叱られていた。おまえというやつは……本当に……あの……そっくりや……。苦々しく言う祖母の声音が、わたしの頭蓋をこだましていた。わたしは、ニコッと笑ってマサルを見た。マサルは意外そうに、わたしの顔をまじまじと見た。わたしは、マサルの中に父の姿を重ねていたのだろう。

それからは、会う度にマサルは饒舌になった。イタリア料理に魅せられ、イタリアに五年住んだことや、さやかのことを話すマサルは、遠い眼をした。そんなマサルに、わたしは段々と惹かれていった。

マサルの部屋は、スーパーの上のマンションの九階だった。2DKで北西に大阪城が見えた。わたしは、何の予備知識もないまま買ってきた材料をひろげた。マサルは腕を組んでおおげさにウーンと唸った。それから、オリーブオイルをフライパンに流し、香りづけに、みじん切りにしたにんにくを入れた。高熱に熱してあったフライパンから白い煙りが出て、火柱があがったが、マサルは慣れた手つきで牛肉を炒めると、湯通ししたアスパラとトマトコンカッセを混ぜあわせ、塩、胡椒、ビネガーで味をつけた。それを皿に盛り、今度はバジリコをふったトマトをパン粉につけて揚げた。

「美夏、あそこの大皿にレタスをしいといて……レタスは手でちぎるんだぜ」

と言って忙しく手を動かしていた。さやかに絵本を見せながら座っていたわたしは、レタスを洗って言われた通りにした。マサルは、揚げたトマトをレタスの間に盛りつけた。

「イタリアでは、トマトフライは前菜に出るものだぜ。熱いうちに食べてごらん、トマトの酸味が利いておいしいから……」

マサルは楽しそうに、

「チャオ……シンニョーラ美夏、ボーナセーラ、ボーンアペティト(良い夜ですね。召しあがれ)。ワインは白になさいますか？　それとも、赤になさいますか？」

と聞いた。白と言った時にウインクしたので、わたしは、

「赤！」

と言った。

「アッハッハッ……シンニョーラ美夏、あいにくと、赤を切らしておりまして……」

と言って、マサルはわたしの頬にキスをした。わたしは、さやかに熱いトマトは無理だろうと、口に入れて荒熱を取ったトマトを食べさせていた。それをじっと見ていたマサルは、わたしの顔を穴のあくほど見つめた。そして、

「美夏……ここでさやかと三人で暮らそう……」

と言った。わたしは返事をしなかった。窓に寄り外を見た。ライトアップされた大阪城が夜空に浮かんでいた。マサルはわたしを後ろから抱き、わたしの耳を吸った。マサルの息は、わたしの鼓膜に撥ねかえり、マサルの手はわたしの乳房を掴み、やがてクロスして強く抱いた。わたしは、この、ゆるゆると溶けていきそうな至福の時でさえ、奈落の底に墜ちていく恐怖を感じていた。マサルは、わたしの頬に唇をつけると、わたしが泣いているのに気付き、

「俺が嫌いか？」

と聞いた。首を横に振ったわたしは、堰を切ったように涙が溢れ、健一のことを話した。マサルは、全部を言わさず、わたしの口を自分の口で塞いだ。熱い舌がわたしの中に涙とともに入ってきた。唇を離すと、マサルはわたしの頭を持って髪の匂いを嗅ぎ、指を入れて梳いた。ちぢれ毛のマサルは、ゆっくりとわたしの髪を梳《す》いていた。わたしは、全身に電流が流れたように感じた。それまでの緊張がゆるんでいくのが分かった。優等生でもなく、親孝行の娘でもなく、しまりのないひとりの女のわたしがいた。わたしは、マサルの中にすっぽりと入っていった。長い時間だった。


　マサルがタバコに火を点けた。暗闇の中で青い炎がボーッと揺らめいた。我に返ったわたしは、マサルのタバコを取りあげて吸った。マサルはわたしの肩を掴み、そして、骨が軋むほどに強くわたしを抱き、わたしの胸に顔を埋めた。泣いているのだろうか？　と一瞬思ったが、マサルから離れると身支度を始めた。

「帰るのか……？」

「……うん……お父さんが待ってるから……また……来る」

　マサルは、寂しそうにわたしを見ていた。

　わたしは、短い間だったが継母と住んだことがあった。初潮を迎えたわたしに、継母は、赤い唇から白い歯を剥き出し、トイレが汚れるといってまくしたて、水を流し過ぎ

るといって、鉄砲のような言葉を浴びせた。わたしがさやかにそうならない、とは思えなかった。マサルとは、今のままでいいと思っていた。

三日後の土曜日の昼下がり、清原組と名乗る男がふたり、祖父を訪ねて来た。頬に傷を持つ男は玄関に立ち、ギョロッと眼を剥き威嚇した。年配の、どこかの会社の部長といった感じの男が、部屋に上がった。祖父は、こんな時の度胸は据わっていた。ゆっくりとタバコをくゆらし、心の動揺を隠していた。タバコを持つ手が震えると負けだと思っているようだった。

「おたくの孫の健一のことですがな」

と、男は切りだした。

「はあ……健一には長いこと会いませんが、その……健一がどうかしましたかな?」

「カタギのお宅には関係のないことですがな……組のメンツがつきませんでな、健一がここへ寄ったら、連絡をしてほしいと思いましてな」

「さあ……寄りますかな?」男の眼が動いた。

「健一は薬に嵌まってしもうて、これを直すのは、警察か、マグロ漁船しかありませんな……健一を見つけたら、マグロ漁船に乗せようと思ってますんや……マグロ漁船は最初に二百万円ほどくれますからな……これで組のメンツは潰されずに済みますんでな」

「健一は、いつからおたくの構成員になったんですかな?」

「いや、組のもんではありませんがな……いつの間にか組に出入りしとって、本当に掴みどころのない男ですわ。言葉巧みに集金先に行き、しのぎを横取りしてドロンですわ。素人になめられてはこっちのメンツが立ちませんでな」

「マグロ漁船というと、遠洋漁業で死んでも分からんというやつですな?」

男は、なにか文句でもあるのか! といった風に、顎をあげ、白眼を際立たせ祖父を睨んだ。祖父は悠然とタバコをくゆらし、

「健一が来たら、連絡をいれます」

と言った。

男は顎を引き、睨みつけるように部屋を見回し、帰っていった。祖父はうなだれ、深く溜め息をついていた。

健一は、詐欺師の血が流れているのか、と思わせるほど巧みに人の心の中に入りこみ詭弁を弄した。そして、信じこませた相手を見事に裏切った。何かに復讐でもするかのようだ。自分の歩く道を狭めていった。生まれてきたことを否定するようだった。健一の眼は、三白眼になって光りだすと、まるで、獲物を狙う蛇のようになった。

わたしは、とうとう行きつく所まで来た、と思った。祖母やわたしの財布を掠めるだけでは収まらない不安は、常にあった。だからといって、わたしに知恵がある筈もなかった。やくざに捕まり、マグロ漁船という体のいい、人身売買市場へ放りこまれ、ズタズタに体を切り刻まれ、売られていくのか。しかし、健一のことだ。どこかで裏をかき、生き延びていくだろうという予感で、自分の気持ちを落ち着かせた。

それからしばらくした水曜日、昼の休憩時間に祖父から電話があった。

「美夏、すまんな仕事中に。健一が覚醒剤を持って自首したよ。今、警察から電話があった」

「うん、分かった……今日はまっすぐ帰る」

祖父とわたしは、この何日間の悶々とした答えが最悪でなかったことにほっとした。生きていた、と涙が滲んだ。

三日後の土曜日、わたしは、近くの警察に留置されている健一に面会をするために出かけた。土曜日だからだろうか、人が多かった。面会受付に、先に来ていた老婆がいた。老婆は、乳母車を杖代わりにして腰を九十度に曲げ、三階にある面会場所への道筋を尋ねながら、肩を揺らし歩いていた。わたしは、老婆と三階まで一緒に上がりながら、わたしの姿を老婆に重ねた。わたしもこの人のような年齢になっても、健一のためにこんな所をさまよう人生なのだろうか。老婆は、皮膚が石のように堅くなった手を額にやりながら、瞬きを忘れたような瞳は一点を見すえていた。わたしには、老婆から面会の相手のことを聞く勇気はなかった。老婆が呼ばれ、面会室に入っている間、わたしは何も考えることができなかった。『金山美夏さん』と呼ばれ、はっとして気がついた。老婆と入れ違いに面会室に入ると、部屋の真ん中が仕切られていた。この部屋にいる自分が信じられなかった。呆然として立っていると、奥の扉が開き、ガチャンと音を立てて閉まった。健一が警察官に付き添われて現れた。健一は、わたしの顔を見ると、唇の端を歪めニヤッと笑った。それは、いたずらを見つけられた子どものようでもあり、照れかくしのようでもあった。痩せてゴボウのようにひょろっと背の高いのは変わらないが、眼が濁っていた。

「お父さんも明日来るって、何か要るもんあったら言うとくわ」

と言うと、

「来んでええ」

健一は強がりを言った。健一の歯は、穴のあいたスポンジのようになっていた。ザラザラとした皮膚と、茶色く濁った眼を見て、わたしが塞ぎこんでいると、

「きのう、おばあちゃんが来てな……めっちゃ笑かすで」

突然、健一は言った。

「えっ?」

祖母は、警察からの連絡があるとすぐに来たらしいが、その時は会えなかったと言っていた。きのうの夜帰宅すると、祖母はもう寝ていた。ようやく、きのう面会ができたのだろう。しかし、歩行が困難になっている祖母は、電動自転車に乗って行動範囲が広がっていたが、三階までどうして上がったのだろうか、と考えていると、

「おばあちゃんな、この穴にぶどうを入れて、俺に、食べぇ……って言うねんで……笑かすやろ」

仕切りの真ん中のポツポツとした穴を指さして健一は言った。わたしは、連られて笑った。警察官も笑っている。わたしは、笑いながら涙が滲んできた。悲しいから泣くのか、泣くから悲しいのか分からなくなってきた。こんな事くらいでめげてはいけない、と思っても塩っからい涙は次々と溢れて流れた。潰れたぶどうの染みがわたしの網膜を浸していった。


(一九九九年「白鴉」)

タンポポ

元山港（北朝鮮東海岸の港）は目の前なのに、万景峰・九二号は海の上で長い時間停泊している。

夜明け前の海は濃霧に包まれて、波を切る音だけが単調に響いていたが、次第に霧は晴れてきた。海岸部落が、暗室で現像された写真が立ちあがるように、黒い山裾に広がる灰色の姿を現した。細く長い雨は音を立てずに海の底深く吸いよせられていった。

海が荒れてきた。岸壁に擦り寄る船は、荒波を切り白い飛沫をあげて除走をくり返しながら、そっと滑りこむようにして止まった。海だというのに、風に潮の匂いが無い。濃い藍青色の海の底に魚はいるのだろうか、あの動乱で沈んだ船の鉄錆が沈殿しているのだろうか、と純子は深い藍色の海を見ながら思った。

甲板に出た純子の兄、英八は、寒いなあ……と、ズボンのポケットに手を入れ背を丸くして言った。低く連なる山並みを背に、海岸部落に点在するビルが異様な圧迫感を周囲に与え聳えている。じっと目を凝らしていた英八はおぼろげに陸が見えてから身じろぎもせず、目の中に充分に共和国第一歩を刻みこんだ筈なのに、間が持たないといった風に、

「写真を撮ろう」と言った。純子と英八は、下船準備でざわざわとした中、元山港を背にした姿をカメラに収めた。

雨は上がり、雲の間から陽が差してきた。陽は柔らかく影はぼんやりと伸びているが、大陸から吹き上げる風は、北から西へ流れたと思うと、気紛れに西から東へ吹き、純子の髪を巻き上げた。純子は、トレーナーのフードを頭に被せて手で押さえた。英八は甲板の手摺に手をかけたまま、まだ遠くを見ている。

二日前に日本を発った時には、生暖かい風と、遅咲きの桜が風に吹かれて散るさまに、春が終り新芽が芽吹く透明な青い季節の予感があったが、元山市は冷たい風が吹いている。山の頂きには雪が残り、これからやっと春を迎える、そんなおもむきである。気まぐれな季節風は時折草木のない土山をえぐりながら、ビルの壁を叩き駆けぬける。鴉がその風にあおられるように右に左に旋回しながら喚いている。かもめは群れをなして、灰色の海の上を重たそうに泳

ぐように飛んでいた。

　純子の目蓋がちいさく痙攣した。岸壁には迎えの人の群れがあり、色とりどりの傘が動くのが見えた。隣に立つ東京からの初老の婦人は、リュックを背負い。肩から大きなカバンを斜めにかつぎ、駒つきのボストンバックをふたつ、ひきづっている。

「なにが入っているのですか？」

と純子が聞くと、

「ひとりで帰国した息子に子供が出来てね、五歳になる孫にあげる飴とクッキーと、そして家族には、レトルトカレーと乾麺と東丸のうどんスープと……」と言って、深く溜め息をついた。こんなにもたくさん？

と驚くと、

「……そうなの。なまじ頭のいい子はこういうことになるのよね、反対したのに振り切って行ってしまって……配給が止まって、闇市場には物が溢れるというけど、お金のない人間は闇市にも行けやしない。いったいどうして暮らせというのかしら。ただ、親子というだけで毎年こうして訪ねて、いくばくかのお金と品物を置いてくるのよ。今度が最後、といつも思うのだけど……」

　婦人は額から汗を流し、贅肉の固まりのような体を揺すって大きく深呼吸してから、小さくアイゴーと呟いた。


その時だった。誰かが、感極まったとでもいうように震える声で言った。「チョグッ（祖国）……チョグッ……」

　それが引き金だった。嗚咽が波打ち、伝染していった。深く潜んでいた意識が突然現れ、胸を押し上げてくるようだった。家族との再会に震える予感と、どうしようもない事への歯ぎしりのようだった。周りの人々は、黙って下船を始めた。純子の手荷物はボストンバッグひとつだ。他の荷物はすでに一ヵ月前に船便で送っていた。面会人の申請と家庭訪問の申請とは、すでに一ヵ月前に済んでいたが、添乗員とは別の指導員が来て、また一からの確認があった。そして、ターミナルの本館一階の一五五号室に集まるようにという放送があった。四班に別れて編成された祖国訪問団は、それぞれが離れて住む家族との面会のために来ている。純子は三十三年前に日本から帰国した父の李顕成が辿った足跡を、ひとつ残らずに見ておこうと思った。顕成が帰国してから再婚した妻、玄末順は六十六歳、その息子の光烈が四十五歳、光烈の妻が四十三歳、その子が三人、娘ばかりと聞いている。写真で見た限り光烈の家族は、純朴な印象を受けていたが、はるばる日本から顕成の墓参りに来るということについて、あれこれ詮索しないでくれたら助かるのだが、と順子は思っていた。そうでないと、あの計画を実行するのが困難になる。末願と光烈にはおみやげの代わりに、日本円で三十万円、子供たちには……と考えていると、純子の脳裏に或る日の顕成と、母幸子の情景が浮かんできた。

　顕成は帰国ブームが盛んになった一九六〇年頃から、しきりに帰国しようと言って妻の幸子と揉めていた。頭成の兄の家族は一家揃って帰国していた。

「お母ちゃん、これ見てみぃ。帰国した兄貴の手紙を……。皆幸せに暮らしているって言うし、甥の正男は医学大学に入ったというじゃないか！」

「ほんでも義兄さんのところはお金もたくさん持って行ったし、こちらの機械を寄付したしねえ……」「またおまえはそんなことを言う！

　皆が平等に暮らせるのが社会主義やいうのが判らんのか」

「ほんだら、なんで帰国する人は釘一本でも多く持って行こうとするの？

　うちらかって帰国しようとしたら、なんぼなんでも裸で帰国でけへんやんか。そうやし、義妹に借りた五十万円を返してからでないと……」「そんなこと言うてたら、一体いつになるねん！」「アイゴー、タンシン（あなた）。商売で失敗しては義妹やらにいつも助けてもらってきたのに、それらを踏み倒して行くいうの？　うちは、借りを返してからでないと行かへん」

「また、そんなことを言う！　英八は勉強もよう出来て親孝行な子供やけど、社会に出てから、俺たちのような二の舞を踏ませるのか？　朝鮮人であることを隠して、いつもびくびくしながら……。ましてや学校を出ても就職できない、そんなところで大きくさせるより、独立した社会主義の国でのびのびと勉強させたいとは思わんのか！」

「アイゴ……社会主義や共産主義いうても人間の住むとこやろ。人の恩を忘れたら一体何が残るの？　この子供服の店の保証金も頼母子講で世話になったからやろ！　タンシンの会社が不渡り手形を掴まされて倒産した時、皆で死のうって言うたのは誰やの！」

「うるさい！　おまえからいっつも、不渡り社長って呼ばれるのもうんざりや！」

「そんなに行きたいんなら、ひとりで行きぃや！」

　鶴橋のガード下の国際市場で子供服を売り始めた幸子は、高級服だけを扱うセンスの良さと、人あたりの良さとでおもしろいように儲けはじめていた。顕成は、帰国しようということを言い出すと、無視をして耳を貸さず、商売に熱中する幸子に業を煮やして、店に来ては商売の妨害をした。

客の前で店の戸を閉めさせた。露骨に反抗できない幸子は、客を送ってから、「タンシン！　一体どういうつもりやの！　せっかく軌道にのり始めたのに……どうして生活しろというの！」

「クレ（そう）……こんなこと、いつまでやっても一緒だ。金が儲かったら儲かったで、子供たちは、資本主義の毒に染められていくだろう……。キグッハジャ（帰国しよう）。キグッして子供たちを立派に育てようじゃないか」

「本当に！　人の口車に乗って……！」

幸子はどうしようもないといった風に舌打ちしていた。それまでに顕成は鋳物工場を経営していたが、元請けの倒産で集金していた手形が不渡りになり連鎖倒産した。それからブローカーまがいのことをして一攫千金を狙ったが、ことごとく失敗していた。幸子は仕方なく、それが妻の務めでもあるかのように、お金の工面をしたりして夫を支えてきたが、五人の子に手が掛からなくなってから、頭成の商才に見切りをつけたのだった。顕成は、家庭の中で家長としての権勢が揺るぎ始めると、主導権を取り戻そうと焦った。折しも帰国事業が盛んであった。儒教の精神を疑うことの無い顕成は、まず自分が先に帰国して生活の基盤を作っておくと、追って家族が来ると信じた。捨ててきた済州島の故郷は、軍事政権下で今でも貧しいという。同じ貧しさなら、新国家を建国した共和国で、国家建設に参加しようという風潮を信じていた。

店は電車が通る度に地震のように揺れ、また、雨が降るとどこからか雨がふきこんできた。品物にビニールを被せて、雨をバケツで受けていた。それでも、鶴橋という場所は、人が途切れることもなく集まる所だった。高級子供服は売れた。戦後復興の後の日本が高度経済成長を迎えた頃で、価値観が大きく変動し、また、経済にゆとりができ、子供服までが高級化の傾向にあった。わずか四畳半の店で、捌ききれないほど品物が積んであったが、飛ぶように売れた。小さな店に重なるように品物を吊っていた。おしゃまなマネキンの着る子供服は、それまで、手の届かないところにあったものだった。それが今はお金さえあれば手にすることが出来る。それが一種の錯覚を呼び起こし客の購買欲を刺激した。また、それまでの子ども服といえば、だぶだぶのサイズの物を着せて、二、三年後にやっとピッタリする頃には色褪せていたが、誰もそれを疑うことなく着せているというのが、成長の速い子供に服を着せる標準的な感覚だったが、幸子はそれを一蹴して、その子にピッタリのサイズを勧めた。そしてもったいないという親を説得した。そして、子供服にはなかったビロード地のドレスや、レースをふんだんに使ったブラウスなどもデザインして、メーカーに発注するまでになっていた。幸子は、どの商品も一割を値引きした。デパートでしか買えない高級服が、一割引きで買えることに客はとびついた。

一方、顕成は、共和国を地上の楽園と信じて疑わなかった。末っ子の純子を連れて帰国する手続きをした。

「純子や……わしと一緒に帰国して、幸せに暮らして、すぐにお母ちゃんたちを呼ぼうなぁ」

顕成は純子の頭をなでて言った。帰国して幸せになるという意識は崩れようもなかった。純子は五人の子供の中で初めて朝鮮学校に通っていて、高校生になっていたが、顕成は末っ子の純子をいつまでも子供扱いしていた。当時、朝鮮学校の中でも優秀な生徒は選抜されて、オートバイ部隊とか、金日成元帥誕生記念の祝賀隊との名目で次々と単身で帰国して行った。純子はそれほど社会主義思想に熱心ではなかったが、逆らうほどの考えも思いつかなかった。純子は顕成に従ったが、単身で帰国した友人のひとりが。失意と絶望の中で酒浸りになって自殺したという噂を耳にしていて、帰国について不安を抱いていた。それでも言いだせずに新潟まで行った。大阪駅で幸子たちと別れてから特急電車で新潟に着くまでの七時間、純子はずっと泣いていた。新潟に着いて、県内の第一次帰国者たちが植えたという柳があるポトナム通りで、柳の葉が風にそよぐと余計に寂しさが募り、宿泊所で『ハハキトク』の電報を見た時、大阪に帰りたいという気持ちが爆発した。もう、嫌や嫌や！

という純子を見て顕成は仕方なく帰国をあきらめ、大阪へと戻ってきたが、電報が顕成たちを引き戻すための策であったことを知った顕成は激怒した。そして、一度振り上げたこぶしは収めようもないかのように、独りで帰国してしまったのだった。

ゆっくりと陽が上がってきた。ターミナルから見ると、群青色の海と灰色の海岸部落、土色の山並みが目の前に広がっている。顕成がいつも語っていた南の済州島の、潮の香りと羊水のようにぬめり気のあるあの海とは裏腹な北の土地に立った父は何をどう感じたのだろうか？

純子の耳には、今にも顕成のかすれた声が聞こえてきそうだった。いつか、頭成が語っていた、済州島の砂利浜は海が荒れるとクォーッと鳴り響くという、その声を聞いた気がした。ふっと後ろをふり返り、アボジ（お父さん）……と呟いた。英八も同じ気持ちでいるのだろうか。顕成が帰国すると言った時、強硬に反対したのは、長男の英八だった。英八はその頃、近所でも有名になるほどの秀才だった。在日の家庭での長男というのは連綿と続く父系図に無くてはならない存在であった。跡取りという以上に儒教の中ではなにを置いても貴重な存在だった。

幸子は英八を大学へやるために必死に働いた。英八は日本人の教師にも認めてもらえるほどの成績だったが、顕成は英八の将来に不安を訴えた。頭のいい子ほど、この社会の矛盾に敏感に反応し、虚無と絶対の狭間に陥り易いと言った。純子も自殺したり自堕落な生活に墜ちていったりする例をいくつも見ていた。勉強がよくできたからといっても、就職も出来ず社会から弾きだされた場合の英八の行く末に、顕成は絶望以外を見ることが出来なかったが、幸子は、ともかく現実にこの土地で大学へ行かせることしか頭に無かった。英八は、

「チョーセン、チョーセンって……ここは日本やで。僕はここで生まれたし、友達も家族も皆ここに居てるからここから大学へ行くわ」と言ったのだった。

英八はまた、遠い眼をして顎をさすった。ふたりは、責任指導員に導かれて、ある部屋に入った。そこで平壌までの注意事項と訪問家族の確認の後、申請していた顕成の兄、顕一の家族の待つ部屋に入った。

顕一の家族は全員、顕成の帰国より二年前の一九六四年に帰国していたが、十一人だった家族は三人になっていた。純三十五年の間に遺ったのは、次男と五男と次女だった。純子と英八たちにとって叔父、叔母、従兄弟たちは、慣れない土地での生活で体を壊して亡くなっていた。面会に訪れた従兄弟たちは、すでに土地の人の風貌になっていて、痩せて顔は浅黒く、手はふしくれだっていた。声はやや寂れていたが、懐かしい表情をした。記憶のトンネルは一気に大阪の地へ飛び、隣近所で住んだ頃に戻った。

「アイゴー大きくなったなあ……」と次男は純子と英八の手を握りしめ肩を抱いた。「オモニ（お母さん）は元気か？」と幸子のことを聞いた後は、全て日本語になった。「今も鶴橋に居るのか？

あの、洋服屋の二階の急な階段の上で団子になって住んでいるのか……？」と、当時を思い出している様子がありありと浮かび、純子と英八は笑った。

純子は、昼食を一緒に取りながら、顕成の共和国に来てからのことを訊ねた。純子は、次男の一言一句も聞き漏らすまいと、次男の話す間の呼吸についても神経を張りつめていた。それによると、共和国では、住む場所などは、個人で決めることができないので、離れて住んだことや、植樹指導員として働いた顕成の仕事ぶりについて話す時には、先の熱情は消え、虚ろな表情になった。しかし、金日成ウオンスニメトッテグロチャールサラッソ（金日成元帥様のおかげでよい暮らしだった）と言った。それを言わねばならないといった調子であった。それからは、また日本語になって、次男は、執拗に日本のことを聞いた。経済成長

のことを聞いても理解できないようだった。英八が庭に出て、写真を撮ろうと言った。揃って庭に出た時次男は、「長生きして、きっと必ず、もう一度日本に行く」と純子の耳に言った。その気迫に押されても、うなずくことしかできない純子を見る目は、真正面に純子を見据えて光った。純子は、正視できずに眉と目の間をひろげ、上唇で下唇を噛んだ。だが努めて明るく振るまい、交換紙幣と日本円を混ぜた二万円ほどのお金をそれぞれに、土産だとして渡した。次男は、チョソントン（交換紙幣国内紙幣）は便所紙以下やけど……と呟きながらもポケットに収めていた。

面会を終えて一息ついてから、駅へと出発した。ひどく揺れるバスに乗って元山市を出て行くにしたがって賑やかだった訪問団の皆は、一様に黙り込んだ。

海岸部落よりも灰色に包まれた、いかにも貧しい農村は、作物を育てている気配が無い。光は穏やかに黄土を照らしていたが、人影は無く、時折犬が通った。

純子と英八を乗せた緑色の汽車は西ピョンヤン駅から北東へと走った。その日の朝から訪問団は、二泊三日の予定で、それぞれの訪問地へと別れて行った。朝から雨だった。横殴りの雨は、汽車の窓を叩き、音を立て、窓の半分を覆っているカーテンがその都度震えた。どんよりとした空から今にも怒涛のように雲が渦巻くかに見えて、突然の雷鳴だった。純子たちは、父が辿ったこの道を今、こうして扉をひとつひとつ開けるように、枕木をひとつ、ひとつ越え一歩一歩進んでいるのだが、どうしても或る日の顕成が出てこない。案内員として若い女性が付いた。頬の赤い、澄んだ目をした人で、日本語を流暢に話した。両親は帰国者なのか、と聞いたが違うと言った。白いブラウスを盛り上げる胸は、共和国の人には珍しく豊かで、タイトスカートからでている細い足は、清楚で匂うような若さがある。英八はしきりに案内員に声をかけている。ガイドブックを広げてカタコトの言葉を並べ、通訳を頼んでいる。案内員ははにかみ、あいまいに答えながらも、ふとしたしぐさに、純子の身なりや髪の形、スカーフなどに西洋の息吹を感じるのか、ちらちらと見ては目を反らせた。西側の資本主義の毒に染められてはならない、という建て前と闘うかのようだった。純子がスカーフを外して、あなたにあげると言うと一瞬驚いた顔をしたが、ありがとう、と言ってすばやくバッグに入れた。初めて娘らしいいたずらっぽい目をした。純子は塞ぎこみそうな気を持ち直し、一緒に笑った。

純子が十六歳まで一緒に暮らした父の声を最後に聞いたのは、二十五年前のピョンヤンでの再会であった。その頃はまだ、日本からの個別訪問が実現していなかったが、歌劇団に居た純子は選ばれて祖国公演の一員としてピョンヤンを訪ねることができたのだった。歌劇団の二百名の一行が乗った万景峰号が元山港に着いた時、うねるような人の波に歓迎の花が乱舞し、マンセー（万歳）という声が怒濤のように波打っていた。在日が初めて往来できたことの興奮の声は今でも純子の耳に鮮やかに蘇ってくる。金日成元帥の前で公演を重ね、その合間に面会簿を書きつづけて、顕成との面会が実現したのだった。単身帰国して八年が過ぎた顕成は、家族が迫って帰国しないので、共和国で再婚していた。ホテルの一室で待っていると、ドアーをノックして入ってきた妻の末順は、すぐさまベッドの下や壁、天井などを調べた。手を伸ばして額の裏を見たり、屈んで椅子をひっくり返し、絨毯に寝転んだりして、ベッドの下に手を入れた。あっという間もないすばやさで、純子は呆気にとられ、顕成は突っ立っていた。盗聴器などの仕掛けが無いと分かると、初めて笑い挨拶を交わした。

「アボジ……」

おしゃれだった顕成は、その面影もなく、痩せて髪は白くなり、目つきが鋭くなっていた。父を見て、懐かしさと驚きと切なさとが溢れて涙がこぼれる純子の前でも顕成は泣かなかった。唇を一文字にして、言葉を忘れた人のように立っていた。顕成が独りで帰国してから純子たち家族は周りの親戚や知人などに中傷され、幸子はつらい思いをしていた。末順は、おもむろに、

「私たち家族は、英雄の遺家族ということで、なんの不足も無かった……。いつもひとりで食事しているお父さんがとても寂しそうで……。あなたのお父さんは、身ぎれいにしていて……普通、ひとりで帰国した男の人は酒呑みか、浮浪者のように汚く暮らしているんだけれど。お父さんは上品に話してね。でも、結婚するといった時、周りの反対にあって……帰国者と結婚する遺族はピョンヤンには住めない決まりがあるから余計に……でも、あなたのお父さんに賭けてみようと思ってね……」

末順は言い訳とも取れる口調で話した。顕成は、純子の手を取り、娘らしくなったなあ、と嘆息するように言って、純子の肩を抱いた。ああ……懐かしいと言って、

「ここまで育てたのは、お母ちゃんだ。感謝している」と、言った。純子は、ただ涙ばかりが流れた。末順はそんな純子と顕成を見ていたが、突然、「なんでタンシンひとりで来たのか！」と詰問した。表情も変えずに立っている顕成を見て、

「なんでこんな可愛い子がいるのに、ひとりでこんな所へやってきたのか！」と末願は顕成を責めた。

「おまえになにが判るか！」と顕成は眉と眼を吊りあげて、どうしようもないといった風に叫んだ。おまえになにが判るか……。純子はこの言葉にまた、顕成と幸子の葛藤を思いだした。

末順は、両手でバタンバタンとテーブルを叩き、大きく溜め息をつき、アイゴー！　と唸った。その時、停電し部屋の中は真っ暗になった。末順は窓によりカーテンを開け外の陽射しを部屋に入れた。顕成が影になった。そして、末順は独り言のようにまた、純子に聞かせるように語り始めた。

「わたしたちはユガジョッ（遺家族といって英雄の遺族という意味）で、ピョンヤンで暮らしていたのよ。あなたのお父さんは、ひとりでいつも食事していてね。そうそう、わたしは当時、ピョンヤンの食堂で栄養士をしていたの。夫は人民軍にいたが殉職していて、息子と娘がいてね……」

末順は、言い訳とも取れる口調で話した。

顕成の体から、煙草の匂いがした。この煙草の匂いと顎の堅い髭跡の感触が純子にとっての父だった。懐かしかった。

「アボジ……オンニ（姉）に赤ちゃんができてんで。ほら……」

と言って純子が姉とその子の写真を見せると、顕成は大きく目を見開き、だらしなく目尻を下げて、

「オオ……！　オオ……ソンジが（済州島の方言で、孫という意味）……ソンジが…そうか……そうかアイグ……」

顕成は声を詰まらせた。しかし、喉の奥でぐっとこらえていた。嗚咽に喉が詰まり鼻水が流れる純子の肩を抱いても泣かなかった。日本にいる家族の写真を見ても、なにかを踏んばるように、顕成は涙を見せなかった。純子の二つの目の中に、しっかりと顕成の姿を刻もうとしたときのそのネガが、ずっと純子の深層に沈んでいたはずなのに、今、案内員を見て、表層に現れた。なぜ顕成は、涙を見せなかったのだろう？　ずっと心の底にあった疑問だった。それは、その翌年、歌劇団を退団して結婚した時に解けた。再び祖国公演に行く後輩に言づけたものを目の前にして顕成はなぜ純子は来なかったのか！　と人目もはばからず、大声を上げて泣いたというのだった。

純子は思いだしながら、深くため息をついた。英八は、しきりに案内員に話しかけている。昨夜、ホテルの部屋で、何かの時の用心のために、日本のたばこのパッケージに日本円で千円ずつ入れた物を作った時の英八の真剣な表情はどこかへ消えていた。英八は、覚えたての言葉で、ミイニヤ（美人だね）……と言ってだらしなく目じりをさげてい

る。純子は窓の外を見た。

顕成の訃報は、突然やってきた。一九八三年七月十四日早朝、心臓発作を起こして以来、手厚い看護の甲斐なく、八月五日に亡くなったという報告書のような手紙が届いたのだった。父の死の実感はわかなかった。しかし、同封されていた物を見ると、肌身離さず持っていたという袋の中には、純子が初めて祖国公演に参加した時に載った労働新聞の切抜きと再会した時の写真が入っていた。労働新聞に載った写真には、金日成元帥と歌劇団代表が乾杯している周りに、歌劇団員が万歳を叫んでいる。その一番前の列には泣きそうな顔をして叫んでいる純子が写っていた。

汽車はわずか六十キロの道程を、泥を飛ばしながら走り、停電の度に何度も止まりながら、午後四時にある農村に着いた。そこが顕成の終の棲家となった地だった。そこは雨の中にあって、先の雷鳴は遠退き、空には雲が覆っていた。地域の指導員と交代したため、先の案内員に心残りな英八の背中を押して顕成の妻、末順と純子は再会のあいさつを交わし、英八は初めてのあいさつを交わした。二十五年の歳月は、すっかり末順の面影をも変えていた。純子は溜め息をついた。英八は、初めての挨拶を交わした。末順の尖った顎と蛇のように細い眼、かさついた肌は、そのまま顕成の晩年をも想像させた。平安道が用意してくれたという黒い車に乗って、英八と純子は顕成の最期を聞きながら、光烈の家へと向かった。顕成と再婚した時、末順は人民軍にいた夫を亡くした寡婦であった。ふたりの幼い子を抱えた末順は、それでも英雄の遺族として、特別な手厚い待遇を受けていた再婚してからはなによりも顕成を優先し、心をこめて看護したと言った。顕成の最期は苦しんだのだろうか、最期の言葉は？　など、もっと聞きたいことはあったが、純子は黙った。どうしてあのことを切り出せるだろう？　わたしたちになんの権利があるというのだ。純子の中で逡巡するものがあったが、それがだめでも、顕成の墓参りに意味がある、そう自分を納得させた。

大阪の生駒霊園に自分の墓を建てた幸子は、墓石に子供たちの父親の顕成の名を入れることについて神房（祈祷をする人）や占いをする人に相談した。顕成と幸子とは戸籍上はまだ夫婦なのだった。幸子はひとりで子供たち五人を育てるのに追われて、いつの間にか八十歳になろうとしていた。

「このごろ、夢枕にアボジが出てきてね、黒い服を着ているんだよ。白い服だったら成仏しているというが……心残りのまま逝ったんだろうねえ……、あたしがもう少しアボジに優しくしていたら、こんなことにはならなかったんだろうねえ……」

　幸子は繰り言のように何回も言っては泣いた。いきさつを聞いていた神房は、墓を見せてほしいと言った。それで、ある晴れた日に生駒霊園に神房と幸子たち家族が集まった。墓に近づくと、神房は、ぶるっぶるっとふるえだした。そして、歩きながら、「アイゴーォッいい所だ。……いい所だ」と言った。そして、次に、顕成の声音を真似てか、低くくぐもるような声で、アイゴ……と言いながら、なにかに憑かれたみたいに両手を広げて仰ぐようにして突然。「なんであの時、止めてくれなかったんだ……。わしの心は。……アイゴッ。アッ、アッ苦、苦しい……」

　幸子は泣いている。英八も純子も他の兄弟も、神房の姿一点に目を止めた。

「おまえたちはどこに居るのだ！　わしを連れていってくれ！」

　そこまで言うと神房は、両手を広げて絶叫しながら墓の前で、頭に手をやって髪をかきむしった。今度は幸子がなにかに憑かれたかのように慟哭し始めた。

「アイゴ……あんた、なにを言ってるの。もがいてもがいて、苦労して苦労して、やっと商売が軌道に乗ってこの子たちを育てられる、と思って……アイゴ……なんでひとりで行ったのよ……わたしがあんたになにかしてくれ、と言った？　アイゴーオッどうしてどうしてこんなことになったのよ……」

　幸子は地を叩いて泣いた。その慟哭は果てしもなく続きそうで、純子たちは呆然と立っていた。純子は神房が呪文を唱えながら、幸子の頭の上で切り紙を振りかざすようにして、なにやら呟くのを見て、体中の痺れを感じていた。

一日も早くどうにかしなくては……どうにか。

　兄弟五人が集まって協議した。英八は、帰国後の顕成に会っていないせいか、神房の言うように顕成の骨を持ってきて、こちらの墓に入れるということについて反対していた。いくらなんでも墓を掘り返して骨のひとつを持って来いなどと、そんなことがどうして出来るのか。アボジがひとりで勝手に行ったんだから……と。


　光烈の家は、山あいの集落の中にあった。赤土を捏ねただけの煉瓦作りのアパートは二階建てで、光烈の部屋は一階にあった。その造作は粗末であった。煉瓦の上に無造作にセメントを塗り込めている。壁紙は薄い緑の大きな柄を描き、ガラスを嵌め込んだ戸は木で出来ていた。隣の部屋との仕切りには、山水画の生地がかかり、光烈の妻は親身になって世話をやこうとした。帰国者という近所の女が来て、かまどの豆炭に火を点けて鉄鍋の中に木の勺で甕から水を汲み入れた。純子たちを見て懐かしそうにし、ジャガ芋や白菜などの入った味噌鍋を、純子たちの口に合うように料理してくれた。子供たちへのみやげにジャージーの反物とファスナーやボタン類などが束になった物を広げると、光烈の妻は白い歯を見せて、本当に助かる、と言って笑った。ぼんやりとした照明の中で、顕成はどのように座り、どのように食べ、どのように笑ったのか、あの、激昂しやすい性格でどのように過ごしていたのか、と純子は想像を巡らしていたが、それは容易には像を結ばなかった。冬は雪が積もるのですか？　と突拍子もない質問をして、純子はなんとか顕成の或る日の姿を実感しようとした。イエ（はい）……。雪の中の顕成……。なにを好んで食べたのでしょうか？　と聞くと、光烈の妻はニコッと笑って、

「ナムルジヨ（野菜のおひたしよ）。春になって朝になると、子供たちの日課は山に入ってわらびやタンポポ、三つ葉など採ってくるのよ。ハラボジ（お祖父さん）はとっても好きでね……」

と言った。純子は、共和国に着いて初めて父に会えたと思った。或る日の顕成が蘇った。顕成は春になると、タンポポの新芽の部分の柔らかな葉を、さも愛しそうに食べていた。ゴマ油と醤油とにんにくと少しの酢で、さっと和えたたんぽぽのおひたしをシャキッ、シャキッと音を立てて食べていた姿が目に浮かんだ。ここにもタンポポがあった。わらびなども、その香りに故郷を偲ぶように、深呼吸して食べていた。

ここに、末順たちと血は繋がらないが、ハラボジと呼ばれた顕成が居た。それは、実感の伴わない認識だったが、まぎれもない事実なのだった。時々停電したが、誰も慌てずに窓を開けて月の光を入れた。暗闇に眼が慣れるのを待つ、そんな雰囲気の中で夕食を終えてから、純子は切り出した。またポッと灯がついて純子は眼をしばたかせて、

「オモニム……、本当にありがとうございます。アボジがここで大事にしてもらい、生涯を終えることが出来て本当に感謝いたします」土地の言葉と変わらない流暢な純子の言葉に、警戒しながらも末順は微笑んだ。白いチマ・チョゴリ（朝鮮服の上下）を着て、立て膝に腕を組んでいる。英八はなにを言っているのか分からず、ただ場をなごませるかのように、にこにことして座っていた。純子は続けた。

「日本にいるオモニも本当は一緒に訪ねたかったのですが、もう高齢で」

「チャム・マリジ（本当にそうだよ）……」

末順は、キセルをポン、と鳴らした。

「……わたしたちは、貧しいながらも、着ること、食べること、全てアボジを中心にして過ごした。病気になっても親身になって看病したよ」

おまえたちに文句は言わせない、とでも言っているようだ。生活習慣の違う帰国者との生活には、おまえたちの想像の及ばないこともあったが、もう過ぎたことだ、というニュアンスがある。純子は怯みそうになりながらも、

「イエ（はい）……分かります。本当に感謝しています」

と言った。

「チャム、クロッチ（本当にそうだよ）……」

末順は嘆息した。純子はますます意気消沈しかけたが、思いきって、

「ただ……日本にいるオモニが死ぬまでに叶えてほしいと思っているのは……、アボジの骨の内、せめて。たったひとつの小さな骨なりとも……いただきたい……」言ったか言わないかの間に末順の顔がみるみる変わり、眉は吊りあがった。

「アイ！　やっと飲み込めた。日本から来るやつらは、本当に自分勝手なことばかり言う。どんなにわたしたちがアボジを大事にして、大切に葬ったか。アボジが居る間に援助でもしたのか！　銘雄（葬列になびかせる死者の姓氏などを記した旗）でも持ったのか！　今頃来て何を言うか！」

キセルが飛んだ。裸電球が揺れた。英八は、末順のあまりの剣幕に驚いて目をきょろきょろとして、どうしていいかわからないといった風に狼狽し、両手を宙に泳がせ、溺れるようなしぐさをした。そして、貧乏ゆすりをしきりにしていた。日本語で、

「あっいや、いや、ごもっともで……しかし、純子、無理を言うんじゃない」

と、とりなそうとしたが、通じなかったので、また黙った。

純子は野辺送りに赤い絹布の旗竿を立てて、契き女を従えしずしずと進むという古来の葬列の中にいる顕成を思った。それは骸骨ではなく、影だった。その影が輪郭を持って現れた。純子は、ぐっと崩れ折れそうになりながらも、ここぞと、腹に力を入れ、深呼吸をした。

「ええ……さっきからなんども言ってますように、わたしたちは、オモニたちに感謝しています。ただ、わたしたちはアボジの子供です。離れ離れになった悲しみはどう説明しても解ってもらえないでしょう。アボジが選んだ人生にしても、アボジの心の中では、日本にいる家族を忘れたことはないと思うのです。オモニ……理解してください。明日の墓参りには、ぜひアボジを見せて下さい。お願いし

ます」

　末順は憤然として部屋を出た。一部始終を見ていた光烈は、じっと純子を見ていたが、顔を絨毯に擦りつけて泣いている純子の手を持って、顔を上げさせた。

「日本にアボジの子が何人居るのか？」

　と聞いた。髪をかきあげながら、純子が五人と答えると、間を置いて、クリハジャ（そうしよう）……、と言った。えっ？　純子は首を横にして、信じられない、といった風にまた、えっ？　と口ごもりながら光烈を見た。クリハジ（そうしたら）……、英烈は、はっきりとそう言った。そして、

「わたしの父は境界線近くを警備していて船もろとも沈んでしまったのだよ。骨も拾えなかった。わたしたちは霊を信じている。父の霊がどこでさ迷っているのか……。父の骨がここにあったら、と思うこともあるよ」と言った。

　ありがとう……ありがとう……。純子は声を詰まらせながら言った。光烈は末順の入った部屋に行き、しばらくしてからふたりは出てきた。さっきよりも顔色の白くなった末順は、あきらめたとでもいうように深呼吸して座った。光烈は、応援を頼んでくると言って出かけた。電気が消え、それ以来電気は灯かなかった。

　すでに夜は更けていた。外に出て見ると、漆黒の闇の中で満月に近い月が光を地にそそぎ、星が今にも落ちてきそうなほど、空一面にびっしりと瞬いていた。東はどっちと聞くと、光烈の妻は後ろを指差した。東に日本がある。船で二日をかけて来たが、飛行機だと、ものの何時間の距離だろうか？

　こんなに近い場所なのに、往来の出来ないために頭成と純子たちに数々のことをもたらした。そんなことを考えていたが、星を見て、純子はきっと明日は晴れると思った。


　翌日の早朝、村の男三人と光烈は帰って来た。純子の手を握り手の平を掻いた。それが合図だ、という目をした。光烈の目は充血している。光烈は寝ていないのでは、と思うと、この純朴な光烈が居なかったら願いが叶わなかったことに純子は改めて気がついた。そして大変な事を実行しようとしている自分に体中が痺れてきそうだった。タクシーが着いて、すぐさまスコップをトランクに入れ、地方責任監督者を待った。墓参ということでふたりの責任者が付くという。光烈は、

「この人がサムシムです」

　と言って背広姿の人を紹介した。共和国に神房が居るとは信じ難かったが、立ち会い人として手配してくれ、墓参りとしての行事を采配してくれるのに感謝した。この村の

党員だということだが、この地で儒教が生きているということなのだろうか。英八と純子は顔を見合わせた。純子は青い背広姿のサムシム役の人をじっと見た。四角い顔に短い髪、陽にやけた顔から白い歯が見えた。村の男二人も同じように陽にやけた労働者だった。光烈の同僚と言った。離れたところに立っている。

光烈の妻やその友人たちは、朝早くから供え物を作ってくれていた。昨夜、全ての話が終わってから、英八と純子は末順に三十万円、光烈にも三十万円の入った封筒を渡し、

「こんなお金でなにもかも解決するとは思いませんが、日本にいるオモニと兄弟たちで集めたお金です。どうぞ受け取ってください。そして、これは墓参りに掛かる費用です」

と言って二万円を渡していた。酒や肉、野菜など、どこからか調達してりっぱな供え物ができていた。

空は晴れている。タクシー三台で出発した。村を出てしばらく走ったが、灰色の景色の続く中で、おやっと思うような丘が突然視界に入った。風に匂いがした。珍しい草の匂いだった。しかし、ほとんどの草は枯れている。突然、キーキッキキッキッーとどこかで声がした。猿だろうか？

純子はあたりを見回した。こんもりとした場所を指差して、光烈はクゴシヨ（あれだよ）……と言った。朽ちかけた木の墓標。丘の上の顕成の眠る墓。墳墓は風に吹かれなだらかな曲線をもつ丸みを帯びていた。湿気のない、さらさらとした地肌のせいか、墓は苔むすのではなく、枯れ草が一面に覆っていた。顕成の或る日の顎の髭のようだな、と純子は思った。運転手と責任者に礼を述べて送った。サムシムは光烈の合図で語り始めた。サムシムは南を向いた。鳥が鳴いた。

「はるばる日本からこうして父の墓参りにやって来ました。これから墓を掘ります」

純子は首を垂れた。英八も神妙に首を垂れて祈る風にしている。サムシムは酒を墓にふりかけてから、眉を寄せて盃を割った。それを合図に三人の男はスコップを持って両方から、サクッサクッという音をたてて墓を堀返しはじめた。一メートル五十センチほど掘ると、墓の両側に小山が出来、棺が見えた。棺は一瞬梱包されたかのように見える程、白い物が何重にも巻かれていた。それは、よく見ると木の根だった。木の根だけが生き物のように蠢いている。土に還った人間は骨以外に何も残らないが植物は黙って土の下で生きていた。今にもニューッと伸びてきそうだった。棺は薄い板で出来ていて、ところどころに裂けた跡がある。光烈が棺の横へ降り、ナイフで木の根を切り始めた。その時、ダッダダッダッと走ってくる音がして、責任者の喚く声

がした。

「誰が墓を掘り返してもいいと許可したか！　墓参だといって許可もなしに墓を掘るなど前代未聞だ」と機関銃のような声がする。サムシムは顔面蒼白になってうつむいている。手伝いの男三人は十メートルほど逃げて、頭を抱えてうずくまっている。この人たちに罰があたるのだろうか、一瞬の間に純子は一切を了解した。緊張のために声はうわずっていたが、純子は英八に目くばせして、あれよ、あれ！

と叫んだ。英八がやっと気が付いて、がってんとばかりに責任者に寄っていき、いい天気ですねぇと呟き、お金の入ったタバコを責任者のポケットに捩じ込んだ。そして、墓の見えないところへと連れて行った。責任者は、墓を掘ってできた小山を見て、ぶるぶると震えていた。棺を見てしまうと何か、祟りでもありそうだと思うのか、そんな風に恐れていた。その時だった。

「スンジャネリョオラー！（純子、降りといで）」

と、光烈の声がした。純子は、責任者が場を離れたのを見て、猫のように素早く降りた。光烈が、棺を開けてくれた。蕨のような枯草のにおいで純子は、息を止めた。そのとき心臓の音を聞いた。パクパクと音がする。めまいがしそうになって、純子は、光烈の肩に手を置いた。深呼吸をした。それから、純子は、棺にまたがって脚をかけ、顕成を見た。白かった筈の麻のホサンオ（死装束）は黒ずみ、頭の部分には、鉢巻のように麻布がまかれてあった。麻布をかぶせてあったが、それを取ると綿菓子を掴んだような感触に腕を縮めた。パクパクと顎が震えた。蓬髪の下の布を取ると、純子は右手の指を鍬のように曲げてヌルッとしたものを掴みポケットに入れた。また、左手を同じようにして首のあたりを掬った。土の匂いと、油が腐って饐えた匂いとが混じった匂いがした。手は粘土を持った感触で、饐えた匂いがした。ここまで一気に動いていた純子は、我に返った。震えが来て、棺の中に倒れてしまった。光烈が、純子の腋を持って起こしてくれた。顔を覆っていた布がずれて動いた。純子はその時、麻布を剥がして顕成の土に還った顔を見た。深い穴だった。純子はグイッと首に力を入れて布を被せてから、

「アボジ……会えてよかった。日本から会いに来てよかった。小豆と塩を置くからねえ、ゆっくりおやすみください。アボジ……一緒に帰ろうねえ、帰ろうねえ」

と呟いて棺の蓋をして上に上がった。責任者はまだ遠くに英八と居る。男たち三人は、急いで掘り返した土を元にもどした。それに気がついた英八は、責任者と戻ってきた。失敗したと思っている様子だったが、それでもサムシムや村の男たちに迷惑がかからないように、一生懸命責任者に

気を配っていた。

元に戻した墓の前で蝋燭を立て、線香に火を付けた。風が凪いでろうそくの炎がゆらゆらと揺らぎ、線香の煙は一筋に空へ登って行った。墓の周りに線香の香りが漂い、供え物を並べて三拝した英八は、酒を心を込めて父に捧げるかのごとく紫煙の上で盃を回した。純子も、盃に酒を注ぎ、頭を垂れて三拝したが、膝が震えて立てなくなって、号泣してしまった。

供え物を下げて酒宴を張った英八は、墓参りができて感謝します、と何度も同じ言葉を繰り返した。そして、責任者の杯に、いつの間に覚えたのか、ハンジャン・モッグセヨ（一杯どうぞ）と言って酒を注いで回った。厳粛な祭祀になった。責任者たちは、その姿に納得したのか、何事もなかったかのように酒を飲んだ。トウ・ハンジャン（もう一杯）という英八の声を耳の隅に置き、純子は、光烈の手を握って指で手の平を掻いた。光烈は唇を横に広げた。

光烈の家に戻って、気落ちしている英八に、そっと、成功したよと囁き、ポケットを叩くと英八は目をぐっとひろげ、純子を見た。そして、ポケットを抑えじっと目をつぶった。英八の目から今にも涙がこぼれ落ちそうだった。純子は皆が寝静まった後、顕成の骨を出し、綿で包んでからトレーナーの中にグルグル巻きにして直した。

翌日、ピョンヤンへ戻り、英八と純子は、ホテルの部屋の洗面所で骨の一つ一つを焼酎で洗った。英八は、無言で骨についていた泥を丁寧に擦り取っていた。黒ずんでいた骨は、白い陶器のような光沢を見せて光った。英八が大きい骨から順に並べた。全部で八個だった。純子は、英八の手を見ながらもくもくと作業していたが、力が抜けていき徒労感を覚えて不思議な気がした。顕成に会えたという実感は骨には無かった。純子にとっての父は、頬に覚えた髭の堅さや、しゃがれた声、タバコの匂い、タンポポを租借する音であった。記憶は断片ながら、父はその中でいつも、活き活きと甦る。英八にもそんな記憶があるのだろうか、と純子は英八を見た。すると、いつになくまじめな顔で、英八は、満足と疲労とが混じった表情で、

「親父は、幸せやったと思おうや。もう土に還った。親爺の人生をみれてよかったな」と言った。白い小さな壺に骨を入れると、コトンと音がした。顕成の返事のようだった。それからの二日間、骨壺は、観光の際にも純子のバッグの中に忍ばせて歩いた。夜になって日本の大阪へ電話を

かけようとしたが、電話が混んでいてすぐには掛けられなかった。日本へ戻るという、共和国最後の日にやっと、人の居ない時を見計らって電話を掛けることが出来た。

「お客様と帰って来るのかね?」

と幸子は言った。

「お客様は無事で、元気に一緒に帰るよ」

純子が言うや否や、幸子は泣き出していた。

英八は、共和国に来て初めて高いびきで寝ていた。時折、寝言を言った。純子は夢を見た。夢の中で純子は巫女の舞いを踊っていた。白いチマ・チョゴリを着て長い髪を朝鮮式に結い、ピニョ(簪)をさし赤い紅をひいている。頭から白い布を被り、踵を床につけ、爪先をピンと反り上げて、トゥタタン、タンタン、トゥタタン、タンダン、トゥタン、トゥタン、と長鼓の響きに合わせて能舞いのようにゆっくりと静かに動いた。長い白い手巾を上下に動かした。すると、闇の中から顕成が現れた。おや? 顕成は今、棺の中ではなかったか五色の花飾りの房に覆われて喪輿に担がれているのではなかったか、と純子が首をかしげ、アボジーと声を出そうとしたが、声は出なかった。

(二〇〇〇年「白鴉」)

黒柿

一

大阪に数ある朝鮮市場の中でも、ひときわ規模の大きな市場が東南のはずれにあって、商店街のように左右に軒を並べている。中世からは戸関を設け、柏原から大坂まで物資を運ぶ船が行き交う、運河に沿った河岸であったようだが、いつの間にか朝鮮市場として発展していった。

今、その川は、底の見えない黒鳶《くろとび》色の水が流れ、静かな天候の時でさえ、メタンガスのあぶくが浮いて、シンナー臭が漂っていた。日が沈みかけて、家内工場で唸るモーターの音が止む頃、最も賑わいを見せる商店街の喧騒も、スノギの店までは届かなかった。

川を渡って東へ行く人はまばらであった。店舗価値でいえばその賑わいに雲泥の差がある外れに、一見、倉庫にしても古ぼけた、かろうじて雨をしのげる六坪ばかりの、廃屋に近い平屋があった。その平屋の裏に、百年前からあるという柿の木が一本立っている。なぜ百年前と断定できるのかは誰も知らない。しかし、八十年前の一九〇〇年頃から、川の護岸工事に来て住みついた済州島の人間は、その時からすでにその場所に柿の木があったと語り継いだ。その柿の木は、いびつにふたつに分かれた枝を見上げるばかりに空へと伸ばしている。今にも朽ち折れそうなひねた枝であった。その木は、黒い皮に白い斑点のついた実をつける黒柿という。

ある日、巫女が来て、この黒柿の幹に済州島の神様が宿っていると言った。冬の日に雷がこの黒柿の木に落ちたのだが、真っぷたつに割れた幹に、雷が呼んだ雪がふり積もり、朽ちることなく、春になると新芽をふきだしているからだと言う。また、済州島では死んだ鬼神たちの霊魂とか、冥途の使者と伝えられる鴉《からす》が、この黒柿の実を啄《ついば》むからなのだという。人々はなんだか不思議なものを見る思いで、巫女の言葉に逆らう者はいなかった。しかし、黒く焦げてひびの入った、コルクのような枝と葉がその建物を覆うと、どことなくそこは陰気臭かった。

黒柿のある家をよく見ると、建物の縦半分、間仕切りされたところの西側に裸電球ひとつ点けて、白髪の老婆がひとり、キムチを売っていた。老婆は、眼と眼の間がひらき骨のはった顔をしている。

スノギは、東側の空いているスペースを借りて、クッ（厄除けの祭祀）をするために、サンシムハルマンという、占いもすれば、産婆の代わりもするという便利な婆さんを連れてきた。サンシムハルマンは唇を尖らして、ぶつぶつと呪文を唱えながら、拳で塩と小豆を握り、種を撒くように四方の壁に撒いた。それから入り口に焼酎を勢いよく流した。そうして厄払いを済ませたスノギは、赤いテントを庇より前に張りだした。そこへ高さ七十センチほどの、大型ゴミの日に放りだされたような木机の上に、直径三十センチ程のアルミの金盥《かなだらい》を並べた。それにキムチや惣菜を入れて、道ゆく人々に向かって誰かれなしに声をかけた。

「ネエサン！　ネエサン！　これちょっとアジょみて、みて」

と済州島なまりのアクセントで言って、チャプチェ（韓国風はるさめ）を箸の先につまみ、朝鮮式に、片手を箸を持った手のひじに添えて突き出した。足を止めた人はじろっと顔を声の方へ向けた。四角い顔に丸い目、だんご鼻のスノギは相手を警戒から解き放つのに訳はない。人が思わず口に入れるや、スノギは顔を斜めにして相手を見上げるような形で見た。相手が辛いといえば、アニークロッチアニエヨ（いいえ、そんなことないわよ）……と言って満面笑顔で返し、甘いといえば首をかしげる素振りをした。そう確信をもって言われると、人はさっきのコーヒーのせいで舌の感覚が変わったのかと思い、また甘いものを食べたすぐ後のせいだろうか、と自分の方に責任を持っていった。スノギは、笑うと小鼻が開き、眉がひらく。そして、斜視の黒い部分が耳の方に寄ってしまうために、顔が平べったくなる。一瞬の間を見て、スノギはまた、漬けたばかりなんだけどこれもみてみて、と言ってキムチの切れ端を人の口に持っていった。その人なつっこいしぐさに、キムチの味が気に入った人は、まるで義理を返すように、おもわず朝鮮語が出て、

「オルマ（いくら）？」

と言った。標準の値段が一袋（一キロ）で五百円の時代だった。スノギはそこで、大きな声で三百円！　と板を叩くように言った。スノギの汗つぶが光る小鼻の穴が膨らんだ。

すでに家庭でキムチを漬けなくなって久しい人たちは、三百円なら買っていき、まずく感じても大したこともないだろうと考えていた。なぜなら、当時、まだキムチの味にうるさい人たちがいる家庭では、キムチの味ひとつで小言を聞くはめになることもあったのだった。三百円ならあき

らめがつく。一瞬の間にそう計算が働く表情を読みとって、スノギは真っ白な歯をニイーッと見せた。そしてキムチを秤にかけて、大仰に包んだ。

いいや、正確ではない。秤に乗せるのはただ体裁だけで、秤の針が激しく動いている間に放すので、スノギの手が、つまり、秤だった。ナイロン袋を三重にして包んだ。スノギは、相手がつっかけに自転車ならこの近辺の人だろうと考えて、そこまでの包装はしない。車や電車でチェサ（祭祀）のために買い物に来ている人なら、一目でそれと分かる。靴を履いて大きな紙袋などをさげている。この近辺の人のように、仕事の合間にかけつけたという風に、髪をふりみだしてはいない。よそゆきの装いのためか、キムチの汁が服に飛び散るのを避けるために腰を引いている。それらの人々は、道中でニンニクの匂いは極力避けたいのだった。三百円でこれだけのていねいな包装で売ってくれるならと、また、大阪弁のように独特な粘りのある、それでいて強い調子で切れ目のない済州島言葉に親しみを感じた人は、昼飯用にチャプチェや水キムチなどの惣菜も買って帰った。あれもこれも買って、しめて、たった千円の買い物に、人はいたく感激した。こういったことが繰りかえされて評判になった。朝鮮市場の奥の、川を渡った先、バス通りに出るまでの、とそこまでは皆、一気に説明がつくのだったが、その、なんとなく変な木があるところ、といった注釈がつくと、誰もが興味をもった。平べったい顔のおばさんのキムチ屋とは、赤いテントに『山本商店』と書かれていたが、誰もその屋号は気にとめなかった。あって無いようなものだった。それほどにスノギは人をそらさない顔をしている。そこではキムチを三百円から売ってくれるということがまず語られ、そしてスノギの店に行った人からスノギの人なつっこさが、身振り手振りを交えて熱っぽく語られた。その語りに出てくるスノギは、陽にやけた丈夫そうな農婦、いかにも丈夫一式という、男に尽くすだけが取り柄の、なつかしい済州姥《チェジュハルマン》として描かれていくのだった。スノギのキムチや惣菜を求めて行列が出来た。

しかし、この物語の主人公は伝説になったスノギではない。

二

主人公のひとりは、スノギが知恵を絞ってキムチ商売に成功した余波で、慌てふためくようになったカッスニ婆さんである。スノギの店の隣、つまり黒柿の家の西側半分で、ひとり細々とキムチを漬けていたカッスニ婆さんは、白菜の一箱も仕入れれば、売れ残りのキムチが酸っぱくなるのをいかにして防ぐか苦心を重ねていた。カッスニ婆さんは、土間に腰を浮かす蛙のような格好で、年がら年中、大人が行水でもできそうなくらい大きな金盥の中に、顔をうずめるようにしていた。慶尚道出身のカッスニ婆さんは、スノギのようには明るい印象を与えなかった。白髪を首の後のところでまるめて簪《ピニョ》を差している。枯れ木のような腕で薬味を白菜に擦り込む動作は、ある一定のリズムをもって動き美しかったが、瞼の上の皺は襞を重ねていて、眉をしかめ、白眼だけが敏捷に動いた。

「ちょっと味、見てもいい？」

カッスニ婆さんの店は、青いテントに『慶河商店』と書いてある。それを見て、ひとりの初老の女が言った。女の眼はナイフのように細く、顔の両側に離れてついていてヒラメのようだ。顎骨がはって低い鼻で、陸地人特有の顔をしている。地方意識の強い韓国でも特に慶尚道地方の人たちは、その結束が固い。『慶河商店』という看板からその出自が判るのだった。懐かしげに女は言った。

「オモニ、キョンサンドのオディヨ（おかぁさん、慶尚道のどこなの）？」

「はい、わたしは、プサニヨ（釜山ですよ）」

「アイッ、プサニログナッ（やっぱり、釜山なのねぇ）！ああぁ、懐かしい。オモニがこういうキムチを漬けてたのよね……。オユァ、バンアよ～（慶尚道地方に伝わるバンア打鈴という民謡）。オモニィ、牡蠣が入っているでしょう？」

女は額に三本の皺をよせて言った。

オユァ、石臼《バンア》よ～
このバンアはだれのもの～
慶尚道つくりのバンアよ～

と口ずさみながら、親指と人差し指を真っ赤に染めて、白菜キムチを縦に裂くようにしてちぎった。その動作と同時に舌が出て、一瞬のうちに、キムチは舌にからめられて口の中に消えた。女はその指を舐めている。

黒柿の葉はみごとに紅葉して、風も無いのに、静かに音もなく落ちてきた。葉の表は鮮やかな朱であったが、葉裏は侘しい青だった。枝にはかすかに新芽らしきものが見えていた。黒い実が重たげになっていたが、もぐ人はいない。鴉がやってきて黒柿の実を啄んだ。硬く目のつまった黒柿の幹はその昔、几帳など高級家具に使われたというが、今にも朽ち折れそうな、晩秋の照柿色はどことなく寂しげにこの平屋と街を染めていた。年寄りの鴉が、気乗りのせぬ調子で弱々しく鳴いていた。

カッスニ婆さんは、釜山でのキムチを思いだして、牡蠣を入れていた。スノギのキムチは今風に、化学調味料でほとんど味つけられていたので甘く、漬けてすぐ食べる分には誰もがおいしいと思うのだった。カッスニ婆さんは、スノギのキムチよりおいしく漬けねばならないと思っていた。牡蠣を入れると味に深みが出るのは判っているのだが、キムチの色がすぐ黒くなる。その黒くなる前に売ってしまわねばならず、カッスニ婆さんは一案を講じた。キムチを普通に漬けた上に牡蠣を薬味でまぶして置いた。そうすると、牡蠣が入っていることも客に判るし、鮮明な唐辛子の色も活きてくる。しかも、買って帰ったキムチは、各家庭の瓶の中で発酵していって旨味を出す。

初老の女は遠いところから来ているらしく、ぶつぶつとつぶやきながら、兄弟、親類縁者の分もと思うのか、指を折って数えていた。

「オモニィ、ひとつがオルマンデヨ（いくらなの）？」

「三百円ですよ」

「三百円！　まあぁ！　じゃぁ、七つちょうだい。オモニィ、がんばってね」

それからというもの、人伝《づ》てにその味が評判を呼び、自分のキムチを買っていくのに驚いて、カッスニ婆さんは頬を痙攣させていた。腰を上げるにも、一旦九十度に体を起こして、からくり人形のような動きをしてからでないと立ちあがれない彼女は、いらいらして震える客の手を見ても、ゆっくりとしか動けなかった。

ある朝、カッスニ婆さんはカートを押して、一キロほど先の卸し市場まで歩いていった。八時頃の卸し市場は、セリが終わって大口の取引が終わっていた。その後の、個人商店や小さいスーパー、料理屋の板前たちの仕入れも終わって一段落したのか、どこか緊張のほぐれた、のんびりした雰囲気がただよっていた。配達のためリフトに乗って、どけ、どけい！　と勢いよく走り回っていた男たちの速度も、ゆっくりとしている。その頃には、鮮魚、乾物、野菜、果物、肉といった売り場の角にごみが捨てられるのだが、その側に腐りかけた果物や、売り物にならない、へしゃげた野菜なども放りだされている。以前はカッスニ婆さんも、そんな野菜を拾うこともあったが、その日はそれが目当てではなかった。カッスニ婆さんは、梅紫色の毛糸の帽子を被り、青や朱、黄などの色が混じったキルティングの綿入の上下服を着ている。その上に荒く編みこんだ焦げ茶のベストを着込み、左右に肩を揺らし前屈みになって歩いて回った。カッスニ婆さんは、そんな色見本のような服装をしていても、色白のせいか、一昔前なら、楽隠居のばあさんに見えなくもなかった。しかしそのまなざしには、一筋縄ではいかない強情さも見え隠れした。姫鱈を見つけたカッスニ婆さんは、わざと額に皺をきざみ、こすっからい眼でのぞいて、

「これ、もう売ってしまわないといけませんね」

とゆっくり言った。姫鱈とは二十センチくらいの小さな物で、飴色になった乾物である。どの店のおやじも、鼻を刺すような、ニンニク臭い、陰気なおばあさんがうろうろするだけでも、なんだかうっとうしいと思っている。需要の少ない姫鱈は、賞味期限が迫っていて、初物のような艶がなくなってきていた。カッスニ婆さんは、じらすだけじらして、相手が短気を起こし、

「ええい！　ばばぁ！　なんぼでも持っていけぃ！」

と言うのを待っていた。そうして、ただ同然に姫鱈を買って帰ったカッスニ婆さんは、そのカラカラに乾いた姫鱈を、少しの時間、水に漬けて戻してから薬味でまぶした。それを金盥に入れて店に置いた。すると、めざとくそれを見つけた客は、

「アイゴッ、姫鱈《ノガリ》やんか！　アイゴなつかしい！」

と言って買っていく。

風評はある意味でおおげさで、無責任なところがある。噂はひとりでに歩き始めた。人はスノギのキムチや惣菜は安い、カッスニ婆さんのキムチと惣菜はおいしいというレッテルを貼り、楽しむようにして両方の店に並び買っていった。ところが、カッスニ婆さんのキムチと惣菜はしつこくて臭いといった声もして、自然とスノギの店とカッスニ婆さんの店とは客層が分かれた。

三

商店街のある店先には、極彩色のチマ・チョゴリや布団生地が積んであった。店内では尻の大きい女が生地の中にでんと座っていて、女は三メートルはありそうな木尺定規を握っている。女の細い眼は、薄い眉と、鴇《とき》色のシャドゥを塗ったために瞼が腫れて見えた。

隣の店先の木樽には、年老いた姥が、暗い湿気た場所で、大きな木樽に大豆を浸し、二時間おきに水替えするため、一晩中寝ることもできずに、うつらうつらと、夜をついで育てた豆もやしがある。また、一夜干しの甘鯛は身を開いて薄く塩をふられ、簾の上で並んでいる。その隣で姥は日がな一日座っている。彼女は、甘鯛を狙う蠅を追っ払うために団扇であおぎながら、瞬きを忘れたような、黒い眼窩《がんか》の奥から道ゆく人を見ていた。奥の土間では中年女たちが、足を八の字にひろげて金盥の周りに座りキムチを漬けている。

豚肉屋では、朝早くから男たちが大釜で豚肉を茹がいていた。直径一メートルはあろうかと思える大鍋は底が深い。その鍋に合うように作られたかまどの中で、ガスバーナー

の炎が時々、蛇の赤い舌のように漏れていた。男が、茹がいた豚肉を大きな笊《ざる》にあけた。豚は、頭、胸、腹と昆虫のように切り分けられ、安全カミソリで産毛を始末されて湯の中に入れられるのだが、豚によっては、堅い毛のために、安全カミソリが何本も使われた。豚足と内臓は後の残り湯で茹がかれる。その湯気のたった頭、胸、腹などの豚肉は、皮を上にして置かれた。それを、透明のナイロン手袋をつけた赤い口紅の女が売っている。その湯気から立つ匂いと、隣の餅屋の、甑餅を蒸すエントツのような筒からあがる匂いとが混ざってくると、鼻のあたりがくすぐったくなるようだった。

もつ肉屋では、屠場から運ばれてきたばかりの牛の尾や腸、肝、肺などが、焼き肉屋たちに分配されてまたたくまに売れてしまい、家庭で食べる分には屑のような部分しか残っていなかった。精肉屋では赤身の固まりが吊されていた。祭祀《チャサ》の日には、赤身の牛肉を串に差して焼くのだが、噛んだ時に血の匂いがなくて、焼いても縮まないものを人は求める。

それらの商店の並ぶ朝鮮市場には、胡麻油や唐辛子など香辛料を売る店や、八百屋、すずめ鯛《チャリ》やエイ《カオリ》などの魚を売る店、チェサ用のあらゆる道具などを売る店があるが、断然、キムチ屋が多い。五十メートルも進めば買い物は事足りたが、親戚の誰それがしている店であるとか、たとえば豆もやしひとつをとっても、ひ弱で長い茎ではなく、短くても肥ったものであるといった、そこにしか無い名産物を探すという風に、人はそれぞれ勝手な価値観をもって奥へと進む。噂を聞きつけた人々が、スノギの店目当てに自家用車で遠方からも来て並び、長々と行列ができた。カッスニ婆さんの店はスノギの店のおこぼれだけではなく、その出身の地方性も加わり、キムチや惣菜が飛ぶように売れた。

しかしカッスニ婆さんは、字が書けないし読めない。宅配で送ってくれという注文の前では、

「アイゴねえさん、カイテクダサイ」

と、毛を毟《むし》られた鶏のような首の皺を伸ばし、顎をあげて頼むと、大体解決したが、電話注文が入ると慌てた。頼りの息子は朝から酒浸りで、博打場に出入りして役にたたない。カッスニ婆さんは、釜山から来てオーバーステイのまま居ついているアジュマたちを使っていたが、彼女たちは日本語ができない。カッスニ婆さんは、はたと困りはてていた。

「アジュマァ、ナルサヨンホップソーッ（わたしを使いなさい）」

突然、済州島言葉で声がした。カッスニ婆さんは、慶尚

道の出身だから済州島の方言は聞きとりにくい。いや、すでに長い大阪暮らしで、済州言葉は聞き取れていたが、判らないふりをしている方が得策だとしているふしがあった。キムチの陳列台に手をかけて一旦、九十度に体を起こしたカッスニ婆さんは、その声の主を見た。卵形の顔に小さい目、小鼻の張った低い鼻、ふっくらとした唇、それにはきはきとした声にあう断髪の姿。たしかに、わたしを使ってくれと言ったなと、カッスニ婆さんは声の主をじっと見た。

「日本に来て十年になります。日本語も読み書きできます。下働きからでもいいですから、使ってください」

少しなまりがかった日本語で彼女はたたみこむように、自分を売りこんだ。

すぐには人を信用しないカッスニ婆さんも、彼女を内心気にいっていたが顔にはださずに、

「登録証はあるの?」

と聞いた。その時、風がふいて、カッスニ婆さんの髪から、枯れ木を燻《いぶ》したような匂いと椿《つばき》油の匂いが、辺りに漂った。

「イェー、イッスダ（はい、あります）。矯胞《キヨッポ》（在日朝鮮人）と結婚して子ども《アイ》がひとりイッスダァ」

「何歳なの」

「ソルンタソッシウダァ（三十五です）」

隣のスノギに似た顔立ちの彼女は、済州女でよく働きそうだ。この女はあるいは福の神かもしれないと、カッスニ婆さんはいたく気にいったが、かえって反対に眉をしかめて、声を落とし、

「名前は?」

と言って、彼女から、

「ソンミエヨ（成美です）。イッソケンメ（一所懸命）働きます」

と言う言葉を引きだした。

四

ソンミは朝八時から夕方の七時までめまぐるしく働いた。白菜の塩漬けにも金盥ひとつではとても追いつかないくらいに忙しくなって、カッスニ婆さんは、通りから五軒ほど入った路地裏に、倉庫兼塩漬けの場所を設けた。大きな金盥は五つに増えた。スノギの店はすでに、大きくそういう場所を構えていたが、カッスニ婆さんは、いかにも細々と商うという姿勢を崩さずにいた。しかも、カッスニ婆さんの吝嗇《りんしょく》ぶりは、ニンニクの皮剥きに至るまで徹底していた。雇われている人間はちっとも考えて仕事をしないと言って、ニンニクの皮を剥くのに包丁を使うのを禁止した。手で剥いてから、頭のところをペティナイフで切りおとせと言っ

た。一度に十キログラムものニンニクを機械で擂りおろすのだが、あたまから包丁で切って皮を剥くと身までおちてしまい、それを計ると何百グラムにもなるというのだった。働く人間にはそこまで徹底して厳しい。だが、カッスニ婆さんは、塩漬けした白菜を洗うときにこぼれでる白菜のくずを拾い集めて屑キムチ《プレシギ》を作り、常連の客におまけで付けた。

カッスニ婆さんは、動きが鈍い分だけ気配りは冴えていて、

「アイゴねえさん、わたしはねえさんの顔を見ると、プシレギを渡さないといけないと思うのですよぉ……」

と、顔を覚えた客に愛想を言った。カッスニ婆さんの口から頻繁にでてくる、アイゴねえさん、というのは、関西の在日特有の言葉で、親戚や同胞同士、あるいは近所同士を呼びあう時に使われる。ねえさんに朝鮮語の感嘆詞が枕について、『アイゴねえさん、元気にしてたか？……』という風に会話のきっかけを作る便利な言葉であった。

カッスニ婆さんは、野菜や菜っ葉、唐辛子やごまを仕入れるにも一カ所ではなく、何軒ものところから仕入れして、必ず現金買いを通した。税務署から調査が来た時など、片言の日本語を交えた慶尚道の言葉で嘆息し、

「ワタシハ、ニホンニキテカラ、ナーンニモイイコトナカッタテス。ヤット、アイゴー、キムチヲツケテ、ソノヒヲクラシテイマス。モッテイクナラ、コノカラタヲモッテイッテクダサイ」

と、訳の分からない朝鮮のおばあさんを演じ、いかに細々と食い繋いでいるかを訴えた。廃屋に近い店と、九十度に曲がった腰、痩せた体、窪んだ眼窩はそれを裏付けていた。税務署員はその姿に圧倒されるのか、面倒なのか、それともイワシの塩辛《メルチヨッ》の、腐った魚のような塩漬けの匂いに鼻を塞ぐ思いをしたのか、それ以上の詮索はしなかった。だが、それはある意味でカッスニ婆さんの本心から出ていることでもあった。今、毎日どんどんと現金が入ってくるのだが、これは夢ではないか、こんなことがいつまでも続く筈がない……と呟いていた。いつまた、店がひまになるかも知れないと呟きながら、税務署員が帰る姿を見ながら言った。

「アイゴ、ニホンハ、ゼイキンハオモイケド、ワタシノイノチナドカルイモンテスヨ」

カッスニ婆さんにとっては、お金だけが信用できるのだった。彼女は三十五歳のころから、大手のキムチ屋の下働きをしていた。いつも水浸しの土間に中腰で薬味を白菜に擦りこむ仕事で、すっかり股関節がいかれてしまった。夏でもカイロが手放せない体になっている。そうしてやっと溜めたお金でこの店を開いたが、スノギが隣にやってくる

までは自分ひとりで間にあうほどであった。

　キムチ屋は儲かるというが、売れる加減と塩漬けのタイミングを計るには年期がいる仕事だった。キムチは生きている。呼吸をするのだ。白菜は高温だと汗をかいて泡をふく。また逆に、温度が低いとかたくななまでに塩に浸るのを拒むようだ。だからと言うべきか、何度も白菜に裏切られた女は、歯ぎしりをするように歯をむきだして、奥歯に力を入れて荒塩を掴み、ハッと息を吐いてからまるで仇ででもあるように、白菜の芯をめがけて塩を撒く。一瞬、厳しい眼をした。塩をふった白菜を樽の底から順に重ねて入れ、アジュマの尻ほどもある大きな石を重しにかけて置いた。

「キムチは、お客さんが食べるときにおいしくなければ、失敗だよ」

　カッスニ婆さんが、ソンミに口酸っぱく言って教えた。夏には朝に薬味を擦り込んだキムチが、夕方にはもう酸っぱくなる。塩漬けの状態で腐る場合もあった。また反対に、冬にはなかなか薬味の味が沁みこまなくて味が出ない。薬剤などを使わずに発酵させねばならない。こういうことをカッスニ婆さんは体で覚えていた。

「はい！　慶河《キョンハ》です。はい、五キロですね。はい、仙台市……あぁ、えっと、先にお金を送ってください。そこに住所も書いてね……こちらは、大阪市……。ありがとうございます」

　宅配便が盛んになって、北海道や仙台、九州や山口など地方から注文が殺到した。ソンミは、右の耳と肩で受話器を支えて注文を取りながら、一キロずつ袋詰めして売っていた。一度買って帰った人たちがクール宅急便で送ってくれと言う。ソンミは翌日に着くキムチと、店ですぐ売るキムチとを分けた。薬味の擦り込み方を工夫した。店で売る分にはしっかりと薬味を擦り込ませ、宅配の分は擦り込み方を軽くした。店の前で並ぶ客を相手に手を忙しく動かしながら、ソンミは韓国語半分、日本語半分で後ろの土間のアジュマに指示していた。店の狭い土間では、最終仕上げの薬味を、塩漬けされた白菜や大根に擦り込んでいく。売れる加減に合わせねばならない。ソンミは、次第にこの店の全般を切り盛りしていくようになっていた。

　カッスニ婆さんは、オーバーステイのアジュマたちを雇うのを止めていた。彼女たちは黙って仕事はするが、目標の金がたまると、さっさと帰ってしまう。仕事を覚えたころにいなくなるし、仕事を覚えたら覚えたで一人前の賃金を要求する。それならと、危険を犯してまで彼女たちを雇わなくなった。在日の六十代の女たちを雇うようになっていた。彼女たちは、大きい金盥の前に座って、ナイロン手袋を真っ赤に染め、薬味を白菜の一枚一枚に擦り込みながらも、井戸端会議でもしないと間が持たないとでもいうように、口を絶えず動かしていた。

「アイゴー、ウリおっさん（わたしの亭主）、きのうもスルモッコ（酒を呑んで）道ばたで寝てしまったヤゲ（の）」

「アイゴねえさん、ほんまにしんどいヤゲ……。なんでそんなヤゲ。ねえさんが甘やかすから、そうなるヤゲ」

「アイゴッ、ウリおっさん、ササムサコン（四・三事件、解放後の南朝鮮だけの単独選挙に反対して起きた暴動に端を発した住民虐殺事件）で父母《プモ》を槍で殺されてぇ、畑で腐っていくのを見てから、死んでるヤゲ」

「アイゴーッ！　生きてるやんか！」

「アイゴーッ、体は生きとっても、とうの昔に死んだんヤゲェ。いつも夢でうなされてるんヤゲ」

　在日の済州女は、語尾にヤゲー（の、ね）をつける。切れ目のない独特の語りは、言葉を理解しない人にとっては、一瞬、ここはどこ？　という風に、未開の地に迷いこんだ錯覚を起こすほどであった。彼女らのかしましいのはどこまでも続き、相槌をうつたびに金盥に腕をかけて溜め息をつくので、薬味を擦り込む速度が緩慢になっていく。

「この頃、高島ネ（の）嫁《メヌリ》見かけんけど、どうしたんヤゲ」

「アイゴねえさん、知らんの？　チェジュから嫁に来る前の恋人が追いかけてきてぇ、家出したヤゲ」

「アイゴッ……。弟やいうてたのがそれか？」

「そうヤゲ、アイゴ……」

　いつまでも話がとぎれないことに、いらいらして、

「アイッ、べらべらコッチマルゴ（ぬかさず）イルホッソ（仕事しなさい）」

　ソンミが注意をすると、たちまち、

「クノム（あいつ）。昔は若いやつがあんなコンバンジグンマル（生意気な言葉）を言わなかったもんや。八分の旦那（知恵遅れとか、どこか成長しきっていない大人）をもらって、うまいこと登録作ったいうて、えらそうに……」

　と囁くのだった。ソンミはそんな時、

「韓国から来たといってどこまでも田舎者扱いしてから！」

　とどなった。そして、

「アイゴー、タンシン（あんた）たちも日本に初めて来た時は、なまりがあって、日本人に汚い、臭いといって差別されてつらい思いをしたんだろ？　どうして同じ郷から来てる人間をばかにする！」と続けた。すると、在日歴五十年、六十年のアジュマたちは、嘆息しながら、

「アイゴー、うちらは、おまえたちみたいに、なんでも金、金、と割り切れなかったもんヤゲ。おまえたちは金がなく

なったら、すぐに主人を捨てるだろう。うちらは、金がなくなっても主人は主人として立てているヤゲ」

と、澄ましている。するとソンミは、

「アイゴー！　眼に見えない檻の中に飼われてることも知らんと、アイゴーッ、奴隷は奴隷であることに気づかないというが、あんたたちがそうだよ！」

と、眼をつり上げて早口の韓国語でまくしたてた。

客はただ、呆然として見ている。アジュマたちは、ぼそぼそと、

「アイゴー、男はやっぱり女と違う。看板ヤゲェ……。それにぃ、弱った男を見捨てることなんかできないヤゲェ」

と言いながら、やっとゼンマイをいっぱい巻かれた機械のようにリズミカルに動きだした。眉をあげて、口をしっかり閉じるのだが、腕の動きに併せて、顎は上下に動いた。

ソンミは元へ戻って前を向き、客に、なんぼいるの！と当たり散らした。すると、間延びした口調で、

「ねえさん、明日食べるやつやから、奥のアジュマが今薬味したやつ、入れてぇな」

と初老の女が言った。

「アイッ、あれもこれも、一緒や！」

ソンミが乱暴な口を利くと、

「なに言うてんねん！　なんでそんなに偉そうにするねん。あんたが経営者か！」

ボーッとしたように見えた女が、眉を吊りあげて言った。

「いらんかったら買わんでもええ！」

「なに言うとんねん。それが客に言う言葉か！」

文字通り口角泡を飛ばし、今にも飛びかかりそうだが、激しいのは言葉だけで、チッ、チッと舌打ちして客の方が折れる。ソンミの態度に腹をたてて、となりのスノギのキムチを買う人もいたが、カッスニ婆さんのキムチ目当てに来た人たちは、黙って並んでいた。

午後六時を過ぎると買い物客もまばらになっていくので、カッスニ婆さんは家に戻っていった。その時間帯では、残りそうなキムチや惣菜はおまけでつけて売るので値段がまちまちになっていく。そんな時を狙って、カッスニ婆さんの息子がやってきた。

「アイゴネエサン、カンパッテルカ？」

女のように長い睫の奥に、赤い充血した眼をして、唇の縁にいつも唾をためた息子はヘラヘラと笑いながら、お金を入れる木箱に手を入れて札を抜いていった。ソンミやアジュマたちは、男に逆らう術を知らないこともあって、眼を伏せていた。なんでも、カッスニ婆さんの話によると、朝鮮戦争の時に生き別れて、孤児院で成長したという、カッスニ婆さんにとってたったひとりの身内なのだった。カ

ッスニ婆さんが苦労して探しあてた息子だけに、皆は、腫れ物にさわるようにしていた。気性の激しいソンミでさえ、男の客に対しては、大の男が買い物をしていると言って気の毒がり、アイゴ、サジャンニム（社長）が来ましたか？とポッと頬を染め優しい声音になるのだから、経営者の息子に対しては、なおのこと従順であった。

　カッスニ婆さんは、ある時から店の前に椅子を置いてにこにこと座るようになっていた。しかし、カッスニ婆さんはただ座っていたのではない。何人の人がどれだけ買っていったか、手の指と足の指を使って計算し、ソンミが昼食に出た隙やトイレに入った隙に、木箱の中の札を数えていた。計算機がなくとも長年鍛えた勘は鋭く、カッスニ婆さんの考える売上とそう違わずにお金が入っていた。

「ソンミヤ、字が書けるだろう？　一条通りの新福銀行に行ってきなさい」

「オモニー、両替だったら毎日、銀行員が来てるじゃないの」

　日本の新福銀行はやって来ないが、韓国系の民族銀行の渉外員はわずかな日掛けのために、両替金などをもって日参していた。

「違うよ。たまって（黙って）行ってきなさい」

　と言って、知らない人の名前と住所を書いた紙と、免許証のコピー、印鑑を握らされた。

「何のために、アイゴ、こんなに忙しいのに」

　ソンミは、キムチの染みをつけたエプロンと赤い長靴姿で、自転車に乗って走った。膨れっ面をしながら銀行に入ると、行内に居た人たちは、うさんくさげにソンミを見た。ソンミはハッとして自分の姿と匂いとを想像して真っ赤になった。だからこんなところに来るのは嫌だったのにと、つっ立っていた。

「どういうご用件でしょうか？」

　とうに定年を過ぎてると思われる六十代の男が、眼は笑わずに口元をゆるめて近付いてきた。

「新しい通帳をつくりたいんです」

「はっ、ではここに記入していただけますか」

　言葉は柔らかいのだが、有り難くもなんともないのだという気色が見えた。ソンミは心の中で、おまえたちに食べさせてもらっている訳じゃないわ、と持ち前の負けん気をだして、やっと興奮を押さえソファに腰をかけた。そして窓口の女子行員を見ると、女子行員は眼を逸らした。通帳のできる間にも、行員たちは息を詰めている風な様子が伺えた。ソンミは、ふん！　何が銀行員や、三流やんけ、と呟いていた。

　新しく作った普通預金の通帳をもって帰ると、カッスニ婆さんは、振り込みの三回に一回はここに振り分けろと言った。地方から毎日のように、十キロ、二十キロという単位の宅配注文が何口も入っていたのだった。それまでは代引きや現金書留で送ってきていたが、焼き肉屋も法人になると、事務手続き上、振り込みにしてくれという依頼が増えてきていたのだった。ソンミは、この時からある考えが頭をもたげ始め、その昂《たか》ぶりを隠すため、近視のように物に顔を近づけて笑いを隠した。

ソンミが新福銀行に行ってから一カ月経ったころ、渉外係長という人間が、腰を低くしてにこにこしながら、『慶河商店』にやって来た。新福銀行はその振り込み額の大きさに驚いたのである。

ソンミはその時から、夫と子どもの名を使って架空口座を作っていった。友人の名前を借りて作り、自分の名前の口座も作っていった。そしてカッスニ婆さんには、友人の分だけ通帳と判を貸していた。そして、少しずつ振り込みが増える際に巧妙に振り分けて、自分の家族の口座に入れていった。カッスニ婆さんの店から入る裏口座に勢いを得たのか、新福銀行の渉外員は、その頃からキムチ屋を重点的に回り集金額の業績を増やしていった。

五

ソンミの夫の一平は、三十歳の頃に交通事故で頭を打って記憶喪失になった。受傷して昏睡状態が十日続き、認知障害に陥った。すでに結婚していて子を持っていたが、助手席に座っていた妻と子は潰され死んで、いない。一平は、命を取り止めたものの、事故の後遺症で結婚していたことの認識がなく、子があったことも当然のように記憶になかった。リハビリを続けるうちに、外見からは病気であることが判らなくなったが、蒼黄色い顔をしてじっと探るように見据え、精神安定剤と鎮静剤の使用でふさぎこむことが多くなった。昼でも頭から毛布を被って絶えずおびえていた。何が彼をおびえさせるのか、その時によってまちまちであったが、家にいると、どろぼうが入らなければいいが、とおびえ、めったに外に出ないが、外に出ると、誰かが自分を襲うのではないかと、蒼ざめていた。風呂にも入らず、夏でも毛布を被って座り溜め息をもらしているので異臭を放っていた。それでも少し気分のまぎれそうな時には、尋ねてきた人と会話を交わすのだが、すぐに大きな声におびえて、湿ったするめが炙《あぶ》られたように縮こまっていた。

一平は、大学を出てから司法書士事務所を開いていた。一平の母の自慢の息子だった。事故後六カ月目に、一度事務所を再開してみたが、顔は蒼ざめ、その日の内にやらなければならないことを何度も確認し疲労してしまう。メモを探して確認してもすぐ忘れてしまった。そして、大事な用事と些細な、どうでもよいことの区別がつかず混乱し、事務所を閉めてしまった。そうして家の中に籠るようになったのだった。

驚いた一平の母は、クッをするために神房を家に招いた。鉦や銅鑼、長鼓《チャング》を持った楽座たちと神房は三日三晩もの間、座敷で踊り呪文を唱えた。最後の日には一平を座敷の真ん中に座らせて、釜のような物を被せた。その周りを神房は神霊を呼ぶ憑代《よりしろ》、白い切り紙のカンサンギを振りまわしながら、なにやらぶつぶつと呪文を唱えて歩き、ヒューッといった口笛のような音を立てて倒れた。そうしてクッは終わったが一平に変化はなかった。

一平の母は、次に占いを頼るようになった。新興宗教のような『○×心療院』という、俄か仕立ての寺を訪ねると、鼠色の上下服を着た剃髪の男が奥へと案内した。部屋に入ると、眼も覚める金色に飾られた祭壇に、生米や果物、ナムル（豆もやしや蕨などのおひたし）、甑餅などが供えられてあり、青、赤、黄などの布に『有縁無縁三界萬霊等』、『何無妙色身』、『廣博身妙来』と書かれ壁をふさいでいた。燭の灯が天井へとゆるやかに昇っている。香木を燻してあり、その煙は稜線を描きながら部屋の中を漂っていた。祭壇を背に、ぽっちゃりと肥えた、こちらも剃髪の女があぐらをかいて座っていた。一瞬ギロッと眼をき、一平の母を見据えた後は眼をつぶってしまった。一平の母がかしこまると、

「アイゴーッッ。生きるも地獄、死ぬも地獄……アイゴーォッッ、草も木も生えぬ、ここはどこじゃ、どこへ行くのじゃ、アイゴーッッ！」

と謡《うた》うように言った。一平の母はのっけから畳みかけられて、瞬時に今までの緊張が崩れ、やっと自分の気持ちを分かってくれる人に出会ったとでもいうように泣き伏した。その間にも風のない部屋で、少しずつ燻された香木の煙だけが音もなく漂い、一平の母の、荒涼とした心中に染み込んでいくかのようだった。

やがて顔をあげた一平の母は、一部始終を語り始めた。相槌を打つだけであった女はやおら、仁王のように眉をあげて、

「これは先祖返りなのじゃ。洞窟に逃げ込んで苦しんだ先祖が呼んでいるのじゃ」

と言った。一平の母が、アイゴー、どうしたらいいのですか、と深く溜め息をもらすと、

「この息子を救う道がひとつだけある。西に行って嫁《メヌリ》を探すことじゃ」

と言った。

「西？　西というと、済州《チェジュ》……ですか？」

と聞いたが何も答えない。助手のような男が出てきて、

「ハヌニムン（神様は）、きょうはもう終りだと仰せです」

と言った。あぁぁ。一回の見立てが一万円だと聞いていたのでそのことだろうと、

「アイゴ、ハヌニム。お金はなんぼでもあります」

と言った。女はあからさまに嫌悪の皺を眉間によせ、お金の問題ではないとでもいいたげにしたが、すぐに表情を変え、

「チェジュの東南で探しなさい」

と言って部屋を出た。助手の男は祭壇を指さして、

「今日はオモニ（母）とアダル（息子）のふたりなので二万円です」

と囁くように言った。一平の母は少しの可能性でも探り今の状態より良くしたい。しかし、二万円は高いなぁとぼんやり考えていると、賄い婦のような女が寄ってきて、鼻に皺をよせ薄い唇を楕円にひらき、わらびのような、乾いた口臭を吐きながら、

「アイッ、ねえさん。ここのハヌニムは信者が多く、占いも良く当たるので有名ですよ」

と、横目でうす笑いの表情を見せて言った。そして小豆粥を差し出した。


　そうして一平の母は、親戚のつてを頼って済州島の東南にある村から、見合いの相手を探した。一平に薬を半分に減らして飲ませると、ふさぎこむことが少なくなったが、食べ始めると止まらなくなった。相変わらず家に籠っていたが、外見からは病気であることが判らなくなった。

　それとは知らずに、ソンミは二十五歳の時に一平と見合いして、憧れていた日本にやってきた。一平は眉が太く、澄んだ眼をしていた。じっとソンミを見る。濁りのない瞳で見すえられると、ソンミの方がうろたえた。彼女は、隣村のねえさんのように日本に行って新しい人生を築くことができると期待していた。ソンミは、快活で賑やかな娘だが、泣くか、笑うかで、複雑で細やかな感情を持たない人間だった。結婚式の日には、晴ればれとしたソンミと、やっとこさ腰をあげて縮こまっていた一平がいた。

　ソンミが一平と暮らし始めると、一平は単純作業ならできるようになって、近くのヘップ（サンダル）工場へ行き、ソンミも内職に励んだ。しかし、一日中シンナーが空中に漂い、徐じょに骨が溶けていく作業を続けるうちに、一平は眼の焦点が定まらず、また、ふさぎこむようになっていった。妊娠したソンミはどうしていいのか判らず日々を過ごしていたが、ある夜半、寝付かれずに起きてみると、一平がいない。台所の方から白い、ボーッとした灯が漏れて

いる。近付いてみると、冷蔵庫の扉を開けたまま、一平がその前に座り眼をつぶって、大根と人参をボリボリと噛んでいた。いつ終わるともしれないくらい、黙々と咀嚼を続けている。

「エンガネホッソ（いいかげんにしなさいよ）！」

と手にしていた大根を取りあげると、一平は泣きそうになって、ソンミに覆いかぶさってきた。ソンミは思わず、一平を足で蹴りとばしていた。それでも一平は、ソンミにむしゃぶりつき呻くように泣いている。汗を出して苦しそうにした。ソンミは結婚して以来、ずっと感じていた違和感を確信した。食べ始めると止まらないが、それはきっと口が卑しいんだろうと思っていたが、この尋常でない姿はきっと何かある。ソンミは、胸が苦しくなった。しかし、お腹にはこの人の子がいる。子を生めば日本に永住できる。もう少しの辛抱だ。そんなことを逡巡しながらも、いつしか、一平に対する情もわいてきて、エンガネホッソヤン（いいかげんにしてねぇ）……とつぶやきながらソンミも一緒に泣いていた。やがて夫にそっくりな男の子が生まれた。

川を東へ渡るとバス通りに出る。そのバス通りの居酒屋の看板に灯りが点ったが、日没までに時間があるせいか、灯はチカチカと瞬きをするようだ。その頼りない灯も、夜になると赤く燃える。ソンミは居酒屋『オモニ』にいた。海鮮チゲ鍋（魚介類が入った辛い味噌鍋）を前にうつろな眼で座っていた。

「懲役一年。初犯であることと、被告は反省していることを鑑み、刑の執行を三年猶予する」

裁判官の声がまだ耳に残っている。ソンミの母が日本に出稼ぎに来ていたのだが、ある日、スーパーマーケットで万引きとまちがえられ、オーバーステイであることが発覚した。二カ月拘束されて、三日前に裁判が行われて判決が下ったのだった。ソンミの母は、ソンミが日本で結婚し、仕送りする金を当てこんでマンションを建てたが、うまく行かずに借金を作ってしまった。そして観光ビザでやってきた。

「オモニィ、わたしが一所懸命仕送りするから、畑仕事をしてアボジ（父）と弟を守ってください」

とソンミは言ったが、

「アイゴ……、おまえにばかり苦労はかけられない。日本に行けば、キムチ屋の下働きでも充分稼げると聞いたよ。それに、アイゴ、チェジュと違って、労賃がきっちりと払われるしね」

「でも……今まで苦労ばかりしたんだから」

「アイッ、おまえが朝から晩まで働いているというのに、わたしがじっとしてられるかね……。それに、来年、弟がソウルの大学に行きたいと言ってるよ」

と、ソンミの母はとりあわなかった。

ソンミは初めての裁判所での経験から、そのショックが覚めずにいた。ヒコクハ……、フホウニュウコク……、ホンケン以外のハンザイは……、ショハンでアリマス……、サイハンのオソレはアリマセン……、パスポートはタタミのシタに。カエリのヒコウキのチケットはカエマスカ? ハイ、キュウリョウのノコリがアリマス……。検事と弁護士のやりとりがソンミの頭の中を巡っていった。

ソンミの母は、新地の遊廓や、韓国食堂などで細切れの時間を区切って働いていたが、その地域一体を仕切る女にパスポートを没収されていた。夜、昼となく働いて、百五十万円貯めて送り、借金の支払いに当てた。

鍋の中のサザエが泡をふいている。はまぐりがパカッといった音を出して開いた。唐辛子で赤くなった汁に、サザエの気泡が水泡のように泳いで、鍋の内側に付着していった。カセットデッキから、韓国女性歌手の歌が流れて、鍋からあがる湯気の上を通った。無我夢中で働いている間に、故郷の歌も判らなくなっていたな、とソンミは頭の隅で気がついた。

「アイッ、ソンミヤ、食べなよ」

『オモニ』の経営者が言った。

「……うん……」

「オモニン、チェジュエカショックナ(お母さん、済州島に帰られたの)」

「うん、今日、空港まで送ってきた」

「アイグー、しゃあないヤゲ、しゃあないぃ……」

ソンミはその言葉通り、仕様がない。そう思うことにした。

「ソンミィ、逃げなよ。なんであんな病身《ピョンシン》のだんなといつまでも一緒にいるのさ」

『オモニ』の経営者はソンミと同郷出身でソンミの事情をよく知っている。

ソンミは、黙ってうなずきながらも、息子のためにも、もうひとがんばりしようと思っていた。架空名義の口座を作って横領していることは秘密にしていた。彼女は単純にソンミに同情している。うん、わかってる。と、声にすると、聞こえるか、聞こえないくらい小さな声でソンミは答えていた。

六

ある日、店に出て冷蔵庫から薬味の材料などを出してい

ると、国税署員と名乗る男が五人やってきた。店を囲むように立ち、

「オラ、オラ！　店ぇ、閉めんかい！」と、どなり、

「経営者はどこや⁉」と聞いた。

ソンミは、いつの間にかすべての事が自分の知らないところで極秘裏に進んでいることに気付いたが、どうする術も知らなかった。カッスニ婆さんを呼びにいってから、ソンミが店を離れられたのは、午後の二時を過ぎてからだった。

ソンミは、新福銀行に行って引き出しの手続きをして、ソファに座った。直感的に今までの税務調査とは規模が違うので、不安になって引き出しに来たのだ。しかし、家に持って帰っても置き場所に困る。故郷なら余計に、周りの人間に寄ってたかってむしり取られるだろうと。それにこれからの振り込み先もつくらねばと考えていた。そんなことを逡巡していると、窓口から呼ばれて、中に入ってくださいという。変なことを言うなと思いながら、行員の後ろについて階段を上がると応接室に通された。支店長付き次長という男が慇懃《いんぎん》に、

「お客様のご家族の預金は、差し押え命令が出ておりますのでお引き出しができないことになっています」

と言った。ソンミは初め、なんのことかも判らずに、えっ？　と言うなり、眼を左右に動かし、ぼんやりとしていたが、手にしている通帳がただの紙切れ同然ということに気付くと、頬のあたりがピクピクと痙攣して、歯が噛みあわなくなりそうになった。ソンミは大声を張りあげた。

「何を言うてんねん！　通帳と判と持ってきたのになんで出せないって！　何の権利があるの！」

と怒鳴っていたが、次長は冷ややかに、国の命令ですから、と何の動揺も見せずに立っていた。

喚きながらソンミは、どこから漏れたのだろうと考えていた。商店街の中で、同じキムチを売る店の、あらゆる妨害や嫌がらせを思いだしてハッとした。思いあたるのだ。スノギとカッスニのキムチには、蠅やなめくじが入っているという噂を流したり、歩いていると、水を撒くふりをして、泥水をかけられたりしていた。そうだとしたら……。こんな理不尽な！　ソンミはいつの間にか、自分の金と店の金との区別がつかなくなっていた。ここで冷静になって、どうせ人の金だから、とあきらめのつくソンミではなかった。三千万円を目標に貯めて、キムチ屋のできる家を買って……と夢を見ていて、もうすぐ眼の前にその夢が実現しそうだったのだ。ソンミはふらふらと実感のない歩き方で家に戻ってみると、夫の一平が、電気もつけずに背中を丸めて座っていた。あーっと叫びたくなるのをこらえた

が、ソンミも夫のように座りこんでしまった。暗い部屋の天井は、雨漏りの染みがついている。この十年間、少しずつ宅配先が増える度に、自分の口座に振り込ませていったのが霧のように消えていく。その実感がソンミの中に沸いてきた。顔がほてっているのが判る。つかの間の夢というには悲しかった。

ソンミは、カッスニ婆さんの信頼を得て、一切を仕切るようになって初めは嬉しかった。しかし、途中で疑問が沸いてきた。仕入れ先には値を押さえさせ、下働きのアジュマたちにも睨みをきかせ、どんなに忙しくてもテキパキと捌《さば》き、一日が終わって、疲れてむくんだ足を引きずるようにして帰る時、カッスニ婆さんと自分の立場の差が歴然としているのに気がついた。カッスニ婆さんの息子は、ただ息子であるというだけで、当たり前のように金をくすねている。

ある時、カッスニ婆さんの息子が落としていった千円札が二枚、ソンミの眼の前で跳んで撥ねた。ソンミにはそう見えた。その刹那、ソンミはエプロンのポケットにそれをしまいこんだ。罪悪感は無かった。

ソンミが過労で倒れたって代わりがきたらお終いだ。保険もなく、退職金など思いもよらない。もしソンミが頼りなかったら、こんなに利益がうまれるか？　わたしが詐取している金は、わたしの努力によってうまれた差益ではないか。それをもらってなにが悪い……。ソンミがそこまで考えていると、天井の染みが楕円のようにも、三角のようにも動いて見えた。そして誰かの声が聞こえる。次に染みが皮肉な顔に見えた。おまえはバカだ！　あっはっはっ、わっはっはっ。商店街のキムチ屋のアジュマがあざ笑っている。カッスニ婆さんが眉をつりあげて怒っている。土間で薬味を擦り込むアジュマたちがせせら笑っている。金、金、金、というからこんなことになるんだよ！　くそーっ、なんでわたしがこんな目にあわないといけないのか。今まで苦労してきたのは一体何のためか！　ソンミは咄嗟にキムチ用の、赤くて目の細かい粉ひき唐辛子を割烹着の両方のポケットに入れて家を出た。たしか、警察署の前に税務署があったと考えながら歩いていった。

じりじりと照りつける八月の午後だった。けだるい退屈な時間帯にソンミの尋常でない形相にも、もやしを売るハルモニがおっとりした、ものうい眼差しを遠くになげていただけであった。

ソンミは、『なぜわたしが朝から晩までキムチまみれになって働かないといけないのか？　親孝行なんてくそくらえ！　水は上から流れるのだから、長女のおまえがしっかりすれば、妹、弟がしっかり育つんだよ……、と母の声がする。くそっ！　兄弟なんかくそくらえ！　自分のことは自分でしろ！　いつまでも頼るな！　どいつもこいつも、要求ばっかりするなッ』と呟いていた。口の中が渇ききっていた。このままでは腹の虫が収まらぬ。税務署に着いたソンミは、階段を一気に駆けあがった。そして、特別徴収という札のかかっている所まで来て、ソンミは、間仕切り用の書架を蹴って中に入った。驚いて、半立ちになった署員をめがけて、ソンミは、大きく腕を振り、唐辛子を撒いた。放物線を描きながら散った唐辛子は、折りからの西日に映えて、光に色がついた。ソンミは、きれいやなぁ、と一瞬、恍惚の状態になっていたが、すぐに、屈強な男に組み伏せられ、唇を噛んでいた。

翌日、前科も無いということから、十本の指の指紋を置き、次は強制送還になる、という脅しを受けてソンミは釈放された。生野警察の地下にある留置場から外に出てみると、日差しが眩しくめまいがしそうだった。それでも、なんとか気丈に背を伸ばしてソンミが歩いていると、集団下校の小学生の列にぶつかった。ソンミはハッとして我に返った。息子の幼い頃を思いだしたら、顎が外れたように痙攣して、ハ、ハイゴ……、と唸った。息が漏れてアイゴ……、がハイゴ……、になっていた。力が抜けていった。親、兄弟、夫、子ども……。もがいても、もがいても、しがらみの中でしか生きられぬ。ソンミの乾いた口からひび割れたような溜め息が出た。ソンミは、さっきまでの元気はどこかへ行き、とぼとぼと肩を落として歩いていた。

カッスニ婆さんは、国税署員が来たことにも驚いていたが、ソンミの家族名義の通帳のコピーを見せつけられても訳が判らなかった。いや、心の中ではある程度、察しがついていた。時々、ソンミがここの経営者だと名乗っているという噂や、自分の携帯電話で宅配の注文を取っているらしい、という話が耳に入っていたのだった。そのことと関連しているかも知れない、とカッスニ婆さんはすでに次の策を巡らしていた。

ワタシハ、コノヨウニ……、と言いかけると、国税署員は野菜の仕入れ先の伝票をひろげて、

「こら！　ばばぁ！　その手は古いで。ちゃんと証拠があがってるんや。国民は公平でなくてはならんのだよ。事情を聞きたいので署まで来てくれるかね。ほら、これが呼び出し状だ」

コクミン？　タレガ？　カッスニ婆さんは、自分のことを国民といったのか？　と首をかしげた。わたしは朝鮮人で生まれたのに日本人にされて、日本が戦争に負けるとま

た朝鮮人に戻って、韓国人になって、今また日本国民になったのか？　いや、国民といってるが、税金を払う時だけ国民と呼ばれることに、はたと気がついた。カッスニ婆さんは、もはや逃げきれないと思ったが、

「イツカラワタシハ、ニホンコクミンニナッタノテスカ？」

と言うのがやっとだった。しかし、

「この国で商売をする者は、皆平等に税金を払わんとあかんのや！」と一喝された。それでも、しっかりと受け答えしていたカッスニ婆さんが、ソンミの家族名義の通帳のコピーの額を見て腰を抜かしてしまった。そこには、毎月合わせて四十万円もの振り込み金が入金されていた。ソンミを掴まえて話を聞こうと店に行くと、ソンミの姿はなく、アジュマたちがあたふたと動き、どなりあっていた。キムチの汁が壁に散り、まだらに薬味を擦り込んだキムチがボールからはみだして、お金を入れる木箱の中からは札があふれていた。神社の方から、酔っ払ったカッスニ婆さんの息子が、骨のない蛸みたいにふらふらと歩いてきた。カッスニ婆さんは、へなへなと道端に座りこんでしまった。

かしましい周りの人間に事情を聞かれると、カッスニ婆さんは、にやりと笑いながら言った。

「みーんな、わたしの肉をチャバモッケンノ（掴んで食べるの）。わたしは、骨と皮だけになりましたよ」

そう言ってから手を後ろにやり、腰をたたき歩いていこうとするのだが、その足どりはおぼつかなく、よたよたとして今にも倒れそうだった。気がついてみると、誰もカッスニ婆さんの素性を知る者がいなかった。釜山出身という だけで、ある時、生き別れだったという息子がやって来たものの、酒浸りのやくざな男だった。

翌日からカッスニ婆さんは、まるで何事もなかったかのように、またキムチを漬けはじめていたが、一層そいだような両頬の下方で深い縦皺が一対の弧を描いていた。

「あたしは、両班《ヤンバン》（貴族）の生まれだと聞いて育ちましたがね、今は、食べることにも事欠いて、キムチを漬けていますよ。でもね、あたしは、この、黒柿だと思っているのですよ。高級な家具にだけ使われたという、この黒柿はね、時代が違ったら、あたしてすよ。あたしは、もうすぐ死にますがね、黒柿は残りますよ」と、誰に語るという訳でもなく、ひとりごとを言っている。

大阪の南に高架になったＪＲの駅がある。その駅のガー

ドを潜ると貨物の車庫と野原が広がっていた。そこにも大きな古い黒柿の木が植わっていた。そこへ大規模のパチンコ屋とスーパーができて、人の往来が増えた。人が増えて、市が立った。その市でひときわ大きな声がした。黒柿の木の下で、ステンレスの陳列台に、小さな金盥を並べて、そこへキムチや惣菜を入れて、道ゆく人々に声をかけるソンミがいた。

「ニイサン！　ネエサン！　これちょっとアジィみて、みて！」

道ゆく人は足を止めて、しげしげとソンミの顔をみて、キムチの味をみて、ほんの少し買っていった。

残暑の強い陽射しは垂直におりていたが、黒柿の木は豊かな葉でもってソンミを覆っていた。

（二〇〇七年「地に舟をこげ」）

蛇の穴

となりのベッドに仰臥している老人の硬直した手足は、コの字をつくっていた。背から太腿部まであちこちの真皮がめくれ、鮮やかなピンクと緑が明子の眼に入った。顎をひいて閉じられた眼窩の窪みは深い。手首はU字の針金がはいったかのように曲がって胸もとにある。さらに明子は、仰むけから横に体位を代えられた彼の背中を見た。エビのように前かがみになった尻にかけて濃い産毛がはえている。くの字に曲がった腿のつけ根にしょぼくれた茄子のようなふぐりが見えた。その老人が眼を開けたところを明子は見たことがない。しかし、顔をしかめてシーツに頬ずりするような仕草をしたから生きているのだろう、眼で見る世界が消えても彼の触覚や皮膚が目覚めて、そこから周りが見えているのだろうか、などと、明子は思った。

内科病棟南三階三三四号室。二人部屋。

「経管栄養中、ギャジアップ45度」と札が掛けてある窓から明るい陽が部屋を包みこんでいる。冬にしては暖かい日だ。明子が父の家から持ってきて置いた加湿器から蒸気が縦にふいている。湿気を含んだ空気が動いて明子の頬や手にふれた。

明子がその部屋に入った時、看護師とヘルパーは慌てて水色のカーテンを引いた。その刹那、明子の眼に、くだんの姿が入ったのだった。カーテンの中からよく通る訓練された声で、十八、十九、と、褥瘡《じょくそう》を数えるのが聞こえた。彼女たちは、慣れた手で爛れた部分を洗いラップを当てているのだろう。いつの頃からか、褥瘡にはラップ療法が効果的だというのでこの病院で取り入れられていた。父の踵も壊死している。その部分の筋肉を切りとって、弱酸性石鹸水で洗い、ラップが当てられている。そこは白くふやけた緑色だった。穴があいて、何層にも生命の襞が積まれて、骨が見える。これくらいになると、痛みは感じないのですよ、と看護師は言った。

きのうのお迎えは大変やってんよ、あの母親が園児を殺した事件のせいで……などと、ヘルパーが、彼と関係のない話をする声は小さくないが、くぐもっている。

明子は、父のベッドを七十度ちかくにまであげてから、そっと右手を縛っているバンドを外し、父の右手を自由にした。手首から先が冷たい。その手を持って屈伸すると、力があった。さすってから、布団を被せて右手を布団の中に隠す。父の鼻には、栄養補給のためと、酸素を送るためのチューブが入っている。左腕には動脈と静脈を繋いだシャットという処置がなされているせいで、骨折した時のように板が当てられ伸ばしたままだ。

明子はフルーツヨーグルトの瓶を開けた。パカッといった音で空気の入ったのを確認するでもなく、明子は父の胸にタオルをかけた。便に血が混じっているせいか貧血が改善されません、と主治医は言ったが、透析をし始めてから父の血色がよくなったと明子は思っていた。その赤い頬で明子をじっと見ている。下顎に残った五本の歯が上唇を押さえている。明子がヨーグルトを匙に二センチくちい掬い父の口にいれようとしたら、口をふいて……とはっきり、父は言った。ふくのん？　と聞くと、うなずいた。滅菌ガーゼで口の中と唇をふく。痰がからむ。白く乾いたものと、ドロッとしたものとがガーゼからはみだして明子の指についた。MRSA、と、咄嗟にきのう、主治医の説明を受けた病名が浮かぶ。メチシリン耐性黄色ブドウ球菌。父の痰から検出されたので、マスクの着用、手の消毒が義務づけられている。同室の老人も同じ菌を持つ。

父の喉でゴロゴロと音がする。父は、口をすぼめて痰を吐きだした。今のようにすれば、口から食事を摂ることができるのになぁ、と明子は心の中で呟いた。

おまえは誰と誰の間に生まれた子や？　と父が聞く。テイニとケソニの間に生まれたんやんか……。え?!と父は驚く。おとうさんの名はテイニやろ？　と聞くとうなずく。ケソニは奥さん？　と聞くと、なぜかはにかんで目尻に皺をよせた。そのテイニとケソニの間に生まれた明子やんか……、と言うと、眼をパチクリとまばたいた。瞳孔が拡がって焦点が合わないかのように父の黒目が動いた。その黒目を真ん中にした眼に光があたった。それを弱々しく撥ねかえした父は、眉をさげて記憶と覚醒の間を行ったり来たりする。

そうかと思うと、この前などは、明子なんか知らん、と鼻の穴をふくらませてふざけたのだ。明子は、父のほんとうの性格はこんなに無邪気だったのか、と今さらのように悟った気がしたのだった。

昨年の秋、その朝、父は、左目に内出血の塊を見つけて受診しての帰り、母の好物である柿を自転車の前籠に乗せて走っていた。昼下がりの郵便局前。植え込みにガサッという音をたてて父が倒れたという。救急車が到着して脈を計った時には、心肺停止だったらしい。

人命救急センターICUで溺死体のように膨れあがっだ

父の姿に、明子たち兄弟は、ただオロオロするばかりだった。デイサービスセンターから連れ帰った母は、脳梗塞の後遺症でよだれをポトポトと落としながら車椅子を降りて、よちよちと歩き、ベッドの柵を持って、お、と、ち、ゃん、お、と、ちゃん、と二回言った。

針でも刺せばピュー！　としぶくかのように、父の表皮はパンパンにのびていた。こじあけられた父の口に太い管が二本通された。お父さん、お父さん、と、よびかけても表情は動かない。十五分以上心臓がとまった状態での蘇生率はかなり低い、という主治医の説明に、では、今、父はなぜここに寝ているのだろう？　と明子は思った。

それから父は、人口呼吸器、点滴瓶、麻酔薬、血圧計、心電図に縛られた。一週間ほどして麻酔薬を切った日には、驚くことに意識が戻った。明子たちは蘇生率五パーセント、という奇跡に希望をもち始めた。

二週間が経って主治医の説明があった。医師は、父が植え込みに首をもたげて倒れたので窒息したのではないか、MRI検査で脳梗塞は認められなかったが、発作性心臓発作と思われる。虚血ということで脳全体に障害が残り、意識レベルでどれくらいの回復がみこめるか分からない、と淡々と話した。明子は思いきって、

「ただ、息をしているだけというなら……、尊厳死を。父はいつも心臓の不整脈を抱えていましたが、自分は、ぽっくり死ぬから、体が不自由な母を頼む、と言ってました」と言った。明子が相談せずに発言したことで、妹と弟は顔を見合わせていた。

しかし、主治医は、

「もう無理です」と言った。

明子たち兄弟は、母の車椅子を押しながら、肩を落として廊下を歩いていた。誰ともなく、

「びっくりしたわ、尊厳死、なんて言うから……」と明子を責めた。「死ぬのもしんどい仕事や。楽に死なせてあげたいわ」と明子が呟くと、歳の近い妹はうなずき、涙を落とした。

「生きかえったのはお父さんの寿命やと思う……。回復するように祈ろうや」と弟が言った。

日を追って父は回復し初め、三人がかりではあるが、車椅子に乗り散歩できるまでになった。母が面会に行くと、手を握りあい、涙ぐむふたりの姿に、ラブラブやねぇ、と周りは囃した。明子は、あきらめるのは早かったかな、と自分の浅慮な発言を後悔していた。

一ヵ月が過ぎた。その頃から療養型病院への転院をしつこく急かされた。気官切開をしたままでは受け入れ先がなかなか無いというと、塞ぐことはできますよ、と言いなが

ら主治医は笑った。じゃあなぜ気管切開などしたのだろう、と明子は疑問をもちつつも。鼻から痰を吸引する時の父の苦しそうな様子から、気管から直接、痰を吸うことが少しでも患者が楽になり、感染症も防げます、と言った主治医の説明を思いだした。すると、痰によって命が左右されるのなら、とあの、北朝鮮の養老院で、空を掴み、カッ、カッ、と痰を切ろうとしていた老人を明子は思いだした。あれが最期の姿なのだろうか、と思った。

いつまでもこちらでは診れません。特に年末ともなると、お餅を喉につかえたご老人とかが運びこまれますので……と、看護師長は無表情に言った。保険点数が一ヵ月過ぎるとぐっと下がって、病院は赤字になるのよ、と妹は言う。末の妹は大学病院に勤めて保険点数の計算をしているのだ。

人命救急センターから個人病院へ転院したのは、雪のふぶく寒い朝だった。転院先の病院では五分粥を食べるまでになった。意識が戻りつつあった。リハビリして早く家に帰ろうなぁ、と明子たちは言った。父もうなずいた。だが、やっと父を受け入れてくれた病院は月に二十万円もの負担がかかった。入っている患者は余裕があるのか、付添婦がついていた。だからか、看護師の数も、ヘルパーの数も極端に少なかった。見てくれよりは看護内容が貧しい。父がトイレに連れていけ、と大きな声を出す、と苦情がきた。付き添婦をつけろということなのだろうか。建て前は完全看護になっているが、おむつ交換は午前、午後の二回と、時間が決まっていた。その時間に合わせて排泄するのは、ロボットくらいだろう。おむつを嫌がる父は迷惑患者なのだった。

その内、持病の糖尿病からきていた腎不全が悪化して、尿が一日で二百ccしか出なくなった。舌が、凝固した血のように、黒紫に変色して膨張し、喉を塞ぐようになり始めていた。いよいよ、腎臓透析をしなければ命にかかわるというので、現在の透析の設備のある病院に移ってきたのだった。難病指定があることで、父の入院費用はぐっと下がって明子たちはホッとしたが、日に日に父は弱っていった。

明子は、南向きで、満ちあふれるほどの陽がそそぐこの部屋では、なにごとも緩慢に過ぎていくのを感じていた。静かだ。かげろうのように生あたたかな空気が動く。となりの老人は、寝息もたてず眠っている。いや、眼を閉じているだけで寝ているのではないのかもしれない。明子はそう思った。

どれだけの時間が流れたのかさえ分からなかった。何の区切りもなく過ぎてゆくこの部屋では、息が止まるまで、いくたびか目覚めても、夜具の上に身を横たえて以来、眼を開けていようが、つむっていようが同じことなのだと気がついた。すると、昼間でも真っ暗だった、北朝鮮の養老院で、いつ尋ねてくるか、それとも、来ぬかもしれぬ息子を待って息絶えた祖母の時間はどうだったのだろうか、と考えた。誰にも看取られず祖母が死の淵をまたいだのは、六月、霧雨のふる早朝だったという。

『テイニやぁ……、わたしの息子やぁ、喉が乾いたよぉ、水をおくれでないか』

壕のような部屋で、祖母は父の名を何度呼んだだろうか？　と明子は思う。夜明けには、乳白色の霧がかかる里山の裾。闇の中で白い顔と丸い眼、長い指で空を掴む祖母の姿が、明子の脳裏に鮮やかに浮かぶ。胃を病んでいる、と手紙に書いてきた祖母は。一九七一年、今から三十五年前に北朝鮮の東、林の中にポツンと建つ養老院で亡くなった。祖母が単身で北朝鮮に渡ったことなど、今は突飛なことと冷静に判断できる。しかし、今から四十六年も前の人々の高揚した雰囲気は、幼かった明子にさえ伝わっていた。皆が平等に暮らせる社会主義社会。差別のない地上楽園。

二十五年ほど前から祖国訪問という名目で、北朝鮮と日本との往来ができるようになったが、その前に祖母は亡くなっている。祖母は北で、祖母を追いかけるようにして帰国した叔母たちと一緒に住んだ。叔母が土饅頭《どまんじゅう》に祖母を納めてくれ、今は叔母の遺児、チャンホがそれを守っている。

明子は父に、なんども祖母の墓参りを勧めたが、父は、じっとうなだれたまま首を縦にしなかった。

一昨年、なにかに追い立てられるように、明子は、万景峰号に乗って北朝鮮に渡った。祖母の墓参りをしてから、祖母が最期の八ヵ月を送った養老院を訪ねたのだった。祖母が寝ていたという壕のような部屋を見てから、痩せさらばえた祖母の顔が、まるで見てきたかのように明子の瞼の裏から離れない。また、明子が養老院を訪ねた折にいた人々は、扉を開け放ち立っていた。衰弱した人間にだけみられる尖った顔の輪郭、灰色の眼、座った眼、黒ずんだ蓮根のような眼、眼の数々……。暗い部屋にさしこんだ光の筋に浮かぶ硬直した腕、カッと睨んだ白眼。瘤をもった小人。

じっと横だわっている父にとっても、眼を開けているということは意味をなさないのかもしれない。父が眼を閉じている真っ暗闇の中で、父はひとつの映像を見ることができるのだろうか、そこには、なにがあるのだろうか、祖母との再会をはたしているのだろうか、色とりどりの花はあるだろうか、幼い頃に戻った父が祖母に抱かれた暖かい感触があるのだろうか、死はいつやってくるのか、父の中で自覚があるのだろうか、などと、明子はいきつもどりつ、勝手な想像を膨らませた。

従姉様、

祖国に滞在されていた期間、楽しい日々も多かったろうと思いますが、悲しみ、懐かしさ、うらめしさも多かったことだろうと拝察いたします。今回、またたく間にお別れしましたが、いつまた、お会いできるのでしょう。ふたたびお会いできぬかもしれぬ、という不安で体面も考えず、こうして、手紙をしたためています。

早くに両親を亡くし、たったひとりの肉親だった兄も土に還って以来、無気力と悲しみの中で過ごしていましたが、突然、従姉様の訪問を受けて、従姉弟の情を感じいりました。が、その情を通わせる間もなく、お戻りになって寂しさが募ります。たぶん、これがわたしの八字《パルチャ》（宿命）なのでしょう。従姉様、兄嫁に不愉快な思いをされたのではありませんか？

いつも、兄弟とはいっても、自分のことばかり考えていた兄の性格はそのまま、兄嫁にもひきつがれていて、従姉様に無心したのではありませんか？

そう考えると、忸怩たる思いがいたします。と言いますのも、三十数年間、真心からお婆さんの墓を守ってきたのはわたくしです。どうぞ、これに免じてお許しください。いつの世も真実は徳を呼び、嘘は罰を受けます。今回の従姉様の祖国訪問は困難な中を来てくだったことだったろうと理解しています。

事実、このわたくしでさえ、寿命が尽きて土の鬼神になりはてるとしても、親戚の顔も知らずその関係も知らないこの孫たちに、どのようにしてお婆さんの記憶を伝え、その墓守りをさせようか、と心配していました。生存中、従姉様もよくご存じでいらした、わたくしの母は、いつも、母からは叔母になるお婆さんのことを、本当の祖母と思い仕えるように、と口癖になっていましたし、わたくしたち兄弟もそのようにして暮らして参りました。今回の従姉様のご訪問によって、従姉様からみると甥になるこの子どもたちも、墓に対する認識を改めて深くするでしょう。ほっと胸をなでおろしています。

最後に、従姉様にきっとお願いをしたかったのですが、時間がなくてお話することができませんでした。と言いますのも、わたくしが責任者として勤めるカラオケとビリヤードに食堂を設備したいのですが、資金がなく困っています。いつもなんとか、と努力していますが、原資がなく歯ぎしりをしていました。日本円で四十万円~五十万円あれば実現できます。お借りすることができるのでしょうか？ 従姉様も生計を維持するのがやっと、とのことでしたが、それを承知でこのような手紙を書いています。お借りできれば、一～二年できっとお返しいたします。

しかし、従姉様に無理なことであれば忘れてください。ともかく、遠い所からではございますが、従姉様とご家族、甥や姪たちにご挨拶を申しあげてペンを置きます。時々は、電話や手紙をしてくださいますように……。それでは、またお会いできる日まで。

パク チャンホ

いつのまにか、父は寝息をたてて眠ってしまった。短い眠りをくりかえし、父の一日は終わる。夢をみるだろうか、今の場所に落ち着くまでの放浪に近い人生で、どの断片がよぎるのだろうか、それは、父を苦しめるのだろうか、それとも、楽しい思い出だけを選び、その中でたゆたうことができるのだろうか、などと明子は考えてみる。一度など、父に何回引っ越ししたの？ と聞いたことがあった。すると父は、五歳で済州島から渡ってきたことを、先に渡っていた祖母が夜明け前の築港で出迎えてくれたそれを一回目とした。そして、歴然とした事実を語るかのように、三十八回ものそれを明快な記憶で語ったことがあった。明子の記憶でも十回以上がある。両親と明子たち兄弟が、数珠繋ぎになって荷物をトラックに運んでいた経験を思いだす。十五年前に、やっと今の所に落ち着き、終の棲家やね、と言った明子に、父は、いや、あの世への引っ越しが残っとるよ、と言ったのだった。

この病院に移ってきた当座の三日間、明子は簡易ベッドで添い寝した。すると、父は夜中になんども天井を指さし、鬼がいる！ と叫んだ。消灯後の小さな豆球の暖色は、父には赤鬼に見えるらしい。3Bの鉛筆と画用紙をもたせると、鼻が大きく、眼を剥いている鬼を描いた。徴用逃れで軍隊に行き、鬼の軍曹たちに毎夜リンチされたことが思いだされるのだろうか。

チャンホの手紙を持って日本に戻り、祖母の墓土を削って巾着に入れてきたのを見ても、父は表情を変えなかった。いまさら、なにをどう、自分を弁解するのだ、というような眼で一瞥しただけだった。『帰国船が着いたという日には、駅まで行っておまえに似た背格好の人を追いかけては落胆している。どうして帰ってこないのか』後で追いかけて帰国するように、と言って単身で渡っていった祖母の手紙の一行にうなだれていた父の姿が重なった。

元山港は白く細い雨が斜めにふいていた。見送りに来たチャンホが明子に手紙をもたせたのだった。前日、訪問団専用のホテルで同じ部屋に泊まり、援助してほしい旨、チャンホの妻、スナから聞いた明子は、日本が豊かだといっても、皆、自分の生活が精一杯で、とても援助できない、どのみちどこで住んでも自分の力でがんばらなくては……、と突き放した。それに、金日成将軍も、自力更生と言ったじゃない。と言った時、スナは、それはそうだけれど……と、深く溜め息をついていた。

明子とは、また従姉弟になるチャンホとスナたちが明子の唯一の身内である。彼らがいることで明子は親戚訪問が実現し、家庭の中に入れた。チャンホとスナたちの住むアパートに着いたその夜、明子はスナとひとつの布団で寝た。スナはその時、チャンホの兄が死んだのは、兄嫁の浮気のせいだと言った。眼をあけていても真っ暗な闇の部屋で、明子の表情が見えないからか、スナは続けて、兄嫁のことを毒婦だとも言った。その時、明子は、チャンホの家を訪問する前の日に、平壌旅館に訪ねてきていた兄嫁と大学生の娘を思いだした。夫が亡くなって娘ふたりを大学へ通わせるのは、社会主義社会といえども大変なことに違いないが、彼女はひとこともグチらなかった。初対面の明子に言える話でもなかった。別れる時には、小さな桃を明子にもたせてくれたのだった。濃蜜な出会いの記憶が明子の中で形づくられていった。男女平等を謳う社会主義社会で、妻の浮気で夫が悶え死ぬ、という伝説めいた話を聞いて、時間が逆走したのを明子は感じていた。

明子が日本に戻ってすぐ、チャンホからの手紙が郵送されて届き、なんとかお金を送ってほしいと繰りかえされていた。明子は、北朝鮮で、捨てられたも同然の、養老院での祖母の最期が眼に浮かんだが、墓守りをしてくれている、ということで、新たに訪問団を引率する知人に、十万円をことづけていた。するとまた手紙がきた。

従姉様

平壌旅館にて、午前十時に慎氏より十万円、確かに受け取りました。訪問された折にも援助していただいたのに、また、何か月も経たないのに無理をお願いいたしました。従姉様の難しい状態からこうして我々を助けていただき感謝しています。前回の手紙では、従姉様のおきもちも分からず、無礼な手紙を送ったこと、お許しください。

秋夕《チユソツ》（旧盆）にお婆さんの墓参りをしてきた写真を同封いたしました。今後は家族で訪問してください。そしてお婆さんの墓に詣ってください。そうすることが、道徳的義務感を果たすことでありますし、お婆さんの恨をほぐすことでもあります。ひとり寂しく眠るお婆さんのことを思うたびにわたくしの胸は痛みます。しかし、わたくしの同僚や近所の人たちは、従姉様のことを孝行娘だと、もっぱらの評判です。従姉様のきれいな良心と孝養は、他の人より仕事や生活面で前進するだろうと賛辞を惜しみません。従姉様が訪問された折、養老院に行ったことやいろいろ頭の痛いことがありましたが、今は落ち着きました。お婆さんは、日本に息子の家族を置いてきたことで、罪の多い人生だったと後悔したことでしょう。どの世界に自分の子を忘れる母がいるでしょうか！　養老院に入る日、わたくしの頭をなでて寂しく笑ったお婆さんの眼から、涙がポロポロとこぼれていたのを思いだします。余命いくばくもないお婆さんがなぜ泣くことがありますか。なぜか。たぶん、異国の地に置いてきた息子の姿を思って泣かれたのだと思います。きっと、また、訪問してください。

妻も従姉様にお礼を申しています。では、またお会いできる日まで。

パク　チャンホ

そうだった。明子に二十四時間付いていた五十代の、髪が薄くなった案内員は、養老院に寄るのは無理だといったのだった。明子はしかし、譲らなかった。そのために来たのだと詰めよった。わずかなお金とタバコを渡すと、案内員は養老院に寄ってもいいと許可したのだった。

しかし、養老院の中庭や祖母が居たという部屋の写真は没収された。現像した写真とネガを確かめながら、ハサミをいれていた案内員は、

「中央に即座に報告がいったのですよ」と言った。

「どうして分かったの?」と明子が聞くと、

「外国人が来て写真を撮っていった、と中の人が伝えたのです」と答えた。明子は、あの、マネキンのように立っていた、声を発することさえ忘れたような人々が、と不思議な気がしていた。また、養老院での生活がどうなっているのか、あの、骸骨踊りのような人々からは、計ることが難しかったが、チャンホは、三十五年前は、ワカメの汁と白いご飯が出たんですよと言ったではないか。祖母がいた三十五年前は、豊かな食料があって祖母は手篤く扱われていたのだろうと、明子は理解していたのだった。その時明子は、養老院を出る時にすれちがった、軍服姿の女性のことを思いだした。バケツをもって彼女は入っていった。そして、明子たち一行を見た。

ネガを切り、その内の五枚を封筒に入れながら案内員は、

「中央にこのネガを提出しないと、わたしも、あなたの親戚にも懲罰が待っているのです」と言った。

「こんな写真くらいでどうして?」と聞く明子に、案内

員は薄いレンズがかかったような眼をして、

「我が国を巡って悪質な宣伝がまかり通っているではありませんか。それに使われると困るのですよ」と言った。

「そんなことに使いませんよ。祖母の最期の部屋を見せたいだけなのに……」

「すでに連絡が行ってますから、これを持ったままでは、帰りの船に乗れません」と言いながら、案内員は溜め息をついた。最初、彼は養老院に寄るのは無理だと言ったが、わずかな賄賂で気をきかしたことを後悔しているようだった。その時明子は、案内員に迷惑をかけたのだろうか、と身近な感情を抱いた。

「なぜ、祖母は養老院になど入ったのでしょうか」と聞いた。すると、案内員は唇の端をゆがめてから、

「四親等の家族の中では住めませんよ」と吐き捨てた。

明子は、訪問して初めて祖母の肉声が聞こえたようで、涙があふれたのだった。『わたしには息子がいる！』といって、なんども家出をしたという。『首領様のおかげで幸せに暮らしている。なぜ帰国しないのか！』といってはじまる手紙をなんど読んだことだろうか。そのたびに、ペンと便箋をちゃぶ台に置いてうなだれていた父の姿があった。


父が片目を開けた。一度は蓋をしたフルーツヨーグルトを匙にすくって父の口にもっていった。すると、いやいやをするように首を横にふった。これ、おいしくないのん？というと、じっと明子を見る。じゃあ、レバーと野菜の旨煮にしようか、とひとりごちながら明子は、乳児用の離乳食の瓶を開けた。父は苦みのある物が好物なのだった。ひとさじずつ口に入れると、もぐもぐと口を動かしてから喉を動かせた。経管栄養に頼っていると、段々と呑みこむことができなくなるという。明子たちは、時間をずらせてやってきて、こうして食べさせているが、一日の内大半を寝ているので思い通りに事は運ばないでいる。痰がからむので、栄養は経管チューブに頼らざるをえなくなっている。

従姉様
その間、お元気でいらっしゃいましたか？
十二月五日にお返事をいただきました。お父様が倒れられ、また、お母様も介護が必要なこと、従姉様があらゆる苦労をされているのだと思います。
夫はこの五月から、遠い所まで出張にでかけています。年末には帰ってくる予定でいます。昨日、夫から電話があり、従姉様に手紙を書くように、といわれてこうしてペンをとっています。従姉様も大変なのに、わたしたちの心配

をおかけして恐縮です。

今、こちらでは、ちょっとした人は、オートバイに乗って職場に通います。昨年、訪問団を迎えいれた家、という風に周りは見ます。わたしたちがオートバイをもたないことで、とても恥ずかしい思いをしています。また、夫は、肝臓病に神経痛まで患い、歩くのさえ苦労するありさまです。遠い所まで仕事にでかけていく姿は見ていられません。あまりにもつらくて、わたくしが去年、二回も手紙でオートバイとコンピューターをお願いしたのでした。このことは、夫ともよく議論した末のことですが。コンピューターは、この息子たちを勉強させる目的もありますが、息子たちがお婆さんになんの愛情ももたないのを見て、この機会に、お婆さんへの情を植えつけようと、お願いしました。

ここでは、中古オートバイは八～十万円で、コンピューターは四～五万円ほどです。わたくしたちの生活では、とても手の出る額ではありません。従姉様が訪問された時くださったお金と、後でことづけてくださったお金は、あちこちの借金を払ったり、写真取次の仕事の資金にあてました。生活費にもあて、残り少なくなっています。あの時、従姉様にお話しました食堂は、あまりにも資金がかかり無理でした。従姉様が大変なのはよく存じていますが、こうしてお願いをくりかえしています。オートバイとコンピューターを送るのが無理なら、この前の時のように十五万円ほどことづけていただけませんでしょうか。

わたくしたちは、いくら生活が苦しくともお婆さんの墓を放っておき、従姉様を恨む、そんな人間でないことだけは、確かに認識してください。人間ならお互いに助け合い、道徳と良心を大切にする崇高な精神をもたなければいけませんでしょう？

従姉様が、ふたたびこちらを訪問していただけるのは無理なこと、わたしはよく分かりました。だから、わたしの気持ちを正しく理解していただき、最後のお願いをしています。

今年の秋夕（旧盆）に山に上がりお婆さんの土饅頭を見ましたが、驚くことに、何十匹ものめくら蛇が土饅頭を覆っていて、腰をぬかすほどびっくりしました。また、側に桑の木がありますが、その根元、蛇の穴から白蛇がでてきて、とぐろを巻きました。義父母の墓はなんともなかったのに、アイゴッ！　何十年もみない現象です。ほんとに不思議で、何か、よくないことでも起きるのでは、と恐れています。きっと、従姉様やご家族を待ちわびたお婆さんが、白蛇になって現れたのでしょう……。

それでは、今日はこれくらいにします。新年もお元気で。

パク　スナ

明子は、チャンホの家で泊まった翌朝、チャンホがイカの塩辛だけで酒を呑む、その量が半端でないのを見た。体全体の皮膚が黒ずんでいるのは肝臓を患っているのではないのだろうか、と明子は思った。

「朝っぱらからなぜそんなに酒を呑むの？」と明子が聞くと、チャンホは、肩をすくめて、右後ろ、左後ろを振りかえり、オドオドとした身ぶりをした。その時明子は一切を了解した。チャンホでなくとも、平壌旅館に訪ねてきた人、アパートの前で力なく座り、白眼を光らせて訪問団一行の様子を見ていた人々が、すべてチャンホのようだったのだ。監視され密告の恐怖におびえて暮らす社会であることを如実に物語っているのではないか、と明子は感じていた。口をもがれ、耳を塞がれ、凝視するのを拒絶されたためなのだろう、という確信を持ったのだった。

チャンホの家に泊まった夜半、トイレに行こうと部屋を出ると、昼間、明子を迎えて宴を張った席にいた警察署長がトイレから出てきたので、明子はびっくりした。

「アニィ、酔、酔って帰れないものだから……」とスナが慌ててとりなした。警察署長は足元をふらつかせながらも、眼を横長にして明子を見た。一瞬、明子を射すようにに見たが、スナの肩を抱きかかえ隣の部屋に入っていった。

明子はそのことを思いだし、チャンホたちは、国家の中央どころか、周りの幹部に睨まれたカエルのようだ、と思った。また、親戚訪問という事業が始まって二十五年くらい経つというが、日本がバブルの時期とも重なっていた。在日朝鮮人は、湯水のように北朝鮮にお金を落としていったのではなかったのだろうか、と明子は思った。チャンホならずとも、日本からの訪問を受けた家族の存在というものを考えると、新たな格差をうみ、明子はチャンホたちに罪なことをしたのではなかったのだろうか、とも考えた。一昨年、訪問から帰ってすぐに、人づてにお金をことづけたが、それから、スナから二度もオートバイとコンピューターを送れ、という手紙をもらっていた。明子は返事をしなかった。しかし、民族学校の教師をしている友人に、本当にオートバイとコンピューターを送れるものなのかどうか、問い合わせてもいた。オートバイはともかく、未来のある子どもが勉強するためのコンピューターなら送ってあげたい、と思っていたのだった。

そうしている内に、母を介護して暮らしていた父が倒れたのだった。父が倒れた日から、明子は母と暮らしている。左右とも脳梗塞の母は、よだれを落としながら、よちよちと歩く。トイレにも着替えにも介助が必要である。文字を知らず、耳も遠くなった母は、デイサービスに行って人と会い、話を聞くのが楽しみになっている。週の内、五回、デイセンターに行って、針治療とマッサージを受け、入浴を済ませて帰ってくる。その間に明子は父の病院に来ているのだった。

スナは、オートバイとコンピューターを買うので十五万円を送ってほしい、と言っている。返事がないのに焦ってか、祖母の土饅頭に、めくら蛇が涌いて、白蛇がとぐろを巻き不吉だと書いてきた。

明子には、草むらの陰で、顎をS字にまげて身構えた白蛇が見えた。肺に空気をいっぱい吸いこんで胴体を膨らませている。そして、激しく尾をふるわせて地面を叩いているのが、なぜか祖母の姿と重なった。一九四五年の大阪大空襲で祖父が亡くなって、翌年、祖母は再婚していったという。再婚した先は、六甲の山麓に住みはじめた慶尚道出身者たちの集落だった。ある夏の日、そこを訪ねていた明子は、蛇の抜け殻を見つけた。祖母は、『生きかえったんだよ』と慶尚道言葉で言った。鱗のひとつひとつが網細工のようにはっきりと見えた。明子は、生きかえるという意味と、そう言った祖母のうれしそうな表情から、あることを思いだしていた。四十代だった祖母が再婚していったことで、母は、ヒステリックなまでに祖母をなじり、父を責めていたのだった。済州島女は、死ぬまで働くことを是とする。それが、陸地女のまねをして、絹物を着、男の機嫌をとる。まして、たったひとりの息子の子、孫の守りもしない、といって責めていた。明子はおぼろながらも、祖母が北朝鮮に渡っていき、後で追いかけてくるようにと言い残していったのは、そのような事情ではないか、と思っていた。

看護師が入ってきた。

「寝てばっかりで……、睡眠薬が投与されているのですか」と明子は聞いた。

「ええ、夜に軽いのを、ね。救命センターからの引きつぎですよ」と看護師は言い、

「ベッドの上での生活なのでねぇ……」と付けたした。

この病院は、建物は古いが、以前にいた病院に比べると、看護師の数やヘルパーの人数も多い。そして親切だ。ウォーターベッドの上で寝る父に、二時間おきに体位を変え、乾燥した腕や指にクリームを塗ってくれ、風呂にも入れてくれる。褥瘡のかかとも毎日洗ってくれる。それらは、明子たち兄弟がいても、無理があった。五十一キロにまで痩せた父でも体が堅くなっている。

でも、手が縛られ、自由のきかない体を横たえて父は、

生きているのだろうか、と明子は思った。意識も混濁し始めて、弟には、兵役は済んだのか、と真顔で聞いたりしている。明子は、歯間ブラシで父の歯のぬめりを取りながら、思った。

「お父さんの命日は、倒れた日だと思ってるよ」と言った明子に、妹や弟は、よお言うわ、という風な白い眼をむけて明子をなじった。

そうは言っても明子は、溺死体のようで何の反応もなかった父が、わずかに意識を戻した、と聞いた時には、人前もはばからず涙ぐんでいた。しかし、日を追って、これが治療といえるのだろうか、と疑問をもっていったのだった。

動脈から血を抜き、人口腎臓というフィルターを通って ろ過された血が静脈に戻る。その医療技術のおかげで、父も全身に毒が回るのを防げた。しかし、皮膚はカサカサになり、意識は混濁しはじめている。透析の日はぐったりとして、睡眠薬がなくとも眠りつづける。ある時、明子が病室に入るとすぐに、父は、

「失敗や」とはっきりと言った。

「何が失敗……？　病院に入ったのが？」と明子が言うと、父は首を縦にふった。このような延命は父の本意ではないと分かっていても、続けるしか方法がない。明子はこみあげてくるものをそのままに、ウォッシュタオルで父の目尻をふき、口許をぬぐった。

父は生に絶望している。そのことを分かっていても、どうすることもできない。眼を閉じている父は祖母に会っているのだろうか。それでも、父の心の中で祖母は生きていて、いつでも記憶は再生されるのだろう、という根拠のない確信を明子は持った。息が止まった時、人はひとつのむくろになって消えてしまうのだろうが、残された人の記憶の中に住み続けるのではないか、と明子は思った。明子の心の中にも祖母は生きている。

養老院の中庭にあった、古い、樹齢何百年もありそうな楠の根元に蛇の穴があった。開いた唇のような形をしていたそこに、明子は引きづられそうになったのだった。眼をつむると、ふりはらってもふりはらっても、明子の網膜に浮かぶ幻像があった。おいで、おいでと、手を上下にふる祖母がいる。祖母が再婚していった、六甲の庵にも、老齢の木があり、蛇の穴があった。近づくな、魂を抜かれるぞ、と言った義祖父の声と、カラカラと笑う祖母の声が、ワアーン、ワアーンと、明子の耳で響いたのだった。あれは、夢だったのか、恐怖だったのか。

祖母の魂があの、養老院の楠にある蛇の穴にあるのではないか、明子はそう思って、穴の中をのぞこうとすると、

穴の中からは、小さな虫、班猫が赤紫の腹を見せて飛んでいった。班猫は、道へ、道へと明子を誘ったのだった。明子には、祖母の死が決定的な死として受け入れられていない。今、生死の境にいる父に重なるのだ。蛇の穴から白蛇になった祖母が現れ父を迎える。

父が眼を閉じたまま、笑った。今、父は蛇の穴に入った。穴に入って祖母に会っている。

（二〇〇六年「白鴉」）

一一三番

ある朝、キドギが長い眠りから覚めて目を天井にやると、二メートル程の高さにある唯一の窓から、朝の光が緩やかな帯状になって入っていた。壁の角に埃で厚くなった蜘蛛の巣にも光が反射している。光の幅だけ壁の落書きが浮き上がるようだ。それらは、キドギより前のこの監房の主たちの名前だ。自由を求め名を刻みながら、逃げる姿を夢想していたか。しかし、この日の朝の光が射す光景はなんとも平和である。壁の黒いシミがいつもの場所にあるのを見てとったキドギは、ゆっくりとまばたきを三回して、もう一度それを見た。シラミ蠅がシミを跨ぎ、光の帯の中を通り過ぎた。一瞬、漂白したようになった虫もまた元の色に戻った。キドギは、ふぐりの張りを確かめるようにまさぐりながら、ようやくそれがそこにあることを確認した。さて、これは夢の続きなのか、現実なのかと、まだ充分には覚めきらぬ頭をもて余し気味に寝返りを打った。ミシッというものいつもの音がして、やっと、はっきり、覚醒していった。しかし、体がだるい。尻から腰にかけて生暖かい。入眠時に体が弛緩していったところまでは覚えていた。キドギは自己暗示によって麻痺したのか、それとも、尻に打たれた注射に捉えられてしまったのかと、ぼんやりと考えだす。すると、頭が割れるように痛んだ。両の手で頭を抱え、背中を丸めて海老のような姿勢になった。眠ったのか、ただ意識をなくしてしまったのか、と考えるうちに痰と唾液があがってきた。手を伸ばして痰ツボを引き寄せた。

三畳の細長い部屋には、木でできたベッド以外、痰ツボと、部屋の端にあるむきだしのトイレ、洗面台があるだけだった。トイレは床との段差がなく、傾斜をつけた楕円の真ん中が筒になっていて、大便の場合は蓋代わりの弁が勢い役目を果たす。自分の体から出たものは臭いにも慣れるというものだ。しかし、カエルのように膝を曲げて筒に尻の穴を合わせるにはコツがいった。

横の、水道の蛇口を低いタイルで真四角に囲った場所は、それ自体でなにものかを表していた。洗濯もすれば、洗面も叶う。しかし、あまりに低いのでキドギは最初の頃は両足を折り曲げてからでしか使えないことにいらだった。零下十七度にもなる冬の日の洗濯ほどつらいものはない。かじかんだ手では布をこすることも難しい。しかし、夏の暑い日に、蒸された体に行水することを覚えた。なるほどよくできている、とは思わず、すばらしい発見をしたかのように悦に入っていた。それらがキドギを見る。いや、鉄柵があった。あった。鉄柵には目の高さにある三十センチ四方の扉と床すれすれに差し入れ口があったのだ。

鉄柵というのはなれなれしくキドキを見張るためのものだ。キドギは、毛玉が目立ち、垢によって本来の生地の柔らかさを失い固くなったジャージの上下を着ている。夏ともなると、パンツ一枚の裸同然になる。入所した頃には、絶えずうしろを振り向いていたが、いつからか、どっちが前で、後ろなのかわからなくなってきた。突然。

「ペッシッサムボム（一一三番）！」と、訓練されたカッカッという足音と共にキドギを呼ぶ声がした。金属質のその声は、廊下に響きわたり、キドギの瞼は痙攣した。急ぐでもなく、かといってのんびりというのでもなく、また来たか、という程度の緊張をもってキドギは起き上がった。鉄柵の前で回れ右をした監視員は音を立てて脚を揃えた。肩にバッヂのついた茶色の制服を着ている。監視員は、もったいぶったように肩と脚を右、左と関節の音を鳴らすようにしてから、ギロッと目を剥いた。そうして、感情をもたない瞳にキドギの頭から足までをうつしたまま、じっとしていた。その時、同時に、キドギは両手を上げ、舌を出して柵に寄って行かなければならない。監視員は、おもむろに懐中電灯を取り出して柵に寄り、医師のように、それをキドギの目に当ててから舌の色を確認した。監視員の右手が合図するまでキドギは腕をあげていなくてはならず、涎がとろとろと流れた。口によっては、何分と続きそれが、監視員のひそかな楽しみのように、キドギの顔が歪んだ。この日はすぐに監視員の手が下りた。この珍妙な、しかしこれが、厳粛な日課の仕上げとしていた。それからのキドギは、肩を落とし、斬首されて皮一枚になったような姿勢で手足はサルのように前後して、右、左と歩かなければならなかった。本来なら正座して監視員に対しなければならないのだが、キドギにはそれを求められなかった。監視員はクルッと背を向けた。あれほど緊張感のある声をはりあげたにしては拍子抜けである。いや、彼にしてみれば、毎朝、なにごともなく過ぎていくことだけが重要なことなのかもしれない。もし、自殺や不審死などということでもないことが起きれば長年勤めあげた努力が水の泡になる、と、考えたかどうかはわからないが。万事うまくいっているということに、監視員は唇の端をちょっと歪めてからまた、回れ右をして去っていった。ああ、単純、単細胞……と、キドギはため息をつく。鳥かごに入っているのは俺ではなく、おまえだぞ、と考え、キドギはクックッと声もなく肩を揺すって笑いだした。まるで浮き浮きと難なく、素晴らしい芝居をやってのけたかのようだった。しかし、その笑いの発作が治まるとキドギは憂鬱な、心配そうな表情になった。そうして、キドギは、虐げられた羊は戦争を呼び起こすが、しかし、屠る者の刃を怨す……というつぶやきながら、部屋の中をウロウロと、左足を引きづりながら回っていた。ギギーと、北隣の部屋が開く音がした。そこから出てきたのだろう、監視員ふたりに両の腕を掴まえられた男が、キドギの部屋の前を通りすぎて行った。男は、足がくの字に曲がったままで、すぼめた肩に首をめりこませて、おどおどとした背中を見せている。キドギは鉄柵を掴み、ある不愉快で不安げな感覚にピクリと瞼を震わせた。男の名はユンホという。キドギと同じ頃に日本からソウルの大学に留学してきた友人だったが、連日の査問に耐え切れず自殺を図っていた。彼は雑居房から査問に呼ばれて、地下室に入ってすぐ、ストーブにかけてあった薬缶の湯をかぶったのだが、頭と顔半分、そして首と腕、という風にまだらにやけどを負った。一応、医師の診察は受けられたものの、顔面は左に歪み、唇がめくれた。ユンホはそれからというもの、うめき声が唯一生きている証であった。もともと、キドギにもユンホにもスパイなどやりようがない。なにを探るというのか……。在日二世であることのくびきからの逃避。掴むべきものがない上に、子が母親を探しさまようがごとく訪ねてきた祖国は、戒厳令が敷かれた軍事独裁の貧しい所だった。一九六八年に北のゲリラによる、大統領府襲撃未遂事が起きた。ソウル大の学生が発行した「青脈」という雑誌がユンホの下宿にあった、それだけで囚われの身になった。下宿にはキドギ以外にソウル大の大学生が六人居た。全員が捕えられて、ユンホとキドギ以外は、「統一革命党」として死刑を宣告された。生きる気力も失せたユンホは、一日の内のわずかな散歩の時間にキドギに会うと、とびとびながら言った。

「日本で鉄くずを拾う仕事で俺を留学させてくれたのは両親だった。俺はいったい何者なんだ！　在日という宿命にメランコリーになっていた俺は、籠の鳥のように、このまま、ただ、食って糞をひねって消えていくのか……と悶えていたんだ。おまえもそうだろう？　そんな時に、掴みきれない民族や祖国というものを、その大地に立って実感させてやろうと背中を押してくれたのが両親だったんだ。その両親が俺が捕まったという報せに驚いて来たんだ。まさか、息子が捕縄に縛られて汽車に乗せられるなど想像もしなかっただろうよ。両親はこれ以上ないというくらい、大きな口をあけて俺の名を叫び、転んでも起き上がり俺を追いかけ線路の上を走っていたよ。転向せよと言うがなにをどう変えろというんだ。しかも、日本で、乞食のように、そうさ、まるで乞食だ。堤防にトタンを張った、家といえるのかどうか……そんなところで蔑視されて暮らす在日の厳しい立場は、ここ、祖国では理解してもらえない。反対に、国を捨てた奴めが、と口汚く罵り、あげく、パルゲンイ（共産党員）の手先、つまり、北朝鮮のスパイだという。やりきれないじゃないか。どこで生きたらいいんだ俺たちは……」

昨夜、キドギは、小便をしようと起きて、高い位置にある窓を見るともなく見ると、漆黒の闇の中に星がひとつと、くっきりとした満月が見えた。煌々とした光を周りに散らした月は、星さえ隅にやり、ひとりほがらかなるをみせつけている。キドギはぼんやりした頭ながら、うっとりとしてしまった。月に語りかけるでもなく、ぼそぼそと、いつもの、虐げられた羊は……とつぶやいていると、うっかり、小便を便器の外にもらしてしまった。このことがわかると懲罰が待っていると、キドギは慌てた。オオカミの遠吠えのようにウォー！　とうなって、ジャージの腕を引っ張ってふきはじめた。監視員が走ってくるのが聞こえた。キドギは急いでベッドに戻り寝たふりをした。月は雲に隠れてしまった。

次の日、キドギは監視員ふたりに腕を掴まえられて、一段一段階段を下りて地下の査問所に入った。

地下室には、サンドバックの前でひたすらボールを打ち続ける刑事がいた。男は角刈りの頭をした痩せた若い男だ。どうやら新任らしい。新任ほど任務に忠実で功を競う。この日の場合も例外ではなかった。男はキドギに、リンゴを咥えさせて立たせた。男は足蹴りをした。パシッという音がした刹那、キドギの唇をかすめてリンゴが粉々になった。それだけでぶるぶるとキドギの膝が震えた。すでに失禁していた。この前、尿が漏れたのもこの前兆だったのか、とキドギはあらぬ方へ意識を向けていた。新任の刑事は、顎の髭に手を添えながら、

「いいか、なにかも正直に話さないとおまえもこのリンゴのようになるんだぞ。俺はなにもおまえを潰したくてこんな真似をしているんじゃないさ。いいな？」と低い声で言った。キドギは、なにを間違えたか、

「サグゥア（リンゴ）……アップル……サグア……アッ

プル……」と叫んでいた。呆れ顔の男はアイゴォ……と言ってキドギの頭を素手で一度、パシッと音を立てて叩いた。それからキドギを机の前に座らせた。まだ、頬がひき吊っているキドギに、男の上司らしき、歳のころ五十代の、丸いメガネをかけた刑事が言った。

「……。よろしい。なにもそんなに怖がることもないさ。同じ部屋に居たソウル大の学生は……、いや、あんなのは学生じゃない。暴徒だ。あの暴徒たちが重大な罪を犯して死刑になったのは知っているな?」

キドギは、はい、と答えたいのだが、声が出なかった。あの時捕りもの騒ぎの時のことが、フラッシュバックしてきた。いきなり、部屋に土足で入ってきた警官たちは、学生の数をはるかに超えていた。こん棒をふりまわし、ピストルを構えていた。逃げ道がなかった。国の行く末を真剣に論じていた彼らが反逆者で暴徒……。彼らが死刑だとは。何を信じていけばいいのか、キドギの頭脳回路はまた、狂いはじめた。

「……」

首をガクンと落したキドギに、

「さあ、おまえは、その頭がピンボケなんだから、そんなに心配はいらないさ。彼らの言いなりだったんだろうからな、そうだろう? 彼らの言うことをそのまま信じて行動すれば、彼ら、暴徒と同じ運命だ。いいな。ここに、その通りのことを陳述したらいいんだ」

慈父のような甘い声で囁いた。キドギは、「社会安全法」がいったいなにを意味しているのかわからなかった。しかし、再犯の可能性という、あいまいな、独断の満ちた判断によると、顕著な危険人物としてみなされ、二年を単位に無期限に更新されていくのだった。

あの時、思いっきりこん棒で頭を殴られた。それから、いつも、意識がはっきりしない。元来、粘着質で疑り深い、被害妄想の傾向はあったキドギだが、日常に忌憚を浸すほどではなかったのが、急激に妄想が増えた。幻聴や幻覚にも襲われた。

「ここにサインをすればおまえはここから出られるんだ。さあ」

と言って、キドギの前にペンを差しだした。

キドギは、これはなにかの罠ではないか、と怖れ体を震わせた。刑事ふたりは、

「ここは、おまえのような、クルクルパーを養えるほど余裕はないんだ。イ弁護士が来て話を聞いているだろう? さあ、ここに書いてある通りに、転向して国家に忠誠を誓います、と言えばいいんだ!」

と怒鳴ってから、

「一週間もすれば釈放となるが、誰か迎えに来るなら連絡をして、満期服を用意するように」と言った。

イ弁護士？　そういえば、面会に来てたあの年寄りがそうなのか？　キドギに、

「日帝時代にわれわれの民族独立運動で捕まった義士を、純粋なヒューマニスティックな動機で無料で担当してくださった、布施辰治先生の恩をわたしは、君たちのために力になって返せたら、と思うのだよ」

と言った。人を信じることのできないキドギは聞き流していた。横を向いたキドギに、イ弁護士は、大声で一喝した。

「君、その傲慢を捨てなさい！　その嘲笑癖！　君たち在日同胞には大変悪い癖がある。日本人に受けた蔑視をそのまま、祖国で、同胞にふりむけている！」

キドギは、イ弁護士が怒る理由がわからなかった。余計にふくれていたことを思いだしていた。

実はその頃、日本に居る家族や友人、人権派のイ弁護士の働きで、キドギたち在日留学生の釈放に関した運動が起き、一万名ほどの嘆願書が届いていたのだった。

キドギは、彼を産んですぐに、二十八歳で寡婦になった母に育てられた。キドギを背中におぶって、頭にタオルを被り、リヤカーを引きながら、一軒、一軒、廃品回収に回っていたが、キドギが中学生になる頃から、家の中でヘップサンダルの底を張る仕事に変わっていた。部屋の奥に細長い台を設え、逆さにした靴型に合皮やゴムをはめていく。それらを靴底に張り付けるには、シンナー入りボンドを塗って叩く。無学で字の読めない母には、このようなしごとでも、選り好みなど考えもできなかった。収入のいいことで生活は潤った。高校に行きだしたキドギが優秀な成績表を持ちかえると、涙を流して喜んでいた。それまでにも、キドギを育てていた母は、キドギが国立大学に合格すると、誇らしげに、近所に自慢して歩いたものだ。しかし、生まれ持った性格か、その時期に、発病したのかは定かではないが、キドギは、大学に入ってすぐに、情緒が落ちつかなくなった。卒業しても就職できないということに絶望してキドギの精神がみるみる荒れていった。所構わず破壊して回った。心配したキドギの母は、祈祷師を頼り、生駒山の朝鮮寺に籠って、先祖のお告げとやらを聞き出した。それによると、キドギを西の方角へ放しなさいということだった。母は、韓国に留学の話がでていることに飛びついた。頼母子講からお金を引出し、キドギをソウルへと送ったのだった。キドギが捕まったという報せにショックを受けて脳溢血の発作をおこしたという。

その夜、キドギは夢を見た。

昼の余韻が残っていた。キドギは、自分が死刑囚になっているのだ。この狭い監房の中を夜通し狂ったように歩きまわっていたキドギは明け方、処刑場に連れ出された。キドギは耳鳴りが起こり、しだいに高まっていった。監房の先輩ののっぺらぼうな顔たちが現れ、キドギに襲いかかろうとしている。見物人が集まっていた。キドギは、処刑台のわずか、三段の階段を上がれずに失禁していた。ものの、十秒だか、二十秒だかは定かではない。キドギの中で時間軸が止まったようだった。それまで破裂するかと思うほど動いていた心臓が止まったようだった。息を吸うことも吐くこともできなかった。足が前に出ない。うしろから押されているのはわかった。前のめりに倒れ額を打って気を失った。どれほどの時間が経ったのかはわからないが、突然、ある感覚がキドギの目を覚まさせてくれた。冷たい蜘蛛の腹と足とが、キドギの裸の足から腹へと通っていったのだった。しかし、キドギの妄想は始まった。そこは、刑場ではなく、ソウルの裏通りの屋台の酒場だった。朝鮮戦争やベトナム戦争に従軍して心の均衡が崩れてしまった軍人あがりのやくざな男たちが、酒にまかせて大声で叫ぶのだった。アメリカ空軍のカーチス・ルメイを真似て、北ベトナムを石器時代に戻してやる!!　男たちが、我も我もと口汚く暴く数々の手柄の数々。酒が切れると、手が震え、心臓がパクパクと動悸する。横にはそれらの症状を抑える薬がある。しかし、薬を飲まずに酒をあおる。銃撃戦では、いつ撃たれて死ぬか誰にもわからない。すると、最高に性的興奮がある。銃弾が太腿をかすめて飛んでいき、となりの兵士の喉元を突き刺した。すると、敵味方関係なく、あいつら、今日、俺を殺すのか?　だったら俺がやってやろうじゃねえか、という興奮が、目を覚ますと、一転して、殺されてもいい、早く終わってくれー!　と叫ぶのだった。

その映像のような幻覚がキドギを苦しめた。ここはどこだ?　ゲリラが跳躍し、スパイがとなりに潜む。今にも、ここで銃撃戦が始まろうとしている。樹木の生い茂る場所に北のゲリラがいる。危ない!　どこに逃げたらいいんだ?　自分の手が手りゅう弾を投げて血みどろになっている。酒場の樽の影が大砲に見える。まるで、ドンキホーテではないか。チロチロと燃えはじめた火が大きく揺れて広がっていく。男も女も頭から血を流している。叫び声を聞きつけた医師や監視員が警官となり、警官は蛇となってキドギの首を絞めはじめるのだった。ところが、注射を打たれると、たちまち、全身の力が抜けていき、眠くなるのだった。おい！　ぬるま湯で育ったパンチョッパリ（半韓国人）！　パンチョッパリ！　パン！　ぱんちょ！　査問の日にも、ぬらりくらりとしていたキドギは、トンポ（糞胞）と呼ばれて目が点になった。同胞と呼ばれるべき自分の立場だったはずだ。いやしかし、トンの発音がソプラノなのだ。それが、在日を卑しめるトン、糞胞だと気付いたキドギは心臓の中に冷たい水が流れていき、おかしいのはおまえたちだ！　と叫んでいた。しかし、実際には、身をよじり、アーアー、ウーウーといっただけだった。

差し入れ口が開いた。アルミの皿と茶碗に盛られた一汁一菜、麦飯の朝食だ。ギドギは、いつもの習性で、これには、悪い薬が入っているのではないか、と訝りじっとそれを見る。しかし、いくら目の筋肉をふりしぼってみても、焦点が合わない。首をのばして目をアルミ皿に近づけると、珍しくゆで卵がついている。変だ。いつもと違うではないか。キドギは警戒しながらも、卵の皮をソロリと剥いていた。目を盛られた麦飯に向けると、それがキドギの網膜に張り付いた。既視感に驚いた。いつかの売春宿の女のゲロに見える。女は妊娠している、と言った。生まれてくる子が不憫で、と泣いた。酸のきついそれは、キドギの鼻孔にしみついている。もう少しでいつもの、背をのけぞらせて倒れる発作が起きそうになった。しかしこの時、ゆで卵がキドギを我に返らせた。あの女のあそこの匂いだ。キドギは懐かしげに爪の間に埋もれた黄色いものの匂いを嗅いだ。大きく深呼吸をしてもう一度嗅いだ。すると、キドギの手と足は宙を泳いでしまい前にのめりこみそうになった。一瞬の不安に怯えた。しかしこの朝は、その時、キドギの腹がゴロゴロと鳴った。不思議なことに、この、腹が鳴るという一瞬にだけキドギは生きているという実感をもつのだった。キドギは、うつむいて自分の腹を見た。

あれはいつのことだったのだろうか。脳溢血で倒れたという母が、車いすに乗って従妹に連れられてこの矯導所に面会に来た。午前四時に着いたという母は、暗く冷たい廊下で待ち、やっと会えたキドギの痩せてあわれな姿を見た。大きく深呼吸をした母は、なにを思ったか、自由になる右手を握り息を吸いながら腋をしめた。そして、ハッハッハッーと息を吐き、しっ、かか、り噛むんだよ、き、きっとむ、むかえに、く、く、来るから、と言った……。従妹は、泣きながら、おばさんは、従兄に会いたさに、苦しいリハビリに耐えてきたのよ。と言った。昨日のような気もするし、遠い昔のような気もする。

アリのような虫がギドギの飯の周りに集まった。どこから出てくるのか。穴なら、便器と排水溝だろう。そこから湧いてくるのかどうかはわからないが、しぶとく湧いてくる。床は荒くセメントで左官してあるが、でこぼこで、じめじめと濡れている。なぜ湿っているのか？　そのことを考えるだけで一日が暮れていった。その日は、そんなことは忘れ、虫が列をなしているのをじっと見ていた。おい、おまえは俺の飯の毒見役か？　うん？　よし、と心の中でひとりごちて、そのことに驚き、誰もいない後ろを振り返るのだった。そして虫がいつの間にか巨大な鳥のようになっていく幻影に驚き、後ずさり尻もちをつくのだった。虫がキドギの唯一の餌の乗る皿に登りはじめて、キドギは怒りをこめて、虫を一匹ずつ指でつかまえては潰していった。米粒のような虫にも血が通っているとみえて、キドギの指に赤い斑点ができた。その時、またもや、「ベッシッサムボム」とキドギを呼ぶ声がした。いつもの時間より早い。キドギは虫の死骸のついた手をズボンにこすりつけて立った。いつもの監視員とまた別の人間がふたり居た。

「釈放だ」

キドギは迎えに来ていた従妹と離れ、鐘路に向かっていた。まだ、夜には早い夕暮れ、手にタバコを持ち、人とぶつかりながら歩いていた。歳の頃、七、八歳の、垢にまみれ、痩せ細り、唇の乾いた女の子がキドギにガムを買ってくれと言った。女の子の手には一枚のガムがあった。ひとつくらいなら、と硬貨と引き換えにしたガムを噛むと、路地や家の中から、子どもたちがぞろぞろと出てきてキドギを驚かせた。我も我もと、ガムを買ってくれと手を差し出している。キドギは無視をしてかけだした。一町ほども走ると、息がきれてきたが、やっと子どもの群れから解放された。

それからも、あてもなくグルグルと歩いていると、日が暮れていった。かわたれどきの不確かな色にキドギの精神は落ち着きはじめていた。しかし、辻、辻に女が立ちはじめた。キドギの袖をひっぱる。キドギは、つばをペッと吐いた。こんな姿を見るために俺は来たのか？　日本にいる時には、周りの人間がすべて、自分を見て笑っているように感じていた。おい！　おまえ、チョーセンか？　なんで日本にいるんだよぉ。帰れよ……。シラミのような俺でも、なんで生まれて、誰のために生きていくのか、そんなことを考えることが高尚なことだというのか、と考えていた。キドギの吐いたツバの飛沫が女の腕に飛んで付いた。

するとと、まるで、それを待ってましたとばかり、女は白目を剥いて、赤く塗りたくった唇から機関銃のような言葉が発しられた。ハングルを完全には理解できないキドギには、意味するところは想像し得ても、深い内容まではわからなかった。それにしても、なにを食べたらあんなに丈夫そうな大きな歯があって、板を叩くような声がでるのだろうか、とまたしても、場に不釣り合いなことが頭をよぎった。それは瞬時のことで、我に返ったキドギは、

「パンパンめ！　朝鮮の女は、そんな恥さらしなことはしないもんだ！」と毒づいた。意味はわからなくとも、女には通じたらしい。

「なにおう！　国を捨てて、のほほんと金儲けに走ってたパンチョッパリめが！　ふん、おまえは、アイゴォ！アイゴッ！　情けないねぇ、涎をたらして、ふらふら歩きやがって……」

女は逆上しながらも、目の力が弱いキドギを在日だと見抜いていた。そして初めはキドギに対して少しばかりの同情を寄せていた。気がふれているらしいと。しかし、キドギの目の色が変わるや、

「おまえはなんの権利があって、あたしをパカするか！ええ！」とキドギの顎の下に目を持ってきた。そう。苦界に身を沈めたからこそ、人の心の内面が透き通るように読めるのだった。

「あたしゃ、朝鮮動乱で、親も兄弟も亡くしてひとりぽっちさ。爆弾が雨あられと降る中を逃げまどいぃ、昨日の味方が敵になったり、また、その逆になったりしてぇ、殺しあったのさ。わかるかい？　お坊ちゃまよぉ。北の方から解放軍だというのが攻めてきたんだがよ、地主を追放して小作人に土地を分配したのさ。暴動なんかの奪い合いとは違ってさ、社会主義だぁ……。ふん！　それがどうだい。青い目の軍が逆転したから大変だ。あたしの父親は、初めに北の味方をしたもんだから、家族が皆殺しにあったのさ。あたしゃ、死体の山に埋もれていたのを助けられたのさ。あたしゃ、とうの昔に人間さまをやめちまったよ。のほほんと大きくなった、パンチョッパリのお坊ちゃま、わかるかい？　あの、地獄から比べりゃあ、こんな商売でも、おまんまが食えるってのぉ、天国ってものさ、ふん！」

キドギは女が俺を侮辱したと思った。俺を気ちがい扱いしやがって、とキドギは、自分が女を侮辱したのにもかかわらず、逆にののしられ逆上した。気がつくと女の首をしめていた。グッグッグ、グー。女は苦しげに身をよじらせていたが、脱力したかのようになってキドギにもたれかかり、操り人形のように手がだらんと伸びた。鼻と口から血が流れていた。不思議なことに女は息が止まると、キドギを見て笑った。女の顔は血の気がなくなっていくにしたがってゆるんでいった。

鐘路に立つ女たちは、派手に化粧したその顔の下に何層

にも塗りつぶされた襞があった。キドギにはそれが見えない。

キドギの腕にもたれかかるように息耐えた女の喉から吐瀉物があふれ出た。キドギの顔にその酸のきつい物が飛び散りついた。饐えた匂いがする。キドギはおもわず恍惚の表情になった。また、その時、ふぐりの張りを確かめるように手を入れた。そして、第十二胸椎の深いところに閉じ込められてしまった失われた言葉を探すかのように悶えた。女の顔は徐々に柔らかく微笑むように、まるで、この時を待っていたかのように笑った。キドギは女をうらやましく思った。ああまでして生きていた執着を嫉妬した。しかし、キドギの中の溢れるほどの怒りが、持って行き場のない感情が爆発した。ワオー！　わぉー！　と叫びながら走り出した。

（二〇一五年）

むらさめ

一

午後八時を過ぎてすぐ、明子の店の電話が鳴った。

「ママーッ、アイゴーッ！　何遍もかけたのにかからなくってぇ、九州の姉さんに聞いてやっと分かったんだよ。大阪は番号の前に六がつくようになったんだねえー」

まるで隣の家からのように、済州島に住む高原さんが話している。少し掠れた声なのと、九州なまりが入るのとで、明子にはすぐ高原さんだと分かった。彼女の姉が九州の小倉に住んでいる。彼女がメモしていった電話番号は、局番の前に六がつくようになる以前のものだったのだ。彼女は本名をシンソンホ（辛性好）といって明子の母の姪にあたる人だった。姪といっても明子の母と同じ年齢である。明子のウエハルモニ（外祖母）にあたる人が何回結婚してそうなったのか、その関係を聞いても分かりにくい。高原さんは明子の母をイモ（母方の叔母）と呼んだ。明子とは従姉妹になるのだが、明子はずっと高原さんと呼んでいた。十年前、円が力を持ち始めた時期に、済州島から出稼ぎにきて初めて会ったのだった。十八歳まで日本で明子の母たちと一緒に住んだという彼女は、日本語が達者であった。明子の母と同じ年なのに、アメリカナイズされた彼女は明子が思い描く済州女には見えなかった。二十歳で寡婦になって、ソウルなどで女中奉公などをしながら二人の子を大学までやったが、長男が事業に失敗して借金を作ったので……と出稼ぎの理由を言った。明子は明子の母に代表されるような大阪に住む済州女と比べて、その老い方に落差があることに驚いていた。彼女は手と足の爪に透明のマニキュアをしていた。六十歳というのに足腰もしっかりしていた。だが、年齢が就労を困難にしていたのだった。御幸森の朝鮮市場のキムチ屋で断られたといって、明子の母と一緒に、明子の経営する居酒屋に来たのがその始まりだった。

すでに満員の居酒屋の中は、揚げ物や焼き物の脂まじりの匂いに空気が澱んでいて、白い煙草の煙がそれらを包みこみ、幕を張るようにたゆたっていた。弱燭の電灯は赤い傘に反射して、人の顔を柔らかく染めている。

「高原さん？　久し振りやねー。元気でしたか？」

「アイゴー、元気やげ……、あの時はすまなんだねぇ」

彼女の話はいつも急に過去に返ったり現在に戻ったりする。何の前ぶれもなく急に帰国したことを詫びている。同居している次男夫婦から矢の催促が来て帰国したのだった。『次男夫婦は花屋を始めるのに、生まれたばかりの孫の子守をしてほしいので帰ってこいという』と彼女は言った。『年老いた母親を出稼ぎにイルボン（日本）に行かせているなんて恥だと次男が言うのだが、わたしは今が一番幸せだよ』とも言った。

『同居していると次男夫婦の顔色ばかり気になる。機嫌が悪いと、昨日けんかしたんだろうか？　と気になってねぇ。嫁はお金を見せると笑うが……。今の生活はわたしひとりが好きな時に起きて、好きな時に寝ることができる。そして働くとお金ももらえるしねぇ』

五年の間に何回もビザの切り替えで一時帰国した折に、嫁にこづかいをやったことを言っていた。当時の日本円は韓国ウォンの七倍の価値があったのだった。

明子はＪＲ桃谷駅から東に一キロほど入った下町のアパートでの高原さんの生活を思いだした。生野警察署に近い疎開道路の中程にガソリンスタンドがある。その横の路地を東に入ると、古い木造二階建てのアパートがあった。店舗つき住宅と呼ばれる建て売り住宅が並ぶなか、時代の置きみやげのような建物は、それでも一九五〇年頃はハイカラな住居であったのだろうか。灰色のモルタル塗りの壁に黒瓦屋根の安普請のアパートは、錆びたブリキの雨樋《あまどい》が雨の度に単調な音をたてていた。大降りの雨の日には樋の隙間から落ちる雨だれの音と、枯れ葉が詰まって溢れる雨の音とがにぎやかな高低音を奏でた。その周りには、四畳半ばかりのスペースで賄う安酒場やスナックがある。それらは日本語とハングルの両方の看板を掲げている。また、野菜や果物、肉などを商う八百屋、牛もつなどを売る精肉屋が並んでいた。『ゆ』という暖簾をかけた銭湯は出稼ぎ人たちの情報交換の場所にもなっていた。アパートは、中廊下を挟んで左右に部屋が七つずつあった。北と南に玄関があって、そこから入ると中は暗かった。光と影の輪郭に眼が慣れるのに時間がかかった。ひんやりとした空気に人の気配は感じとれなかった。そして奇妙な匂いが漂っていた。古びた箪笥や骨董を嗅ぐようでもあり、香ばしい胡麻油と、鼻を刺すにんにくの匂いとが、古い時代からの木に沁みこんで混じっているようだった。中央の階段の横に、共同の二槽式洗濯機が音をたてて回っていた。一階と二階の北の隅に共同便所がある。アパートに入って靴を脱ぎ、よく磨かれて黒光りのする階段を上がると、二階の南の端の部屋に高原さんはいた。彼女は部屋の入り口に据えてあるガスコンロで、明子が持ってきたテール（牛尾）のスープを作った。

「おとさんがこのテレビと自転車をくれてねぇ」

高原さんは横目で鍋を見ながら、目尻に皺をよせて笑いながら言った。明子の父が古道具屋でテレビと自転車を買ってきたらしい。高原さんは、なまって、おとうさんと言うところをおとさんと言い、おかぁさんと言うところをおかさんと言った。明子の父母をそう呼んだ。四畳ばかりの部屋に小さなテーブルと、赤い花柄の布団。ロープに吊した洗濯物。それらのセピア色の映像が、明子の頭の中で、突如色がついて生き生きと動きだした。

「どうしたん？　何かあったん？」

「アイゴー、ママッー、一度済州島に来て、わたしの家に泊まらんかね。孫も大きくなったし、うちが、三食じぇんぶ（全部）作ってあげるし、遊んでる部屋もふたつあるしね……いつもママの働いてばかりいる姿が眼に浮かぶよ」

「うん、ありがとう、でもなぁ……」

「おかさん、元気か？」

「ううん……もう歩けなくなってね。電動自転車であっちこっちいってるけど、危ないねんで」

「アイゴー、ママもそんなに働いてばかりしたら、そうなるやげ。あんなに甘えただったおかさんが六人も子供を育てただけでもびっくりしたけど……アイゴーおかさんはかわいそうやげ」

済州人は日本語と混ぜて話す時、語尾にやげー（なの、でしょうという意味）をつける。彼女の話によると、明子の母は末っ子に生まれ、四歳の時に祖母と死に別れたので、彼女たちと住んだのだという。明子の母は若い頃はとても美しく、牛みたいにのんびりした性格だったという。高原さんたちと風呂に行くといって、周りに内緒で夜間学校に行ったとも言った。だから、明子の母と彼女はひらがなとカタカナがかろうじて読める。

「アイッ、話が長くなるといけないからねー。アイ、四月にねぇ、クンソンジ（初孫、大きい孫）が結婚することになってねぇ……。おかさん連れておいでよ。うちがおかさんに薬をして飲ませてあげるから……ねっきっとおいでね。チャビ（旅費）だけしたら後は何も心配しなくていいから」

おあいそーという客の声が聞こえた。明子は俄かにそわそわと、

「うん、オモニ（母）と相談してみる。ちょっと店が忙しくなってきたから。切るね……じゃあまた、連絡する」

すみませんと言ってレジの方へ走りながら、足の悪い母

を連れて済州島へ行ってみようかと明子は思った。母と出かけられるのも最後になるかも知れない……。そんなことを思いながら、明子はレジのキーを強く打った。


明子の一日は鶴橋の卸し市場の仕入れから始まる。

午前二時頃、地方からの大型トラックが市場の周辺に横づけされると、暗渠に似たトンネルのような売り場のあちらこちらに灯が点り始める。透明なガラス球の一五〇Wの灯は眼を刺すように鮮やかだが、人はのろのろと動き、どこか寂しげに見えた。星がまたたく夜中に、首をたれた市場の人々の姿は、コンクリートの壁にいくつもの黒い影を作った。その影は、風の不意の通過のように現れては消えた。

若狭や福井、和歌山などから届けられた近海魚はトロ箱の中でうごめき、海水と共におろされた養殖の鯛やはまちは生簀に入れられる。

セリが終わって、最も活気のでる六時頃になると卸し市場の男も女も、まるで別人みたいになってテキパキと動き、市場の中は見違えるほど明るくなった。一段落したおやじたちは、食堂に入り焼酎か日本酒をひっかける。そうでもしないと体が冷えきって持たないとでもいうように呑む。

朝の十時頃。明子は仕入れに出る。すでにその時間帯の卸し市場の周辺は、春の柔らかな陽射しを受けて、眠気を誘う倦怠と渋滞する車の騒音、ざわざわと動く人々の喧騒の中にあった。だがそれとは反対に市場の中はひんやりとしていた。

細長い通路の両側に店が並んでいる。よく見ると、淡水魚から深海魚、貝類から海老、イカ、乾物という風に店の品は変わっていく。天井からは薄い紫色のモールランプが目立たぬように品を照らし、一五〇Wの裸電球が真近でそれらを照らすと、魚の背びれが光を反射していた。タニシが動いた。捕れたての魚は尾鰭をプルンプルンと動かしていたが、海水とは違う水をかけられ続けて、絶命したかのように静かに横たわっていた。寒のころよりぬるんだ海水からあがってくる魚は数が少ない。足元は常に水浸しである。

明子は、そろそろと歩きながら、今日のおすすめ品は何にしようかと、店先をのぞくような格好で歩いていた。すれ違いざまに台車を押していた若い男は、明子のスカートをひょいとめくり上げて、一瞬のうちに去っていった。明子があっと声を出す暇もないほどの早業だった。明子の心臓の中を冷たい水がスーッと流れていくようだった。まわりの男たちは、瞼の縁を赤く染めて、知らん顔をしながらも口元が緩んでいる。これだから……。ズボンをはいて来たらよかったと思っていると、トレーにコーヒーとパンを乗せた若い女が明子の肩に当たるのもかまわず、尻をふって人の間をくぐっていった。女は寸時を惜しんで配達をしていた。居酒屋を初めて十九年にもなるのに、明子は一向に市場の雰囲気に慣れない。淡水魚を扱う店の、背の低い、赤い舌を見せて笑うおやじは以前、おつりをくれる時に明子の尻をさわったので避けて通った。

小鮎を空揚げにしようか、ハタハタを焼こうか、透明な身をしたさよりを造りにしようか、と考えながら歩いていると、痩せた手長だこがトロ箱一杯に入っていた。箱の中でまるで虫のように蠢いている。手長だこが肥えてくるのは夏である。待ち切れないかのように掬いあげられて、濁った水の中で身をくねらせている。少し痩せているが、ナッチフェ（手長たこの刺身）を出してみようと明子は手長だこを買った。店までの配達を頼み、メモを見ながら仕入れを続けた。鶴橋の駅前の店までは、卸し市場から百メートルと離れていないので配達が頼めて楽だった。電話注文もできるのだが、明子は毎朝、旬の肴を求めて歩いていた。客の嗜好の移り変わりも市場の品の緩やかな変化で判断できるようになっていた。明子は居酒屋を経営しながら四人の子を育てた。休みの日でも夜、飲みに出ることが難しかった。子どもたちはそれぞれ大きくなったが、毎朝の仕入れは習慣になっていた。すでにカートは膨らんでいる。それを引っ張って歩いていると、必ず左右の店からまいど！と声をかけられた。

卸し市場から通りにでると花屋がある。赤いつぼみの梅があった。明子は梅の枝を二本買って、一階のカウンターの上の茶色の壺に入れて飾ろうと思った。梅の香りも好きだが、ポッと上を向いて咲く梅の可憐さが好きだった。寒さに震えているころに梅の蕾を枝の間から見つけると、春の訪れを感じて嬉しくなるのだった。梅に限らず明子は枝花が好きで、これからライラックなどが出てくるのを楽しみにしていた。ライラックは豊かな葉の間にびっしりと一センチほどの花を覗かせて芳香を放つ。ふっと明子は気がついた。枝の間に花を覗かせる、そういう控えめな花が好きだった？　いや、元来明子は気性の激しい性格ではなかったか？　ビロードのような真紅のバラが好きではなかったか。明子の両親は、明子の激しい性質を心配して、凄まじいばかりに明子の存在さえ否定するように育てたではなかったか？　儒教の教えの通り、親に従い夫に尽くし子を慈しみ……女は女でしかなく男に従順に……と。

いつだったか両親は、きっちりキャップを閉めた筈なのに、裂け目を作ってこぼれでる練り歯磨粉のようだと、明子を語った。明子は単純に、昼間から酒を呑み仕事にもつかず博打をするか、政治談義をする済州男が嫌いだった。また、腰のぬけるほど働いても不幸と貧困の原因を探ろうとせず、ただ、おどおどと怯え、その原因を自身のパルチャ(宿命)のせいにする済州女。そうだからと言うべきか、それでいてと言うべきか、鬱憤の捌け口は子どもであったり、大声でわめくことであったりする済州女が嫌いなだけであった。明子自身控え目な花が好きなのか、それとも好きになるように自分で自分に暗示をかけているのか。いや、そうではあるまい。自己主張の強い済州女を嫌ってはいても、どこかで自分の姿を見ているので、戒めの意味を持ってこういう花を見るのだろう。真紅のバラなども好きでよく飾るではないか……明子はひとりごちていた。

裏口から店に入って、寸胴鍋にいっぱい水を張って昆布を入れガスコンロにかけた。晒し布で作った出し袋に目近かつお(うるめや鯖、いわしなどの混じった出しかつお)を入れて用意をしてから計算を始めた。この頃、考え事をしながら仕入れをすると、おつりをもらうのを忘れるのか、どこかで落とすのか、よく計算が合わない。もうすぐ店長が出勤する時間だ。それまでに白だしを用意して置くのが、いつものことであった。

店長は十二年前、二十五歳の時に調理見習いで入ってきた。明子の弟が割烹で十年修行して居酒屋の料理の下地を整えてくれていたが、独立しようとして後釜を探していた時だった。サラリーマンに見切りをつけた店長は、調理見習いで修行に出るには年齢が行き過ぎていた。しかしまじめな性格の店長は、一から料理方法を覚えて、その料理手順を今でもかたくななまでに守っている。朝鮮料理といえば焼き肉屋と考えられた時代から、明子の店では和食以外にキムチポックム(豚肉とキムチと野菜を炒めたもの)あり、チヂミ(ニラ入りのお好み焼き風)あり、イカフェー(イカの刺身風)ありと、その味が評判を呼んでよく流行った。特に在日二世の間でオモニの味も恋しいが和食も捨て難いという世代に圧倒的に指示された。しかし、消費税が五パーセントに引きあげられてから、不景気も深刻となり客数が減っていた。

手長だこが配達されて来た。明子は今日は仕入れ金額に間違いがなかったことにほっとして、レジを閉めてから手長だこを水槽にぶちあけた。驚いた手長だこは、吸盤を使って這いあがろうとしている。関節があるのかないのか。節ごとにくねらせながらステンレスの肌を舐めるようにして上がろうとしている。明子は、荒塩を両手いっぱい掴んで手長だこにふりかけた。十四以上はある。両手で揉みだした。揉みながら手長だこの頭を探し、頭をひっくりかえして中の物を放りだそうとすると、手長だこは、最後の抵抗とでもいうように、墨をぶちまけた。明子の爪の間が真っ黒に染まった。水道を全開にして洗い流して、また荒塩をふりかけて揉んだ。ぶくぶくと泡だった。ぬるみを取ってしまわないと口に入れた時、苦くなってまずい。料理はこういう下ごしらえをおろそかにすると、臭みやアクが出て本来の味が出ない。明子と店長とで百二十種類もあるメニューの仕込みを分担している。明子は、仕込んでからすぐの味と、三日の味、一週間で出る味とがあるのをわきまえて、店長が出て来るまでの下準備をする。能登産のもずくをザルに入れステンレスのボールで受けて、少しずつ水を出して置いた。こうして三十分置き塩ぬきをする。明子は経営者とはいうものの、割烹でいうところのボンさんの役どころもする。昆布を入れた大鍋が沸騰しかかった。昆布を取り出してから、かつおの入った布袋を入れて火を止めた。もう一度手長だこを揉んだ。雑食のたこはしっかり洗わないと雑菌を持っている。大鍋に水を張り塩と炭酸を入れ火にかけた。沸騰したところで手長だこを入れるのだが、このゆがき加減が難しい。茹ですぎず、生でなくというところだ。

一時になって店長と板前見習いとが同時に出勤してきた。これからふたりは、他のパートの従業員たちと午前零時半頃まで仕事をする。見習いは、大根をおろし、生姜を掏り、といった仕事以外に、火入れといって、やきとりのたれや田楽味噌、玉みそ（酢味噌などに応用する元の味噌で白味噌と卵と出しで練ったもの）などを点検する。甕やタッパーなどに入れてある味噌やたれを火にかけておいたり、混ぜて置く。その時、少しでも熱の残っている間に蓋をして仕舞った物は水分が出て腐食の原因になるのだった。水の入らないたれは基本的には腐らないのだが、また、日を追って味が染みるものだが、毎日の点検が不可欠であった。店長がてきぱきと、やっこだし（冷やっこなどにかけるだしで醤油を味醂と白だしで割ったもの）や柳川だし（一般的にはすきやきの割り出し）温泉卵のだし、そして土佐酢、もずく酢などを作っていく。後はふたりに任せてと、明子は椅子に座ってコーヒーを飲んだ。

「ママーお湯、沸きましたよ」

見習いの声がした。明子はいつもの習性で手足を動かしていた。ぐつぐつと煮立った鍋の中へ手長だこの頭を持って足の方から入れていった。手長だこは、まるでスカートが広がるように足を広げた。赤くなった部分から火の通りが出来ていくので、今度は頭の方を鍋の底へ入れた。ひっくり返った足はもはや逆らう術を失って物になった。半茹での状態で氷を張った冷水に入れてから笊《ざる》にあけた。この時、しっかり塩もみの出来ていない部分は、白く薄皮が剥がれたようになっている。親指でこすりながらまな板の上に置いた。プツッ、プツッと切っていった。

「ママ……今日のおすすめは何にしますか？」

店長の声がした。

「ナッチフェーと……そうやな、さよりのええのがあったから、造りにして……そうそう、昨日の鯛の子、今日までいけるね？」

「はい、今晩、途中で百合根と三つ葉と卵でとじて明日のつきだしにまわします」

店は、一階と二階を合わせて七十三席がある。板前ふたりと、パートの従業員五人でまかなっている。二階の客にはつきだしを出している。店長はボードに今日のおすすめ品として、ナッチフェー八〇〇円、さよりの造り七〇〇円と書いている。

明子は仕込みが一段落ついたところで自宅へ帰った。自転車で五分もかからない。朝干しておいた洗濯物を取り入れたり、掃除機をかけたり、夕食などを作って置く。いつの頃からか、炊飯器に御飯、冷蔵庫にビール、鍋におかずという風に用意しておくと、夫が食べる。子どもたちはそれぞれ十代の頃に、仕事もしないで昼はゴルフの練習をして、夜は友人たちと呑み歩いていた父親に対して反発し、『お母さんと別れてもらいます』などと言ったものだが、今は独立している。入れ代わり立ち寄っては夫と野球などを見ながら笑っている。自宅へ入ると夫はまだ寝ていた。あの日に似ている、と明子は思った。明子がお産をして家へ戻ると、山ほどの洗濯物と、ヌルヌルと汚れた水槽、店の細かい揉め事が待っていた。夫は任せたとばかりに外へ出る。義母は階段が真っ黒だと言って眉をしかめ、わたしはお産をした翌日から自分でおむつを洗ったと言った。貧血でふらふらしている明子は目に見えない圧迫の中にいた。病院で産褥《さんじょく》にまみれている時からそれに似た圧迫のために神経が苛立ち、明子は乳房が張った経験がない。しずくのようにしか出ない乳を含ませたために、子はひっきりなしに泣いた。明子はその時のように胸が締め付けられる苦しみは無くなっているが。いらいらするので外へ出て深呼吸をした。義父は『男がバタバタとするのはみっともない』といって夫を世間に出して働かせなかった。義母は、『男が昼寝していても女の甲斐性でどうにでもなる』といって明子の尻を叩いた。今考えても不思議なことだが、子どもを育てながら必死に過ごした間に明子は鍛えられ、体力だけが信じられるものとなった。夫は酒に浸り弱ってきている。明子は夫に同情する気もなくなっていた。若い頃のように夫は暴力をふるわなくなったが、逆に弱くみせているだけなのが分かってきたのだった。いざとなると夫が前面に出てくる。男というだけで家長なのである。そのことだけが夫を支えていた。明子は、開け放したままの引きだしを閉めて、脱いだままのズボン、山盛りの煙草の吸い殻、読み散らかした新聞や雑誌などを片付けて、猫の糞の始末をつけてから逃げるように店に戻った。

「まいどー」

豆腐屋が配達に来た。手作りの豆腐屋は今は珍しくなったが、毎日午後三時頃に豆腐を配達してもらっている。見た目はわからないが、混じり気のある豆腐と、手作りの豆腐とはその違いが口に入れた時分かる。手作りの豆腐にはこしがある。豆腐屋のおじさんは、自転車の荷台に豆腐の入った箱を乗せて水をポトポトと落としながら来る。明子はわずか五百円にもならない売上でも配達をしてくれるおじさんに感謝していた。

パートのおばさんが出勤してきて店の掃除がはじまった。明子は、蒸しあがったメークインの皮を剥いていった。牛ミンチ肉と玉葱をバターで炒めたものを混ぜてコロッケを作る。

「今日の予約は？」

メークインをつぶしながら明子は誰にともなく言った。

「七時から二十五人と七時半から五人です……」

見習いの声がした。明子は俄かに牛肉と玉葱の炒めた物とメークインを混ぜる手が早くなった。ナツメッグと塩と胡椒を入れてから、大きな木しゃもじで混ぜた。八十グラムずつだんごにしていく。

明子は済州島に行く時には、あらゆる仕込みをして置かなくてはいけないなぁと思った。今日はあと、チョジャン（味噌たれ）とチャンジャ（鱈の塩辛）を作らなくてはいけない。肩のあたりが凝ってきた。見習いにニンニクを二〇〇グラム掏ってもらってから、作り始めた。鱈は塩抜きをしてから、細かく切って行く。塩漬けされた鱈の内臓はすでに死んでしまっているが、寄生虫の残骸が出てくるのでひとつひとつていねいに、小指の爪より小さく切らねばならない。この作業だけでゆうに一時間かかる。開店までかかりそうだな、と思いながら明子は手を忙しく動かして、遠い日の母を思っていた。

ある秋の日だった。済州島には一万三千もの神が宿ると言われるせいか、済州島で生まれて二歳の時に日本に渡ってきた明子の母は、大きな人生の節目には、生駒の古寺に三日ほど籠り祈祷をしていた。その内一日は必ず出席せよと言われ、その剣幕に逆らえず参加したことがあった。旧生駒トンネルの横を登っていくとすぐ、その寺はあった。

何十畳もある広間に幕を張って仏像を蔽い、幕の上から屏風越しに青、赤、藍、黄などの幟や房をかけ、いくつもの祭神の名を連ねた白布が垂れていた。祭壇には、豚の頭が眼をつぶってこちらを向いていた。優しい表情をしている。大鍋でゆがかれたものだった。その豚の肉以外に牛肉を串に刺して焼いたものや果物、わらびや豆もやしなどのナムル（おひたし）、小豆の甑餅《こしきもち》、一夜干しの甘鯛、生米などが供えられていた。小太りの一重瞼の中年女のムーダン（巫堂）は、赤い口紅をひいて髪を朝鮮式にひっつめにして結い、ピニョ（簪《かんざし》）を差していた。左の頬に痣がある。ムーダンは神霊を呼ぶ酒代《さかしろ》、白い切り紙のカンサンギを振り回しながら呪文を唱えていた。そして、少女のようなムーダンが香炉を手に持ってぶつぶつと呪文を唱えて座敷を回った。

　中年のムーダンは、今度は両手で捧げるように白い布を持って戸外に差しだした。その布で霊を包むように先祖を招くそぶりをした。それに合わせたかのように、鉦《かね》と太鼓の耳をつんざく音がした。ドンジャカ。ジャンジャカ……ドゥン、ドゥン、ドゥン……。

　ムーダンはいきなり、腹を押さえて今にも倒れそうにして言った。

「アイゴーッ、未だに成仏できません。お腹が痛い。頭が痛い。そんなに打たないで。アイゴー、お願いです」

　ムーダンが転げまわった。鉦と太鼓が激しく鳴った。明子の母は汗をびっしょりかいて、カッと眼を見開いたかと思うと激しく泣き出した。明子の母は度重なる夫の事業の失敗と、自身の神経痛とを先祖が成仏できないための祟りと考えていた。先祖の中に済州島での四・三事件（一九四八年に南朝鮮だけの単独選挙に反対して起きた暴動に端を発した住民虐殺事件）の時に虐殺されて供養できないでいる親戚がいた。

「アイゴーッ、ご先祖様、お願いです。成仏してください。わたしのパルチャ（宿命）を変えてください！　アイゴーッ」

　明子の母は、両手を揃えてなにかを捧げもつようにしてムーダンを見た。ハンカチを出して洟をかんだ。ムーダンは青竜刀のような物で母を打擲《ちょうちゃく》しはじめた。驚いて見る明子の存在など眼に入らぬかのように。ムーダンは、鉦と太鼓の一層激しくなったリズムに形相を変えて狂ったように踊った。そして小豆を母に投げつけた。小豆は母の背に当たり、明子の母は半ば失神しかけていたが、お辞儀を繰り返していた。ドンジャカ、ドン、ドン、ドン、ドンジャカ、ドンジャカ、ドーン、ドン。

　しばらくして明子の母は我に戻ったのか、別人のようにとり澄ました顔をした。そして財布から千円札を束ねて、それを豚の頭の肉や魚の尻尾、果物や米など、供え物のいたるところに置きだした。

ムーダンはなにやら唱えながら跳躍し、眉を吊りあげて踊っていた。そして急に低く、くぐもった声に変えて、

「なんだこの供え物は？　いやしくとも新羅王の慶州金氏なるぞ！　わたしは、もっといい暮らしをしていて、いい物を食べていたぞ」

と言った。明子は、父がいつも『おまえの先祖は王様だったのだぞ』と言っていたことを思いだした。『王様の子孫がどうしてこんなに貧乏なん？』と明子は言い返していた。言い返しながらも、王様の子孫というのはどこかロマンチックで、明子は現実から離れて、お姫様になったような気がしたものだが、調べてみると父の代から五十代も前の新羅の時代のことだった。こんな昔のことあてにならない、というと父は族譜（系図）と墓があるという。物的証拠があるということでなんとなく納得したことがあったが、普段は忘れていることだった。両親が夫婦げんかをすると必ず、母が『慶州金氏いうてえらそうにするなッ、チェジュ（済州島）では落ちぶれた王様の子孫より、光山金氏の方が偉いんだからッ』と言っていた。慶州金氏が済州島に住み着いたのは光山金氏の後らしい。明子の母の出は光山金氏なのだった。

明子の母は恐縮したように身をこごめ、今度は財布から一万円札を出して、豚の頭の肉の下や米の下に置いた。それを見るやムーダンは戸外に青竜刀を放り投げてクルクルと回りながら踊り始めた。

いつの間にか山の中は闇に浸されて、寺の中だけが異様な明りに包まれていた。月が庭に出て踊るムーダンをくっきりと浮かびあがらせた。こおろぎも鳴りをひそめ、絹のチマの起こす風がかすかに起きた。

ムーダンは、ぜいぜいと荒い息を吐きながら、座敷にあがってきて汗をぬぐった。

それからが長いクッ（祭祀）の始まりだった。山高帽のような黒い冠をつけ、青や赤の縫い取りをしたトルマギ（周衣）を着た男のムーダンは、鉦や太鼓を鳴らしていた楽巫たちと前面に出てきて歌と踊りが演じられていった。

銅鑼が鳴った。デデンデンデン・デン、デン……。

明子はその中にいて、不幸は不幸のままに低く、悲しい、悲哀に充ちた調べに乗って空へ登っていくように思った。中年のムーダンが、やっとご先祖さまは天国へ行かれました、と告げた。それで畏《かしこ》まる母を見て、明子は慰められ救われたのは先祖なんかではなく、母だったのではないかと思った。

二

済州島は曇っていた。昼だというのに薄墨色の雲は低く憂鬱げに島を覆って、ハルラ山の頂上を隠していた。ハルラ山は中腹から母の胸のようになだらかな稜線を伸ばしていた。オルムと呼ばれる側火山は、そのハルラ山の周りを女王に仕える家来のようにとりかこんでそびえている。屹立したオルムもあれば、女の乳房のようにこんもりとした隆線を見せたものもあった。ヒューと西風がふいて鴉《からす》が飛んだ。この地では、鴉は死んだ鬼神たちの霊魂だとか、冥途の使者だと信じられている。その黒い光沢のある羽をはばたかせ鴉は風に煽られるように空高く登っていった。曇天のせいか石垣は黒く堅く見えた。

明子が済州空港に降り立って気付いたことは、あの、両親の重い口から語られた不幸と貧困の象徴という島の姿ではなく、また、四・三事件で多くの村人が訳もなく虐殺された島という姿でもなかった。石が黒い火山石であるということで、ああ、ここは火山島なのだと改めて気付いていた。風が乾いていて、どんよりとしている島の姿があった。この空港の下に何万という人たちの骨が埋まっているということが信じられないほど、済州空港は観光地化されていた。

この日のハルラ山のように憂鬱な、不幸と貧困の代名詞のように父母の口から語られた故郷。明子にとっては故郷という実感はなかった。かかわりたくないとずっと思ってきた。人糞を食べて肥える豚、男は畑に種を撒くように子を作り、女はその子を産んだことが罪なように考え育て、そのために冬でも裸で海に潜り……。烈女、淑女の美名の下にただ、おどおどと怯え、腰の抜けるほど働いて朽ちていく。酒浸り、博打打ちの男に仕え……。いや全ての済州男がそうではないだろうが、明子は抜き難く済州島への偏見があった。明子に求められたことが、その済州島の儒教の因習に重なっていた。なぜ自分が女として生まれたというだけで、活動を制約され、男に従わなければならないか、なぜ自分の人生を自分で決められないか、男の運で自分の運が決められていくのか、と言うたびに明子は父に殴られていた。父は、明子のつむじが頭のてっぺんと前にふたつあることが、強情の証しだとも言った。

明子にとって女の生き方を実感したのは母だった。幼い頃の明子にとっての母の原風景は、いつも疲れていて脂汗を流していた。風のない日の真夏の夜、鯵を焼く煙りが狭い部屋に充満する。父が口をへの字に曲げていて、青白い顔をした母がひとことふたこと言った後、お膳をひっくり返した父がいた。裸電球が揺れ、生まれたばかりの妹がけたたましく泣き、泣きやまぬ。背を丸めた弟がすばしこい鼠のように部屋の隅に逃げた。掴みあってもみ合う両親。気がつくと、泣きながら櫛を入れる母がいて、満面朱に染めた父がいた。抜けた毛は、ふわふわと上り電球の周りを生き物のように泳いだ。飛び出した母を追いかけた記憶と、明子は胸がつぶれるほど悲しいのに、なぜか、『おとうちゃんの頭がええから、あんたらが賢いんやで』と信じて疑わなかった母。学校に行かせてもらえなかった母は、字を覚えていく明子たちを、無条件にまぶしそうに見ていた。そして父が王様の末裔だということを信じていた。炊きたてのご飯は父のためにいつも一番に茶碗に入れ、蓋をしてからタオルで巻き布団の中に入れ保温していた。大切に扱われた父はそれが当たり前で、母を大切には扱わなかった。この矛盾が儒教なら、明子はそんな母のような儒教的な生き方をするまいと思っていた。

空港の税関を通ってロビーへ出ると、高原さんの顔が見えた。ああ、懐かしい……。母もすでに顔をくしゃくしゃにしている。しかし、杖を持って歩くのでもどかしい。手を振ると高原さんも気がついた。あの、金歯の光る口を開けて笑っている。明子の母が杖に重心をかけて、前屈みになって歩くのだが、一向に前に進まないのを見て、高原さんの口がへの字になっていった。明子の母の姿を見て泣いているのか。柵を越えて高原さんと母が抱きあった。高原さんのパーマをかけた髪がさざえさんのように丸く膨らんでいる。結婚式があるためにパーマをかけたのだろう。艶のある髪はわかめのように黒く光っている。明子の母はすでに真っ白になっていて、その年齢差は十歳以上の隔たりがあるように見えた。

高原さんが自分の息子だと言って明子たちに紹介してくれたのは、顎の張った色の黒くて唇の太い、見るからに済州男という感じの男だった。民族服を改良した流行の服を着ている。

「クンアドリエヨ（長男です）。ソンジはソウルに住んでいるんだけどね、結婚式はこっちでするって」

高原さんは、母にともなく、明子にともなく語った。

「アイゴー」

と言って、明子の母は、眼を三角にして泣き笑いの顔になった。脳梗塞の症状が母の表情を一律にしてしまっていた。しかし、その時明子は気がついた。母の灰色だった頬のあたりがさっと紅潮し、十歳も若返ったようだった。高原さんとその息子を見るふたつの眼は、喜悦そのもののように張りを見せていた。

「パンガッスムニダ」（うれしいです）

長男はそう言って笑った。大きな歯が見えた。頑丈そうな歯だ。

「チャンチが明日なもんだからぁ……てんやわんやなのよ」

高原さんは、明子の手をもって、明子の母の肩を抱いて歩きながら言った。

「結婚式は家でするの?」

明子が聞くと、

「アニ（いや）ー、今は簡単にぃ、礼式場に行くんだけれどぉ、そこでは披露宴はしないから、このぉ、カムルチャンチ（前夜祭）が結婚式みたいなものさ、ソンジはこっちで式をあげたら、新婚旅行も同時に出来ると言ってねぇ」

と言いながら高原さんは、鼻の頭に汗を浮かばせながら目尻をさげて笑った。明子は、そういえば済州島は新婚旅行のメッカだな、と思っていた。新婦の実家も済州島にあると言う。

明子たちは、長男の運転する車に乗って空港から出た。長男は個人タクシーの運転手をしている。観光客が増えたので仕事が多いが、日本語が話せたらもっといいんだが……とチェジュマル（済州島の方言）で言ったので高原さんが通訳してくれた。三姓穴（済州島の始祖といわれる高氏、夫氏、良氏を祭ってある所）の近くの済州市に高原さんの家があった。空港から車で十分もかからなかった。火山岩で囲った塀の中に、薄いブルーのモルタル塗りの平屋だった。

「この家だった?」

明子は高原さんを振り返って聞いた。日本に出稼ぎに来て借金を返し、小さな家を買う頭金が出来たと聞いていたのだった。

「アイゴーそうやげ……。あの時は本当にありがとうね」

「ううん、高原さんが頑張ったからやんか」

高原さんは、夜は明子の店で皿洗いや掃除などの下働きをして、朝はプラスチック工場で働いたのだった。高原さんの家は中庭があって十畳ほどの台所と別に部屋が四つあった。済州島では家具を置かないせいか十畳の部屋がやけに広く感じられた。日本の都会からすればとても広い家だった。親戚や近所のアジュマ（おばさん）たちが台所で忙しく働いている。入ってくる時に気がついたが、庭に直径一メートルはあるかと思われる大きな鉄鍋がかかっていた。中をのぞくと、豚の頭が、まるで風呂にでも入っているみたいにして入れられていた。うらめしそうに見えたのは錯覚だろうか、と眼をこらした。そしておめでたい日には豚が一番のご馳走だということを思いだした。人糞を食べるトンテジ（糞豚）なのだろうか、と明子は気になって聞いてみた。

「トンテジヨ?」

アジュマたちは顔を見合わせ、アニーと否定した。高原さんは、

「今はねえ、養豚場で豚を育てるのよ」

とおかしそうに鼻の穴を膨らませながら言った。恥部を見られたかのようにはにかんでいる。明子が幼い頃、済州島に墓参りやポルチョ（伐草）といって墓の周りの草を刈るために済州島を訪ねた人達の話に必ずトンテジの話が出た。三十年前まで済州島では、どの村でも玄武岩を積み上げた柵の中で豚を飼っていた。その柵の一端の一段高くなったところに木板や石板がさしこまれていて、人はそこにしゃがんで用をたすという。人の気配がすると、豚がその下に寄ってきて上を向いて餌が落ちてくるのを待つのだという。なかなか出てこない時は、せっつくようにブーブーと哭《な》くという。日本から行った二世たちは慣れていないこともあって、しゃがんだものの驚いて跳びだしたというう。しかし、トンテジはおいしいと、陸地では伝説のように語られている。朝鮮の民俗は、便に神秘的な力を感じているると聞いた。

朝鮮のみならず、畑を耕し米を作ってきた民族にとっては便はこやしとして重宝されたのだろう。日本でも熱心な百姓はこやしを手でこねたり、舌で嘗めながらその熟成度を確かめたという。そのことから考えても人の糞を豚が食べて、その豚を人が食べて……循環していると明子は思った。明子はトンテジのことを想像しながら、夫とのことを考えていた。すでに二年前から家庭内別居の状態になっている。明子は心の破綻を打ちあける最初のひとことを言いだすのに、長い年月がかかったと思っていた。しかし、いったん言葉が出てしまうと、糸まきの糸を手繰りだすように、スルスルと出てきた。夫は狂ったように明子の髪の毛をもって引きづり回し、『好きな男ができたんだろ！』と悪態をついた。明子はその言葉に、男と女の関係は昔からなんの進展もしていないということに気づき、情けなくなって涙が出た。女が自立しようとすれば、男がいなくてはいけないのか？『別れて住む』と言うと、夫はとたんに弱くなった。明子の中で何がはじけたのか、明子自身にもよく分からない。一番下の子が成人したことで、明子は心の中で沸きあがるものに歯止めが利かなくなってきた。夫は済州男の伝統通りに仕事の嫌いな、のんきな人間だが、無邪気な青年だった。しかし、明子を自分の所有物として扱った。

二十九年前の一九七二年に見合いをした時、明子の行ったこともない故郷の出自が問題になった。明子の両親の生まれた村が問題になって、夫は周りから猛反対を受けたと

言う。当時の在日の社会は二世が次々と結婚していった時代だった。陸地人は陸地人同士、済州島人は済州島人同士といった具合に厳然と地方意識が根強かったが、間を取り持った人のいい、総連（北の共和国に準ずる在日の組織団体）の活動家は、済州島人同士として話を持ってきた。『人間が月に行く時代になにを言ってるんだ。明子と結婚できなかったら北朝鮮に帰る』と夫は言った。単身で北朝鮮に帰るということは、家族の離散を物語る。明子はありがたくもらわれたのだった。明子は見たことも行ったこともない自分の故郷の村が問題になるとは信じられず、ましてやそのことで、あるがままの自分の存在が否定されたことにショックを受けていた。そのことで負い目を感じなければいけないということが腹立たしかったが、明確に明子と結婚したいと言った男気にほだされた。しかし、夫のその否定の仕方、感触にずっと悩まされてきた。なんでもないと言いながら、義弟の結婚になると問題にする。明子の場合は例外だったのだと。それを言ったところで誰が理解できるというのだろう。人間としての能力の差ではない。女が女で生まれただけで男の所有物としてしか認識されなかったことと同じである。しかもその不遇の意識は明子のひがみとして捕えられる落差も抱えていた。明子はその若い情熱を持って自分の存在を確立させるべく努力した。しかし理屈ではなかった。明子との結婚を最後まで反対したという義母の友人は明子と会って、明子が挨拶をしても無視をした。それを繰り返された時に明子の中でしこりとなって怒りだけが残った。また、明子ががんばればがんばるほど周りは冷ややかであった。義父の口から、嫁は下からもらって正解だったと聞くに至って、明子の自意識は目覚めた。どうして人間に上下があるというのか。明子がへりくだって周りに理解されることを受け入れたら、明子は永遠に済州島の因習に端を発した差別される者、劣った者、汚れた者という人の意識の中にある規定の中に閉じ込められると思った。

両親の生まれた地は、済州島の最南端にある。白蛇を祭る村ということで、その村の女は結婚が難しかったという。白蛇を祭る村は鬼神の出る村と言われた。済州島には一万三千を越す神が宿るといわれる。昔、疫病が流行った時、白蛇に疫病を治癒する力があると信じられて白蛇を祭ったが、その白蛇を祭った村の娘と結婚した男たちがバタバタと早死にしたために、その村の娘を恐れたのだという。土俗的な村人は、五十六年前の一九四五年頃にさえ、コレラが蔓延した時などは、豚舎の土をコップに入れ水を加えて、その上澄みを飲んで予防したと信じた人がいる。コレラ菌がうようよしていたと思われるが逆に免疫となったのだ。そういう自殺行為ともいえる間違ったことが信じられていた。

明子の子どもたちは明子が苦しんだことなど理解できないだろう。しかし明子は、善良な周りの人間の中にも潜む潜在意識の差異に、自らの苦悩を証明したいと思った。決定的にその意識が芽生えたのは、二年前に済州島から旅行で来た義父の親戚の一言だった。その意識を産みだした母胎である済州島に住むその人は、どこからか耳に入ったことを確認するように、明子にコヒャン（故郷、在日の場合は本籍という意味を持つ）はどこか？と聞いた。ナモンミョン（南元面）です。と言うが早いか今までの優しい顔が険しくなり、クレークレー（あっそう）と言って、討論する余地さえ与えなかった。明子はその時に眼に見えない物の正体を明らかにして、本当の自分を探そうと思った。明子が持つ自由の意識さえ否定され、明子が白蛇を祭る村の出で、子たちは、父の系図に入るので明子は跡形も残らない。それをありがたく意識せねばならないということはまた、意識すればするほど、眼をそらそうとすればするほど、かえってその密度が増していった。それは明子のヒステリーかも知れないとも逡巡するのだが、それが夫への拒否という形で現れてきた。

明子はそこまで思いだし考えてふーっと溜め息をついた。

誰がこの気持ちを理解してくれるというのか。トンテジには何の罪もない。

アジュマたちが忙しく立ち働く側で男たちは所在なげにしていた。男たちは女たちの喧騒をよそに焼酎をあおっている。明子たちの荷物を部屋に運んだ長男は、部屋の隅で囲碁をしている男たちの側へ行って観戦している。客が来る度に新郎の親として玄関まで出て挨拶をするのだが、女たちの忙しさに比べてすることがないようだった。

新郎の高原さんの孫が明子たちのところへ来て挨拶をした。

「モンディソオショソチェソンハンミダ（遠い所からいらっしゃって恐縮です）」

と言って深々と頭を下げた。明子の母は首振り人形のように首を上下に揺らし、眼を三角にして笑った。今にも上の入れ歯が外れそうなので、明子がオモニ……と声をかけたら、明子の母は首をかしげて口をつむって笑った。その姿は幼女のように愛らしい。

高原さんは金歯を光らせて、

「ハンマニム（おばあちゃん）が日本に行った時にこの、ママとおかちゃんに大変世話になったんだよ」

と説明している。

「このソンジ（孫）はねえ、高校生の時までチェジュに住んだんだけどね、今はサンソン（三星）ていう電気メーカーのサラリーマンをしているのよ」

高原さんは鼻の頭に汗を浮かべてとても嬉しそうに言った。三星電気というと、日本のナショナルか、東芝か。思わず明子は聞いた。

「どの部門？」

「エレクトロニクスです。シュッチョーでイルボンに行ったことがあります」

と新郎は片言の日本語で言った。

「えっ！　どこに？」

「えーっと、トヤマ？　シガ？」

と首をかしげながら地名を思いだすように言った。

「今度日本に出張があったら、きっと連絡しなさいね」

明子は嬉しくなって、住所と電話番号を書いて渡した。

高校生のような女の子がお膳をふたつ持ってきた。膳の上には、豚肉と、キムチとナムル（野菜のおひたし）と、御飯とワカメの汁が載っていた。小皿ににんにくのスライスも入っていた。ワカメは昆布のように肥えていて歯応えがあった。高原さんはにこにことして、

「ママー、このおかちゃんは、どこに行って、どんな物を出されても、おいしい、おいしいって言ったんだよ」

と愉快そうに言った。明子の母はうなずきながら笑っている。

「本当においしかったよ」

明子の母は子どものようだ。食べ物について何かを思いだすのか、ふたりで笑っている。明子にとっては母としてしか見ていなかったが、ひとりの子どもだった時代の母が居た。ガヤガヤと声がしたと思ったら、新郎の幼馴染みたちが来たという。日本からの客だということで、明子たちに挨拶をしたあと、にぎやかに食事をして、新郎と出かけて行った。パルリトラガジー（早く帰っておいでね）という声と、イエー（はい）という声がした。どこに出かけたの？

と明子が聞くと、

「この頃は、一日中遊んでも六千ウォン（六百円位）でコンピューターの揃っている所が流行ってね。ちょっとしたパソコンブームなのよ」

ビリヤードの跡にそういう商売をする店が出来て流行っているのだという。この島の若者は、日本の若者に比べて進んでいる、と明子は思った。日本でもパソコンは普及しているが、こんな田舎の町で一日中パソコンをいじるなど考えられなかった。明子は、日本にいる一世は、百年近く時が止まったままなのだろうか？　とふっと思った。明子の中に巣くう認識もそこから抜けでていないのだろうか？

と明子の頭の中をかすったものがあった。

翌日は新郎と両親と親戚一同が、新婦の家に迎えに行き、そこでもてなしを受けた。めでたい色と言われる朱と黄の取合わせのチマチョゴリに身を包んだ新婦は、若さに溢れた白い首筋を際立たせていた。家族同士が挨拶を交わしてから、新郎と新婦がそろって先祖の膳にひざまづき、結婚の報告をする儀式のあと、礼式場に移動した。礼式場での結婚式とは簡単な人前式であったが、ここまでお互いの家での儀式があれば、礼式場での結婚式は別段意味を持つものでもないように明子は思った。三十分で式は終わった。新郎新婦は友人たちと海辺の方に行って、魚料理などをごちそうした後、家に戻ってきた。先祖の膳に挨拶をしたあと、新婦を中心にしてまた食べる。そして二人は、夕方新婚旅行に出発した。旅立つといっても済州島なので近い。

明子は結婚式が終わってほっとしている高原さんに、済州島に来る前から考えていたことを話した。

「高原さん……わたしを両親の生まれた村に連れていってくれない？」

高原さんは、緊張した時の癖なのか、金歯を隠すように口をつぐみ、

「なんで？」

と言った。

「せっかく来たし、両親の生まれた所を見てみたいから……」

「アイゴーチャッカダ（賢い）。おとさんが継ぐはずだった本家はねえ、蜜柑畑が成功してぇ、一年の内、三百日を遊んでいるよ……。クレ、明日行ってみようか」

と言った。祖父母は一人っ子の父に因習にまみれた済州島の本家を継ぐことを拒否し、親戚に譲ったのだった。当時は何の産業もなかったが温暖な季候に蜜柑がよく育ち、本家は裕福になっていると聞いたが、父はそれまでの親戚の苦労を思い財を要求せずにいた。蜜柑畑の世話は年に数回農薬を撒くだけでいいらしい。むろん収穫時はかなり忙しいが、その時は蜜柑の値をみながら一気に収穫するので、人を雇って数日間で終えるのだそうだ。一度など世界一周旅行の途中だといって日本に寄り、明子の両親が本家の夫婦を店に連れてきた。陽に焼けた百姓という姿からは世界一周旅行をする大金持ちには見えなかったが、明子のイメージとは反して無為の時間を楽しめるゆったりしたものがあるのかも知れない。

翌日、よもぎなどの薬草を燻して入る風呂が足によく効くといったので、明子の母をその風呂屋に届けてから、明子と高原さんはバスに乗った。海岸べりを走るバスの中か

ら明子は外を見ていた。松林の続く畑の所々に残っている低い藁葺《わらぶ》きの屋根と、それを補強している綱、火山石を積みあげた家の囲いや墓の囲いを見ていた。海辺では、海女がヒューッといった音を立てて一瞬頭を見せたが、すぐにもんどり打って潜って見えなくなった。海女は明子が聞いた風に裸ではなく、黒い潜水服を着ている。海は灰色とコバルトブルーと、所々薄い草色という風に複雑な顔を見せていたが、その海中に険しく喰いこんだ玄武岩があった。その真っ黒な玄武岩の岩間で燃える焚き火。海女が濡れた体を暖めるのだろう、その焚き火のチロチロとした様は、海に飛沫《しぶき》のように浮く海女たちのひさごと重なって、いつしか明子の眼を観光客のそれにしていた。男だか女だか分からない頬かむりをした人影が海辺で屈んでいるのは、海草を採っているのだろうか。

この海岸べりの村で父が生まれたのか？　父が、先に日本に渡った祖父母の名を呼んで泣いて登ったという岩は？　明子は岩というと頑丈な物を想像していたが、済州島に着いて火山岩を見ると、そう大きな物ではなく小さな物がごろごろとしているのでその話がより鮮明になった。その小さな岩に乗って東の海を見て、アボジー、オモニーと呼んだ姿が眼に浮かぶ。泣き止まぬ父を見兼ねた曾祖父が、豚の毛を揃えて筆を作り、わずか二歳の父に絵と文字を教えたという場所。また、何本もの枝を地に這わせるようにくねった榎の古木に登って、コウンパッ（白い御飯のこと、美しい飯といった）と甘鯛の汁を食べさせてくれたら学校に行くと、だだをこねた祖父がいた場所。祖母や母たちは、学校に行きたくても行かせてもらなかったというのに。どのオルムの側の村で祖母たち姉妹が生まれたのか？　祖母たち三姉妹は人目をひく美しさだったというが、それゆえに笑うと媚《こび》をうると言われ、歩くと尻を振ると言われたという。その祖母に声や姿がよく似たといって明子は両親から執拗なまでの躾を受けた。躾といえば聞こえはいいが、それは祖母たち姉妹のうち、祖母の姉と妹が年老いた地主の慰みものになって子を産みおとし、その子たちが不義の子として苛められ、行方不明になったことで、同じ人生を送るかもしれないという恐怖からきたもので、凄まじいものだった。

明子は、済州島に来て、自分の心の中で描いていた故郷へのイメージが少しずつ崩れていっているのを感じていた。

男は畑に種を撒くように子を作り、女はその子を産んだことが罪なことのように子を育て……どこまでも女が人間扱いをしてもらえなかった地域、と思っていたのに、高原さんのこの明るさはなんだろう？

「高原さん。なんで済州人は白蛇を祭る村を差別するの？」

　口に出して聞くことさえ忌み嫌っていたのに、明子はぶつかってやろうと思っていた。わたしと結婚した相手が早死にするかどうかなど、どうして知ることができるのか？

　なぜわたしが、遠い済州島の言い伝えのために、卑屈にならなくてはいけないか？　わたしは望まれて行くのではないのか？　と持って行き場のない怒りを抱えていたが、うやむやのままだったのだ。それまでに女で生まれたということだけで、押しつけられる不平等をかこち、父に殴られながらも抵抗したことと繋がるからであった。村の中には女だけで住んでいる訳ではない。男も居るはずなのに、人々の恐怖の対象は、常に弱い立場の女のせいにしてまうからであった。

「アイッ、昔はねえ、チェジュではねえ、蛇は富の神様って言ったんだがね。こんな話があるよ。昔、水山面にみるみるうちに大金持ちになった家があってね。この家がどうして金持ちになったかというと……。初めはたいそうな貧乏暮らしでね。ある日その家のばぁさんが城山面に住む地主の家に行って粟を三斗借りてきたんだがね、大層重いので休み、休みして、やっと我が家に着いたのさ。さっそく粉に挽《ひ》こうとしたら、粟がぬれてて、そのままでは挽けないので、庭にゴザをひいて乾かすことにしたんだよ。ゴザの上に粟をひろげてみると、小さな耳のついた蛇が現れたんだって。ばぁさんは、これが富君（神）だと思い、『富君七星様であられましたら、わたしのチマ（スカート）に乗り移ってください』と言ってチマの裾を差しだしたら、蛇はチマの裾に乗り移ったのさ。ばぁさんは、チマを丸めて蛇を穀物庫にいれながら、『安らかに定座して下さいまし』と言ったって。それからというもの、この家は、みるみる富んでいき、反対に地主の家は次第に貧しくなったのだって。この蛇はまた、その年の豊作、不作を知っていたんだって。豊年になる年は、蛇が門外に出て戯れ、不作になる年は厠《かわや》近くにしか出なかったというんだよ……」

　高原さんは愉快そうに喋った。高原さんの金歯を見ながら、どうしてわたしは不平ばかりを持つのだろうかと、明子は思った。明子と同じ村の出の高原さんは単純な楽天性を持っている。明子はその性格が羨ましくなった。

「どうやら、ママは悩んでいるらしいね。神様に会っていくかね」

　高原さんが言った。途中でバスを降りてしばらく歩くと、榎の枝が地を這っていて、その枝がまるで樹海のようにくねる場所に来た。白、黄、赤、青といった布が枝に巻きつかれ風にはためいている。紙のカンサンギが蝋燭立てと水いれの上にあった。晴れた昼なのに、鬱蒼とした葉影に太陽は遮られ、光の粒子が風が起きる度にキラキラと光った。明子と高原さんは地面から三十センチ程のところにある切り株に腰をかけた。高原さんは、ポケットからライターと煙草を取りだして火をつけた。高原さんは火をつけるとき上着を広げて風を遮った。頬を凹ませて実に旨そうに吸ったあと、鼻の穴と口からポワーという風に白い煙を吐いた。

「チェジュではねえ、こうした神様がたくさんあるんだよ。皆苦しくなったらここに来て、空を仰いで、地の底をのぞくようにして思いっきり泣くとねぇ、なんだかすっきりしてね。ママもこの神様にお願いしてごらんよ」

と言った。

「人間は弱いからねぇ、迷信と分かっていても自分の心を覗くのが怖いんだよ。わたしは十八で結婚してぇ、チュイン（主人、夫のこと）がヘーバン（解放）された故郷に帰ると言ったからおかちゃんたちと運命が別れてねえ、こっちに来てみたら、チェジュ全体がトンリップ（独立）、トンリップと沸き立ってねえ。わたしは、日本とチェジュを行ったり来たりしたて、海苔や香木などで密貿易でもしようと思っていたんだがね。すぐにササムサコン（四・三事件）だろ？　アイゴ……。男は皆殺されるから山に逃げてぇ、あの時は男は猫も杓子もサンプデ（山部隊）ということで、チュインは帰順（降伏）したんだけれどぉ……アイゴ」

何かを思いだすように高原さんは、赤茶けた顔の皺の間に潜む眼が、一瞬鬼火のようにメラメラと燃えた。息を吐く息と声とが重なり、アイゴーがハイゴーになった。ハイゴーと溜め息をついた後、

「チュインは、木浦の刑務所に送られてねぇ、一度は出てきたんだけれど、すぐに死んだんだよ。わたしは二十歳で残されたのはふたりの子供だよ。ハイゴ……。でもねぇ、木浦に居たからわたしは救われたよ。この畑もあの畑も村人たちが殺されて投げ込まれたままだったんだからね」

そう言いながら高原さんは、右や左の畑を指差した。

「一時は世の中を恨んだがね。その後はチョソンチョンジェン（朝鮮戦争）だろ？　ハイゴー。あの逃げまどった時は明日の命の保証なんてなかったけどアギ（子ども）を残してくれてよかったと思ったよ。チョンマル（本当）。子どもをチェジュの義父母に預けて、ソウルでいろんな仕事、主にシンモ（食母）といって女中だけれど、ソウルでは済州島方言もバカにされてえ、二重三重の苦しみを味わったがね。子どもがいなかったら、こんなに頑張れたかな、と思う時があったよ。苦労したけれどね、子どもも孫も皆、字を覚えて元気にがんばってるからうれしいよ。こうしておかちゃんにも会えたし、ママにも会えたしね」

高原さんが言った。その時だった。雨がぱらついてきた。空は晴れていたが雨粒は高原さんの煙草の火を消した。そして明子の頬にもピシッとした雨粒があたった。雨は意外に強く冷たかった。明子と高原さんは慌てて雨よけになる場所を探したが、太い枯れかけの幹から伸びる枝以外に雨をよける場所はなかった。そうしている内に雨は本降りになって明子と高原さんの頭の上から頬を伝わり、シャワーを浴びるように水滴が流れた。服がぴたーっと肌にまとわりついた。いきなり周りが暗くなり、遠くで雷鳴が響いた。明子は覚悟を決めた。道路の向こうにも畑と樹木があるのみで雨よけになる所は無い。つい先ほどまでからは想像もできない降りかたで雨は落ちてきた。榎の古木の間に咲いていたさざんかが叩きつけられるように花を落とした。その赤い花びらが地を這って流れた。その上に桜の花が強い風に巻き付かれ帯のようになって散った。明子は寒くなってぶるぶると震えていたが、幹線道路まで出ても霧が出て視界は悪く、バスはなかなか来なかった。雨は榎の枝をうならせ、桜の木々を巻きつくようにして花びらを落とし、さざんかの花を叩きつけていた。

やがて小降りになった。次第に空は晴れあがった。わずか数十分も経っていないと思われるのに、この異様な光景は明子のもやもやを一掃させる効果があった。眼の前にあるさざんかと桜の死骸……。冬の花と春の桜が同時に咲いていることにも驚いていたが、明子はあまりにもあっけない花の死骸の前でぼんやりとしていた。

バスが来た。さっきまで砂塵の舞うアスファルトを走っていたバスは、突然の雨に洗われて光っていた。バスに乗った高原さんは、車内の人たちとチェジュマルで盛んに話し笑っている。明子はところどころしか理解できなかったが、陽に焼けた土地の人たちはかわいそうにとか、風呂でも入ってきたのかねとか言って、笑っているようだった。明子は島の人にタオルを借りて、しずくの垂れている髪を拭きながらバスの外を見た。バスの外では、風に巻かれた桜の花弁が細く地を這い、風の向きに沿って蠢《うごめ》いていた。それはまるで蛇のようだった。ゆっくり車内に眼を向けると、いきなり大口をあけた大勢の人たちが笑って明子に覆いかぶさるように迫ってきた。その顔は、明子を無視した人の顔であったり、ムーダンの顔であったり、父母の顔に見えた。明子が高原さんの顔をのぞくように見たら、少女の頃の高原さんが居た。やんちゃな高原さんが居て、めそめそと泣く母がいた。過去と現在の混沌とした群衆は、明子を見て指差しながら笑っている。わっはっはっ、わっはっはっ。わっはっはっ……。そんな中で明子は自分の声を聞いた気がした。故郷といっても故郷はわたしを呼んではいないではないか。叩き落とされたさざんかも桜も来年になるとまた新芽をふきだす。妄想とは言えないが、因習に縛られた自分が、いつまでもそれに縛られているのが見えて笑いたくなった。明子は、自分が生きてきた時の流れにふっと白けてしまったのである。明子はまるで自分は、遠くに見えた海の入江に打ちあげられた子舟のさらされた木目のようだと思った。風雨にさらされて禿げた木目、ささくれだった目地。堅い木目だけが残っている……。かたくなな明子の心がくすんでいく。しかし、と明子は思った。根づくことのない異国に住み、明子たちを生んで育てた両親から語られたことで沁みついた故郷。決して両親と同じ思いを抱くことはできないが、風の匂い、石垣の家、麦畑、香ばしい豆畑の青い匂い、菜の花の群生、海草の磯の匂いなどが今、明子に迫ってくる。

明子と高原さんはバスを降りて海岸べりの村に向かって歩いていった。雨はすでに上がっていて夕焼けがひけた入江を黄金色に焦がしている。ざわざわと風が渡って、風は刃のように明子の頬を叩いた。

（二〇〇一年「白鴉」）

翔べないガチョウ

春の暮れがたの、ほの暗い六畳間で、ヨンホは膝をかかえて座っていた。部屋にはもうひとり、男がいた。男は、積み重ねた布団に背をもたれさせて、天井を見ながらタバコを吸っていたが、部屋の真ん中に寄り、食台を前に背を丸めて座った。乾草みたいな顎ひげと欠けた犬歯の空洞を見せながら、かたくち鰯を齧《かじ》ると左頬にある疣が動いた。安物の焼酎を呑んで手の平にある百円玉をじっと見つめている。ひどく冷たい水の中にでもつけられたような呼吸をして、もつれる舌でなにやら意味不明のことを呟いた。男から、靴下をぬいだ時にたちのぼる。指の間の垢に似た匂いがする。やぶにらみで、皺だらけの男の頬を、油のような涙が流れていった。

階下ではキムチを売る女の声も聞こえなくなって、外は闇に包まれていくところだった。この界隈は、軒を並べて豆もやしやキムチ、唐芥子、豚肉など朝鮮の食材を扱う市場になっている。街灯が点いて、窓が橙色に染まったのをヨンホは見ていた。彼も手持ちの金が千円になっていたが、男のようには自棄になっていなかった。

男の手には、中国の延辺《えんぺん》に近い田舎から送られてきた手紙が握られている。手紙は三日にあげず送られてきていた。家のことは心配しないで、金をいっぱい儲けて來て、と繰り返し頼んだ妻からのものだった。郷では、男からの仕送りがないために、高利の利子が払えず、やむなく家や田畑を手放し、妻は二歳になる息子を実の父母に預けて、街へ住込みで働きに出るというものだった。男は、借金をしてまで日本へ渡ってきたものの、根っからずぼらな性格をしていた。郷にいる時でも、春になって縄をなう時や、苗代つくりや稲束を重ねる時にも働き者の妻にやらせて、麻雀に、酒にふけっていたのだった。それでも単純な田舎者の男は自尊心だけが強く、息子が生まれたことで一大決心をしてやってきたのだった。なぁに、俺も男だ。二年も日本に行ってくりゃ、村の誰よりも金を儲けて帰って、煉瓦作りの家を建てて、左うちわで暮らすんだぁ。アイゴッ、タンシン（あなた）！　そうですとも。留守はしっかり守りますから、と言って、日に焼けた笑顔を見せ、送りだしてくれた妻と子が離れていく。

通りで自転車のベルの音がした。犬が吠えた。犬同士が噛み合う声と、棒らしき物で地面を叩く音がした。エイッ！チャム！（ええい！　もう！）という声と同時に犬の悲鳴がしてから、また静寂が戻った。胡麻油と、肉を焼く匂いがただよってきていた。ヨンホは膝をかかえる手を組み直したが、胃が空っぽのせいか、腸が絞られ、ねじれた。男も同じらしく眉間に皺をよせてあぐらの足を揺すった。男は三十六歳だといった。

「郷でも、漢族には勝てないが、ここでもそうだよ……。一昨年に日本に渡ってきてキムチ工場に入って働きはじめたんだが……、アイゴ。漢族の中国人に、目付きが悪いだの、動きが遅いだの、終いには、何を企んでいるのやと、こづかれて階段から落ちて怪我をしたこともあったよ」

と言った。また、

「工場の中のことは誰にもわからないさ……。嫌になって飛び出し、日雇いの土方や道路の警備員などもしてみたがね。あぶれてばかりさ」

と言った。ヨンホは、日本に渡ってきた早々からこんなことを聞かされてうんざりしていた。二十日が過ぎ、言葉が通じないせいでアルバイトも見つからないでいたがこの男との出会いは一種独特な、特別なものであり、自分とは関係のないことだと思うようにしていた。しかしどういう訳か、ヨンホは男に同情してしまい、そうすると、自分もこのように見知らぬ土地で彷徨するはめに陥りそうな気がしはじめ、頭を左右に振った。男は日本語学校にも通わなくなって、友もいないので金を借りるあてもないらしい。この、留学を斡旋してくれた「アジアハウス」の安い家賃も払えなくなっていると言った。ヨンホが首をたれて、頭を左右に振ったことで、男はある種の感情を呼びおこしたのか、窓ぎわに行ってヨンホに背をむけて立った。そして、十年一日のごとく着込んでいるトレーニングウェアーの胸から一枚の写真を出して、うつむき、じっとしていた。樽のように重い、鈍いと思っていた男が、突然、振り返り、眼をカッと剥いたかと思うと、訳の分からないことを叫んで、食台を持ち上げて窓ガラスを割った。そして飛び降りてどこかへ走っていってしまった。窓ガラスの破片は赤ちゃけた畳に散らばり、街灯の灯を受けて光っていた。

そのことがあって、ヨンホの保証人になっていた日本語学校の女教師は、彼の窮状に耳を傾けてくれた。五十代の背の低い、白髪まじりの断髪、かわうそのような細面の女教師は、二言目には、こうしなければならないでしょ？

と言うのが口癖で、いつの間にか、ヨンホも、こうしなければならない、といった、まわりくどい言い方を身につけるようになっていた。

大阪の東部の外れに、昔は沼地であったところを埋め立て、南北を貫く幹線道路ができた。そこでは大型トラックの吐き出す排気ガスが常に低空をただよっていた。その道路の左右に、初め、スレート葺きの二階建工場が建ちはじめた。すると、逐次、工場との間に、民家らしき店舗つき住宅が挟まれるように建った。但し、民家といってもそこからは、家内工業のミシンの音が聞こえてきたり、プラスチックの加工場であったりした。また、そんな場所の隙間を縫うように、鶏の屠場があったりする。屠場では、升目のように仕切られた籠の中に鶏が逆さに吊されていた。順番に鶏の頸動脈を切る。頸部にとどめをさされた鶏は、何秒かの痙攣を起こした後、あっけなく死に至る。しばらく血抜きされた鶏は、湯につけられてから脱毛機にかけられる。シュルシュルといった音をたてて、脱毛機が輪状に回転すると、その中に入れられた二十羽ほどの鶏が羽をむしられ、鳥肌が見えてくるようになっていた。そうして、それらの鶏は東部卸し市場や加工場へと運ばれるのだった。

ヨンホの入ったプラスチック工場は、そんな鶏工場の屠場と加工場が一緒になった所の隣にあった。そこでは、まだ旧式の小さな脱毛機で七羽ほどしか処理できず、扉が開く度に、パタパタッといった羽の擦りあう音や、キュッキュッといった音が聞こえてきた。下水に血が混じって流れ、生臭い匂いがした。

二十四時間操業のプラスチック工場だった。一階の天井が高く、工場の二階が寮になっていた。寮の天井はやけに低く、埃っぽかったが、南向きに窓があるので明るい感じがした。二階の三畳間に荷物を置いて一階に降りると、事務所で女教師が、膝にカバンを両手でしっかりと押さえて堅くなって座っていた。パスポートと外国人登録証のコピー、学生証などを出すと、社長という五十代の猪首の男は、ズボンのベルトからはみだした下腹を呼吸の度に揺らしながら、それらをクリップで留め、チラチラとヨンホを頭から靴の先まで見ていた。

「週四日、夜の八時から朝の八時まで、できるかね?」

思いのほか、高い声で社長は言った。お人好しらしい。女教師は眉をさげて、ホッとした表情を見せ、せっかく日本に来たのだから、がんばらなくてはならないでしょ?と言った。ハイ、カンシャシナケレバナラナイ……。とヨンホが呟くと真っ赤な唇をとがらせて、オッホッホッホ、いいのよ、がんばってね。とヨンホの肩をたたいた。背の低いヨンホが首をすくめると、女教師が首をかしげてヨンホを見て微笑んだ。ヨンホは、女教師の上唇の周りの皺を数えながら、前歯についている口紅の赤を見ていた。

工場には、熟練工はわずか五人しかいなかった。外国からの出稼ぎ者を常時十人ほど使っていた。工場には、ヨンホより一年早くきた朝鮮族の先輩がいて、彼は、毎日夜勤をこなし、大学の入学資金を貯めていると言った。なぁに、すぐ慣れるさ……。目いっぱい力を出すなよ……、日本人なんてチョロイもんさ。ハイ！　ハイ！　と、カンパリマス！　を言えばいいのさ、と横目でヨンホを見ながら言った。

ヨンホは、郷で日本語を少しは学んできていたものの、耳で聞く大阪弁は訳が判らなかった。「ちがう」を「ちゃう」という。「だから」が「しゃーから」になり、「わからない」が「わからへん」になって混乱した。意味がわからずに、きょとんとして、「チャウ、チャウ、ワッ、ワッカラヘーン、ハッハッハッ」と言って照れかくしに肩をすぼめると、細長い顔の工場主任は、それまでの優しい顔を一変させた。静脈の浮き出た顎をそらせ、こめかみに青筋をたてて、ふざけるな！　とどなった。それでも、機械相手だと話さないで済むのでヨンホは気が楽だった。蒸し風呂のような作業場で、夜の八時から朝の八時まで型押しされた製品を切ったり、バリ取りという作業をする。いくら水を飲んでも肌は乾燥し、痒みを伴った。間に三十分の休憩を挟んで、ベルトコンベアーから流れ出てくる部品を扱う腕は、朝になると、重い鉄をもっているみたいに痺れた。ラッシュ時の地下鉄を乗り換えて日本語学校に行くと、授業中は寝ていた。雨の日には、体が硬直したように身動きできず、学校を休んで沼に沈んでいくように眠った。ガンバラナクテハナラナイ……ガンバラナクテハ、といった声が耳の奥底で響く。

『わたしはねぇ、勉強が好きでよくできたんだよ。でもちょうど高校に入る頃に文化大革命になってね。その時は親戚にひとりでも犯罪者がいると、進学できなくってね。思想の弱い者も不穏分子という犯罪者になるんだよ……。チャンドラー、わたしの分まで勉強しておくれ。日本に行って世界を見てくるんだ。……それにぃ、ここで十年働いて得るお金が日本では、一、二年で稼げるというじゃないか！』

留学資金を前にして言った母の笑った目元の皺が蘇る。それは母は幼い時からヨンホのことをチャンドルと呼んだ。それは村の習性で、親戚の長老に、無事に育ちますように、という願いをこめて名づけてもらったものだった。ヨンホの従兄弟たちは皆、幼い頃、チャンドルと呼ばれた。時と場合によってその呼び方は変えられた。呼ぶときにはチャンドル！

側にいて説教などの時にはチャンドラー、いない時の呼び名チャンドリ……。

『人間はね、チャンドラー、よくお聞き。食べて、排泄して、それで終わったら駄目だよ』とも言った。彼は、半分は借金して揃えてくれたお金を前にして言った母の言葉が夢にまで出てきた。ハッと気がついてみると、顎から首にかけて、涎がつき、粘って筋をひいていた。頭の中では、パルチョンヘヤジ（発展しなくては）といった声が響く。しかし、腹をすかし、膝を抱え、窓に映る自分の顔を見て、俺は一体何をしているのか？　とヨンホは泣けてきた。血管の浮きでた額、小鼻の張った低い鼻、乱れた髪、三白眼、たるんだ眼の下のクマ、そんな、実際の二十一歳という年齢よりも老けた男が窓に映っている。これが、先進国日本に来た、輝かしい未来をもった中国の青年留学生か？

ヨンホは、自分の口の中に唾が上がってきて、ひどい味がするのを覚えていた。


一学期が終わろうとする七月のことだった。ヨンホは工場と学校との両立にも慣れて、もう少しで夏休みになるということで、どこか、解放感を覚えていた。少しばかり睡眠時間が増える。

「ヨンホ、今日俺のマンションに来て、一緒にビデオ見ようぜ」

日本語学校で知り合ったチョリンが声をかけた。ヨンホより半年早く日本に渡ってきていたチョリンは、郷で付き合っていたスンニョがすぐに追いかけてきたので、ワンルームマンションで同棲していた。マンションは同じ村の留学生か住んでいたところで、その人が帰国したので、芋づる式にチョリンたちが入り住んでいるが、名儀は何年も前に借りた人のものだった。

「ひとりで寮にいたんじゃ寂しいだろ？　韓国のビデオだぜ。スンニョは今日バイトでいないから、来なよ」

ヨンホは、ちょうど工場の仕事が休みの日だった。焼酎を抱えてチョリンのマンションに行くと、肩までのびた茶髪をゴムでとめたチョリンは、ニンニクを串に刺して焼いていた。眉が薄く、ヒラメのような細い一重瞼のチョリンが煙りに眼を細めると、まるで寝ているように見えた。折りたたみ式の小さな食台の上にはキムチとナムル、豚足などが皿に入れてあった。久しぶりの好物に唾が上がってきて、ヨンホは有頂天になった。ガチョウのように尻をふりふり、両ひじを胸のところで合わせて踊った。チョリンは、おまえ、バカか？　と言いながら唇をイーッと横一文字にして、串からニンニクを外して食った。ふたりは、あぐらを組んで、両手で豚足をちぎりながら頬ばり、焼酎を呑んだ。食べ終わるとチョリンがビデオにスイッチを入れた。韓国では中学生でも鞄に入れているというポルノビデオだった。男女が抱き合い、もつれ、身悶えているのが両面いっぱいに映っていた。呻き声がする。

「スンニョがこれに夢中になってさ……」

ヨンホは、チョリンの薄い唇が赤く染まったのを横目で見ながら、郷にいるミファのことを思いだしていた。ミファは、こんなビデオの女よりもっと張りのあるピンとした乳房をしている、と思っても、しばらくぶりの興奮で熱くなったものをもて余していた。

「ヨンホ！　おい、どっちが遠くまで飛ぶかやってみようぜ」

と言って、チョリンはズボンを脱いだ。ヨンホも酒の勢いに乗りズボンを脱いで、壁に向かってふたりでしごき始めた。ゲラゲラ笑いながら、チョリンが先に、ヨンホが後を追うように、壁に染みを作った。おい、情けないぜ、とチョリンが涙が出るほど笑いながら言った。おい、処女膜を破ろうと思えばなぁ、もっと勢いがなけりゃいかんぜ、と言う。ヨンホは、半ば強姦のようにしてミファを犯したことを思っていた。気の強いミファは、毅然としながらも、眉をあげ、怯えたようなまなざしでヨンホを見て、呆然とひとこと、怖い……と言った。ぽつんと白いシュミーズに赤い斑点がついていて、それを膝まづいて、体をよじり見ているミファがいた。そのことがあってからミファは会ってくれなかった。おい、ヨンホ、難しいこと考えるな、男と女は獣同士になって抱き合えばいいんだよ。な、隣のクラスのあの、瀋陽から来ている髪の長い女、ヨンホに似合うぜ。なにぃ、俺なんか田舎もん扱いされるさ……。おい、ヨンホ……がんばれよ、ヨンホ……。いつの間にかヨンホは酔いつぶれて眠ってしまった。

夏休みに入ってからヨンホは、もうひとつのアルバイトを探した。チョリンの話では、在日朝鮮人の密集する地域の食堂や居酒屋などに入ると、賄いで食べる飯が口に合うといったので、工場から自転車で十五分ほどのところでアルバイトを探した。焼き肉屋では断られたが、一軒、居酒屋で週末の二日、夜の六時から十二時まで働くことになった。居酒屋の経営者は、五十代の女で在日朝鮮人二世だといった。小太りで、いつも赤い口紅を塗っている。上唇に縦に深い窪みがある。ヨンホは、母に似ている、と思った。母はいつも、話そうとすると少しはにかむように照れる。子育てと百姓仕事のせいでふしくれだった指をしている。ママも長い間の水仕事のせいか、ごつごつとした指をしていた。ママは、客のいない時には、口を開けるのもおっくうそうなのに、客が入りだすと人が変わったように大きな声を出す。ママと、日本人だという背の高い、舌たらずで、早口で喋る店長は、規律に厳しく、仕事中の飲酒は禁じていた。酒が入ると体が弛緩して、仕事が雑になるからだそうだ。

厨房の中で賄いを食べる時、ヨンホは、ボールに飯を入れてナムルなどを混ぜヤンニン（辛し味噌）で真っ赤に染まったものを食べていた。すると、そんな食べ方は犬みたいやで……と、店長に笑われた。犬肉はおいしいですというと、眼を剥いて、えええ！　かわいそうなことをする！　野蛮やなぁ、とびっくりしている。ヨンホは、チェッ、野蛮人扱いしやがって、と心の中で舌打ちしていた。父の誕生日や記念日などには、ご馳走としてポシンタン（補身湯・犬肉のスープ）がある習慣を知らないのだな、と思った。どうして犬だけを殊更に慈しむのか、日本の常識がわからない。そんな時ママは、人間に忠実な犬を食べる習慣は日本にはないねんで。それにぃ、ご飯は茶碗によそってから箸で食べるんやで。ボールのままで食べるのは犬や豚の餌みたいやろ？　と言い、でも、ヨンホがスプーンで御飯を寄せて食べるのを見るとお祖父さんを思いだすなぁ、と言った。また、彼が来る前の朝鮮族の留学生はとても優秀だったと、常に比較された。そして単純なことでも、頭を使って仕事しろ、と教えられた。先輩がどう優秀なのか？　と彼が聞くと、仕事の些細なことでも創意工夫したと言った。油が汚れないように、また、厨房の中のパセリがしおれない工夫であるとか……。そう、厨房の中は、夏場でなくともサウナに入ったように暑い。ママは、時々、サムゲタン（鶏とニンニク、朝鮮人参などを入れた薬膳）を作ってくれたりして、工場では味わえなかった家庭的な雰囲気の店で、ヨンホは力が出てきそうだった。ママは彼が失敗する度に、わたしたちは、同じ根を持った民族が国を亡くして離散してしまったために、こうして巡りあったんだから助け合わなくてはね……と言った。彼はとまどった。俺はそんなにきれいな気持ちで働いていたか？　と。駅でチラシを撒けと言われて駅に立ったが、チラシを手渡ししようとすれば、臭いなぁ！　と言われて腹が立ち、ばからしくなってチラシをごみ箱に捨てた。時間潰しに本屋で写真集を立ち読みしていたら店長に見つかった。また、五本もの大根をおろしている時（営業用のおろし器は目が詰まっていて、油断すると爪まですりおろしてしまう）、誰も見ていない隙に半分をごみ箱に捨てたらすぐ見つかった。立っていてもいつの間にかいねむりしていることもあった。早く帰りたくて、時計の針を十五分早めて、つじつまが合わず混乱したことがあった。そんな、いろんなことが起こった時、ママは、中国では、正直という言葉はないのか？　仕事はサボルのが当たり前か？　と言った。そして、この土地の人間ならとうに馘だが、わたしたちは、同じ根を持った民族だから……と同じことを繰り返して言った。その時のママの眼は、黒眼ばかりになる。

「左手の親指と人差し指で肉を持ってぇ、串をその間から出すようにするんやでぇ」

店に古くから勤めている在日朝鮮人のおばさんの言う通り、鶏の腿肉を竹串に刺していく。ヨンホは日本語の微妙なニュアンスが聞き取れないので、最初は厨房の中の仕事が主だった。ひまな時間帯には、焼き鳥や砂ずりの串刺しもする。気をつけていないと、ささくれだった竹串が指にささる。ヨンホには健康保険がないので、病院にかかるようなことは極力避けねばならない。竹串が指に刺さり、そこが化膿でもしたら大変だ。嫌々串を刺していくから、串にきちんと実が入らない。それでなくとも、ぬるぬるとした鶏の肉を売り物になるように、見栄えのある物にするには慣れた技がいる。彼がすると、串からずるずると実が落ちてくる。実を寄せて服を縫う要領でするんやでぇ、とおばさんが言う。フク、オヌウ？　誰かが運針の要領だと言った。ウンシン？　ウン？　と唇を尖らせると、まじめにやれ！　とどなられた。おばさんは、彼のような留学生に厳しい。あれもこれも腹立たしいとばかりに、理屈に合わないことまでどなられる。

「何をでたらめしてるねん。うちらは、小学生の時から家計を助けるために働いたんだ。出稼ぎのくせに、ぜいたくいうてでたらめするんじゃない！」

だらだらと串を刺していると怒られた。彼がふくれていると、ママはとりなすように、

「これは商品だよ。どんな商売でも、ちゃんとした物を提供して初めてお金をもらえるだろう？　まずい物を食べさせられたら、お客さんは二度とこの店には来ないよ。するとどうなると思う？　店が暇になるだろ？　店が暇になると、一番先に馘になるのは？　ヨンホ、あんただよ」と言った。

おばさんは、鼻の穴を膨らませて白眼を動かした。なんでも昔、一九五〇年頃、わずか八歳の頃に、父親が病気になって、入院させるには当時のお金で三万円かかると聞き、風船工場で働きながら中学校まで出たという。おばさんの下に妹や弟が五人もいて、母親が働くこともできなかったらしい。熱したゴムが棒についているのを、白い粉の上に剥がしながら落としていく作業だが、台の上に乗った子どもが、ひりひりと熱く、ゴムが焼けて発する、胃液がせり上がってくるような臭い職場で働いているのをヨンホが想像するのは難しい。中国でも、長白山では、親に棄てられ

た子か、北朝鮮から逃げてきたかは定かではないが、靴下もはかず、見るからに痩せて栄養不良の、十歳位の女の子が、トイレでモップを持って一日中立っている。トイレを掃除する訳でもなく、そうして、観光客からのチップを目当てにしているのだ。チップの代わりにと、お菓子をもらったりすると、母親なのか、見張りなのか判らない女に叱られて泣いている。長白山でなくともそういう子どもが溢れている、とヨンホは頭の隅で考えていた。

「お金をくれる……。お金さえあったら、お父ちゃんの病気が直る、と思ったら、勉強なんか頭に入らなかったよ。そのおかげでお父ちゃんの病気は直ったがね、勉強していないためにぃ、下働きばっかりの人生だよ。それをおまえたち、中国人が来るから余計に仕事がなくなるんだ。ぜいたく言うてでたらめするんじゃない」

延辺の市場で米や麦、黒米、蕨、ごま、唐芥子などを売っている母も、北朝鮮から逃げてきて路上で商う人や下働きをする人、風俗に入る人たちにこんな風に蔑むように言うのだろうか？　とヨンホは考えていた。

半年ほどたった、ある冬の夜、雨がふっていて店はひまだった。ヨンホはその頃からはずいぶん店にも慣れてきていたので、ホールの仕事もできるようになっていた。ひまでも客の方を見て、おかわりや注文がないか、気をつけていなければならなかった。嫌でも客の会話が耳に入る。それは忙しく動いていると脈略のないものとなるのだが、その日は違った。仲良く呑んでいた筈の二十代の女が、突然、大きな声を出した。

「だからぁ、あんたとは結婚しないって！」

女はかなりお酒を呑んでいた。男の方はじっとうなだれている。

「なんでか、分かるぅ？」

女は、酔った人特有の、眼を半白眼にして、唇からは、今にも涎が落ちそうだったが、意識ははっきりしているようだ。ひじをテーブルに当て、男を見上げるように睨みながら、

「わたしのぉ、仕事はぁ、やっとぉ、軌道にぃ、乗ってぇ……、生きがいなのよぉ、ね！」

音節を一つ一つ長くのばして、語尾をあげた低い声で言った。

「だけどぉ、結婚してぇ、子どもができてぇ、その子が病気にでもぉ、なったらぁ、わたしはぁ、仕事をぉ、止めることがぁ、できるのよね。だけど、あんたはぁ、仕事を止めないって！　だから、あんたとは、結婚しないの！」

ヨンホは女の剣幕にびっくりした。郷では、教養のない女でもこんなに男につっかからない。高校で同級だったミ

ファは、頭もよく、南京にある大学へ進学していた。ミファは新しい価値観を持っていて、ヨンホと会うといくつも考え方の違いで言い合うこともあるが、ここまで一方的にヨンホを非難するだろうか。勉強の嫌いだったヨンホは、高校を出てから北京で働いた。周りは、頭のいいミファとヨンホが付き合っていると、けげんな顔をしたが、両親が無く、祖父母に育てられたミファは、ヨンホと話すと気が楽になってうれしい、と言ってよく笑った。

　ミファとはあれから会っていない。外国だなぁ、がんばるんだぞ、と友人たちが集まって送り出してくれた時にも彼女は来なかった。しかし、電話をすると出る。どこかよそよそしく、胸が詰まっているような息づかいだけが伝わって、何を言ってもクレー（そう？）クロッチ（そうよ）としか言わない。ヨンホは、口でうまく言えないが、責任はとると言った。ミファは腹をたてたようだが、ほんのしばらく沈黙ののち、孵化しきれないつぶやきのように、チョアヨ（いいの）……と言った。思わずヨンホは自分の阿呆ぶりを知らされ、頬をひっぱたかれたような気持ちにさせられたのだったが、しかし、ミファの声を聞くとヨンホは、ミファの黒い腋毛の匂いを思いだしていた。ミファの腋に鼻を埋めた時、体腔のどこかからか発してくる花粉のようなものに彼は覆われ、なぜか怯えていた。怯えをふりきって、気を奮いたたせ、がむしゃらにミファを抱くと、びっくりしたのか、金縛りにあった彼女は、かろうじて髪をふり首を左右にふった。ヨンホはミファの首に顔を押しつけていた。白いシュミーズをたくしあげても、硬直したミファの体はなかなか開かず、ヨンホは汗だくになっていた。まだ堅い盛り上がりの小さい胸は、乳首の隆起がなく、白い山の延長上に肌色の小さな尖塔があった。その周りは糸のような血管が透けて見えろほどに白く、押さえるとすぐに紫色に皮下出血しそうだった。ヨンホは、それを荒々しく掴んでから顔を埋め、手を下の方へ滑らそうとした。しかし、ミファの全身に非常な力が入っていた。ヨンホは、こんな筈じゃなかったと、焦った。彼も初めての経験だった。友人などは早くから風俗店などで経験していたが、ヨンホはその気にならなかった。しかし、好奇心はあって、本を読みひとり想像していたのだった。下腹を辿ると到達するはずの羨道。そしてその先の室。なぜ、ヨンホの手はさ迷い、入り口へと辿りつかないのか？　ヨンホは疲れはてて力が抜けた。深く息を吐くミファがいて、うなだれたヨンホがいた。そうしている刹那、ミファは、緊張が解けた反動からかうとうとし始めた。脱力したミファがいた。ヨンホはそーっとミファの足を開いた。バスケットで鍛えたミファの足は、たくましくピアノ線のように鋼線が走っていたが、柔らかい弾力をもって湿った感触がした。足はすんなり開いた。するとヨンホの眼の前に、窓からさしこむ月の灯りを受けて、白い太腿の間に眼もくらむ、淡褐色の玄が見えた。おおっ！　あ、あの、ツンと澄まして気位の高いミ、ミファ……が、彼の眼の前にいて笑っているように見えた。赤い唇を曲げて、挑戦的にヨンホを見ていた。その時、塩けの混じった粘った匂いがヨンホの鼻孔いっぱいに広がり、脳髄に染みこんだ。ヨンホの瞼は混濁し、万華鏡のように色が明滅していった。ヨンホの中にあった、動物的な猛々しい支配欲が爆発した。

「ビール！　さっきから何遍も、ビールって言うてるのに！」

女はせき立てるようにどなった。ヨンホは我に返り、は、はい、すみません。と言ってビールを運んだ。

それからしばらくした、ある週末の日だった。予約の団体客などが入った忙しい日だった。予約客が帰り、後片付けしているところへ、続いて二、三人の客が五組、二階にあがった。それぞれ堀こたつ式に掘ってあるテーブルの下に素足を入れてリラックスして呑んでいた。客同士でものまねをしたり、なにやら深刻になって話しこんだりして、その内、ひとりが泣きだしたりしていた。聞かれるのを警戒してか、小声で喋る客、いろいろであったが、一組のグループがかなりワインを呑んでいた。疲れているのか、首を垂れて半分寝かかっている。そのグループだけがラストオーダーの時間になっても立つ気配がなかった。午前零時を回った。誰かが最終電車の時刻を言いだして、やっと立ちあがった。のろのろと階段を降りていく中で、女がひとり、腕を泳がせ、よろめくように左右に体をふりながら、二階のトイレに入った。かなり酔っている。ヨンホは、テーブルの上を片づけ、グラスを洗ってから、ガスの元栓や暖房器具の点検をした。今日はまた、十分ほどサービス残業になるなぁ、と思い、帰ってからレポートの続きをしなければ、と考えていた。ゴミを持って降りようとしたら、酸のきつい臭いが鼻をついた。トイレの方からする。なんだか嫌な予感がして、階下のママに声をかけた。もうすでに客はなく、レジを閉めて計算している店長と、帰り支度をしているママと、ゴミ出しをしている板前とがいた。

「ママー、ちょっと……」

「え？　なにーぃ？」

「ママー、店長でもいいから、ちょっと来て……」

「どうしたん？」

と言いながらママが上がってきた。言いながら鼻をピクピクとさせ眉をしかめている。

「何？　この臭い？」

「でしょう?」

ヨンホが、おそるおそる女性用トイレをのぞくと、扉の前あたりから点々と吐瀉物で汚れ、便器の内と外にも黄色い胃液の混じった粘着質の汚物が飛び散っていた。うえ……! 吐きそうになって逃げようとしたら、ママも鼻をつまみながら、ヨンホの腕を掴んだ。ママとヨンホは、舌打ちしながら、トイレットペーパーで拭きとっては流した。ペーパーを通してなま暖かい感触がすると、臭いが余計に上がってきて、ママとヨンホは、オエー、オエー、と何回もえづいた。口の中で唾が出てくると、それまでも汚物のように感じられて唾を吐いた。涙と洟がずり落ちた。拭きとった後のタイルは、マジックリンとトイレ用洗剤とを混ぜて洗い流した。翌日になっても臭いは消えなかったので、芳香剤を二本空けた。ヨンホは、日本は豊かで便利、しかも人が親切で優秀な国だと思っていたが、日本も中国も人はそう変わらないと思った。また、彼は、経営者というとえらく金持ちだと思っていたが、ママのようにこんなこともしなければならないと思ったら、日本という豊かそうに見える国の底をのぞいてしまったような気がしていた。

ヨンホは、日本に渡ってきてからというもの、この短い間に自分は、野菜畑から、のべつ追いまくられていたガチョウになった気がしていた。目の前に、豊かに実ったキャベツや大根、白菜などがあるが、食べることができず、監視の目をくぐってつつくと、長い棒を持って追いたてられる。それと似ていた。先進国日本へ行きさえすれば、なにもかも、魔法のように恵まれていくような錯覚があった。しかし、目の前には、わずかな金と、疲れきったボロぞうきんのような体、機械のように働くことだけを要求される職場だけがある。見当違いも甚だしい。

そんなある日、突然工場が閉鎖された。親会社が倒産したといって操業がストップされた。猪首の社長は行方不明になってしまい、前月の締切り以後の日当がふいになってしまった。紹介してくれた教師も、一層、唇の皺を深めて、途方にくれたような顔をした。ヨンホは、日本語学校の二年生になってから、大学の入学資金も貯めなくてはならず、また、かけもちのアルバイトを探した。留学生たちは、大概、アルバイトを二、三ヵ所、かけもちして大学の入学費用を貯める。その間にも郷へ仕送りするための貯金などもしているのだ。延辺のような地域では、二万円もあれば、六人家族が一か月十分に食べることができる。ところが二万円を銀行振り込みするのに、三千円以上もの手数料がかかってしまうので、貯めておいて一度に仕送りしようとする。しかし、貯めたつもりの金も、友人が増え、たまの休みの日などに、カラオケや羊串焼き屋などに行って使ってしまい、また慌ててアルバイトに励むくりかえしだった。ヨンホは、居酒屋の隣にコンビニエンスストアーができて、面接を受けてみたら採用された。週のうち四日、午前零時から、朝の八時まで働き始めた。居酒屋の隣なので、移動距離がすくなくて恵まれた方だった。チョリンとスンニョたちは、自転車で五分や十分の所を移動しながらアルバイトしていた。朝四時頃から、パン屋でパンを焼いたり、キムチ工場で塩漬けされた白菜や大根を洗う仕事についてから、日本語学校へ行く。パン工場でもキムチ工場でも、彼らは、重い小麦粉などの材料を運んだり、冷たい水仕事などをいいつけられる。それだけでくたくたになってしまう。学校から帰って仮眠し、夕方から居酒屋や焼き肉屋などで働いている。ヨンホは、工場の寮が閉鎖されたので、チョリンに紹介してもらった友人のマンションで共同生活をすることにした。工場でも夜勤の仕事だったので、コンビニエンスストアーの仕事は楽々とこなせると夕力をくくっていた。それが大きな誤算だった。ただ黙々と腕を動かしていればよかった職場と違って、次々と繁雑なことが待っていた。

コンビニエンスストアーでは、午前零時から午前二時頃までのピークを過ぎると、人の出入りもまばらになって、だらだらと時間が流れていく。交替で仮眠休憩もとれたが、椅子に座っていても、それは睡眠にはならなかった。肩に重石でも乗せられたみたいに体が重くなっていった。なにもかも放りだしてしまいたい、鬱屈した気分を通り過ぎると、幻聴や幻覚が起きた。それは一瞬のことでハッと我に返るのだが、目の前のレジーの下の簡易金庫のお金と、自分の身を削るような労働の報酬との差が、頭の中でぐるぐると回っていく。お金を盗むと犯罪になる？　そんなこと誰が決めた？　と独り言のように頭の隅でささやく声が聞こえた。そんな時、ふっと、ヨンホは父の姿を思い出していた。父はいつもだんご虫のように、背を丸めて田や畑にいた。しゃがんで畔草を刈っているかと思えば、砥石を出して田の水に浸し、鎌の刃を長靴の先に立てて……、そう、そんな時父はまるで別人のように、シュッ、シュッとリズミカルに研ぐ。砥石の水が白くなったら刃を逆さに持って、親指の上に乗せてから滑らないことを見ると、眉が開き得心したようにタバコ入れを取り出して、新聞紙でタバコの葉を器用に包み、唾で止めると先っぽに火を点けて吸った。鼻の穴から煙りを出しながら眼を細めて田を見渡していた。父は、母よりも小さく、なにをするにも鈍重だった。ふるまいは粗野で、頑丈な骨格をしているが不格好だった。放っておけば一ヵ月も風呂に入らず、ツンと鼻を塞ぐような悪臭がしても涼しい顔をしていた。小さな眼、赤い鼻、堅い毛、およそ、無感覚な父をヨンホは心の中で軽蔑していた。また、ヨンホは、父に何かを教えてもらったという記憶が無かったが、なぜか、今、ニコチン焼けした父の指が浮かび、父の全体像がぼんやりと現れてきた。田畑と一緒になっていた父が、今、韓国に行き、土方仕事をしている。それで稼いだ金がヨンホの留学資金にも当てられていた。寡黙な父だが、ある時、時間はゆっくりとしか動かないんだ、と言っていたことを思いだした。ヨンホは、そんなことはない、と抗っていたのだが。コンビニエンスストアーで働く内に、頭の中が幕を張ったようになって、正常な思考ができなくなっていくと、なぜか、父の姿が現れては消えた。これが、あの、皆が羨む輝かしい外国の留学生活か？これが希望か？　日本語が上手くなって、わずかな金を貯めて帰国したところで、自分にいったい何があるというのか？　今、この時間にも、郷で働いている友に俺はついて行けるというのか？　とヨンホは、澱のようなものを抱えていった。寝て起きて、動くためにむりやり食べて、また、寝て起きて、機械のように動く。その繰り返しだった。父は韓国で、何の疑問も抱かず、ただ、黙々と働いているのだろうか？　と思うのだが、コンビニエンスストアーの自動ドアが開く度に鳴るピンポーンという音に、訓練された彼の口は、いらっしゃいませぇ……と反応する。すでに飼われた犬になっていた。店長は、ヨンホの日本語がうまくなったと褒めてくれていた。

「はい、いらっしゃいませぇ、こんばんは」

「鶏のカラアゲおひとつに、アメリカンドックおひとつ、おでんのコンニャクおひとつに、すじ串おひとつでございますね。アメリカンドックは、ケチャップとマスタード、おつけいたしますか？　はい、四五一円でございます」と言いながら、袋に詰めていく。おでんは専用パックに入れる。汁を入れ、蓋をきっちり閉めないと、中の汁がこぼれてしまう。パチッという音の確認！　と言った店長の指示が、ヨンホの頭の中で巡り、彼の手を動かす。そんな些細な作業でも怠ると、苦情が出る。それらの作業は、統計を取って何分以内に、ということまで決められている。

「はい、五千円、お預かりいたします」

と言って、レジに差し込み、

「はい、まず、大きい方から、一、二、三、四、四千円、お返しいたします」

先に札のおつりを渡し、次に硬貨のおつりを渡す。またお越しくださいませぇ……を言って終りだ。その間にも、もたもたしていると、レジに並んだ人たちの、いらいらする様がヨンホに伝わってくる。レジを開け閉めしながら、コピー機の紙が切れただの、コピーちゃんとでけへんやんか、という苦情にも答えなければいけない。あっちからも、こっちからも催促がある。そんな時、ヨンホは、ガチョウのように、ガァー、ガァーと尻をふりふり、なんでそんなにせかせかと急ぐの？　と、客をおちょくってみたくなるのだった。弁当をレンジで温める間、切手をほしいという客に切手をミシン目通りに折って切ろうとすると、チーンと音がした。弁当を取り出してから渡し、切手をちぎろうとしたら、温めた弁当から出たしずくで指がぬれていて切手がひっついた。慌てるな、あせるな、と思っても、ひっぱると、切手は無残にちぎれた。ヨンホの眼が三角になって、呆けたように口をあけ、涎が落ちそうになった。それだけではなく、次から次へと配達される品の検品。肉まん、あんまん、カレーまん、ピザまん、おでんの補充。

鶏のカラアゲ、ポテトフライは、味つけされているのをフライヤーに入れるだけの作業だが、単純にそれだけをしていられるのではなかった。常に周りを注視していなくてはならなかった。ヨンホは、まじめに仕事をしようとすればするほど、心身の疲れがひどくなっていくことに気がついた。適当に返事をして、適当に合わせていこうとすればいいのだと、自身を納得させた。しかし、仕事はヨンホを絶えず追い回す。

深夜の三時頃になると辺りはシーンとして、今度は強盗に怯えなくてはならない。店長と交替で自動ドアの外に立ち、塵取りと箒を持って掃くまねをする。不審な車がないか、店内を窺っている外国人はいないか、などと上目遣いに辺りを見回す。制服を着ていなかったら、強盗と間違えられそうだ。緊張が走る一瞬だ。昨日も午前三時頃に生野警察署から警察官が来た。

「えー、こちら生野警察ですがぁ……管轄のコンビニエンスストアーにて、強盗事件が二件発生いたしました。いずれも外国人のグループ四人組の仕業とみられます。くれぐれも注意されたし」

と手配書を置いていった。ヨンホは手配書を見てびっくりした。日本に来てから最初に入った寮で一緒だった男が載っている。四角い顔と左頬の疣が特徴的だ。口の中に苦いものがあがってきた。鮮やかな記憶が蘇った。男は、いつか、ヨンホに『醤猪爪（ヅャンヅ、ヅァ）』という料理を作って食べさせてくれたことがあった。豚足を醤油で煮詰める料理だが、日本に来てから初めて食べる故郷の味だった。

嫁さんのようにはうまくできないや……と男は呟き、鍋を回しながら煮汁をかけていたが、男の眼から涙が鍋に落ちて、小さな渦を作っては消えた。ヨンホは、チェッ、貧乏くさい男と一緒になったもんだと思ったが、黙って男の話を聞きながら食べていた。酒が進むと、やたら妻の話をしたがって、眉が垂れていた。

た。自分にはもったいないほどの美人で、色が白く、いや、畑仕事で日に焼けているがね……。そりゃあ、あの時の白さといやぁ……、と言い出すと、苦しげに息をして涙ぐんだ。その妻が住込みで働くって……。子持の女がまともに貞操を守れるのか……アイゴ……。俺は、郷へ帰ることもできないや、と拳で畳を叩いて泣いていた。しかし、ひとしきり泣くと、いびきをかいて寝てしまった。

もし、金を出せ、と突然襲われたら、すぐさまレジ一の中の札束を渡して、あくまでも抵抗しないように、と指示を受けているものの、咄嗟にそんな正確な判断ができるのか、ヨンホには自信がなかった。レジの下に簡易金庫があることなどは、一度コンビニエンスストアーで働いたことのある人間なら誰でも知っている。そこには、両替金や一万円札などが束ねて置いてある。奥の休憩室にある金庫の鍵は店長しか持っていない。両替などの度に奥の金庫を開けるのは面倒でもあるし、いつも店長がいるとは限らないので、仮り置きの金庫が重宝するのだった。仮り置きといっても大金が入っている。だから、男が二、三人で入ってくると緊張が走る。彼らが帽子やマスクなどしていると、なおさらであった。それが女だとまた、別の心配をする。バラバラになって買い物をするとそうでもないのだが、ふたりくらいが、監視カメラを覆う形に立つと、警戒せねばならなかった。そうして、自動ドアを出た途端に走りだす場合は、万引きに間違いない。商品の補充、タバコの販売、写真の受け渡し、そして、床の掃除、など、品物の販売以外に繁雑な仕事がある上に、警備員のようなことまでしなければいけなかった。のんきな延辺での生活が嘘のようだった。

すっかり日が上がった初夏の早朝だった。ヨンホは、いつものようにコンビニエンスストアーでの仕事を終えて、店長にもらった期限切れのパンを右手にもって頬ばりながら、自転車で駅に向かっていた。細い、三メートルほどの道幅の三叉路に来た時、左を見、右を見て右折しようとしたら、突然、左の家のガレージから急発進してきた車にはね飛ばされた。

身軽なヨンホは、咄嗟に自転車から離れたので助かった。それでも前の家のモルタルの壁にぶっかり、しこたま、頭と肩を打って倒れた。頭には瘤ができ、右肩は鎖骨骨折してしまった。立とうとしても立てず、痛みをこらえながら、疲れと驚きとで朦朧としていく記憶の中でヨンホは、救急車のサイレンの音を聞いていた。

運ばれた救急病院は、脳外科が専門の病院だった。狭い部屋にベッドが六台も置かれていた。吐瀉物と消毒液、汚物や血の混じった生臭い匂いがしていた。しかし、その匂いも一日を過ぎると鼻に慣れていった。ベッドとベッドの間隔は、折り畳み椅子が一台やっと入るスペースしかなく、昼間からカーテンが引かれていた。夜になると、呻いたり、奇声を発したりする声がしてヨンホは眠れなかった。

二日目の朝、猿のように丸い敏捷な眼をした小柄な男が、ヨンホのところへ忍び足で寄ってきて、左手で口元を押さえながら囁いた。

「あんた、中国人でっか？　災難でしたな？　しかしな、日本は人の命を大切にしまんねやさかいに保険制度がありまんのやわ。こんなきもちの悪い病院でもな、入ってる間、金もうけや思うて入ってると、得しまんねんで……」

と言った。また、

「ほんでも、退院の見込みのある、ちゅうのんは、よろしおまんな。あの、向かいの病室の人な、交通事故で頭蓋骨陥没でしてな、手術してもらいなはったんやけどなぁ、意識ももどらずに、かわいそうでんな……」

猿男は少しも哀れんだ風もなく、声を落として、

「そんでもな……、六千万円、出まんねんで」

と唾をためた薄い唇を歪めてニヤリとした。ヨンホは、途方もない金額を聞かされたが、実感がなかった。人の命が六千万円、人民元に換えたら九万元。郷では立派な家を買っても余り、一生遊んで暮らせる額だ。しかし、使うべき人は逝ってしまって居ない、とヨンホは考えていた。猿男はそんなヨンホを観察し、他の病室へ行くと、ヨンホのことを噂するのだった。猿男は、ヨンホと廊下で出会うと、自分から立ち止まって、癇高い細い声で、しかし、用心ぶかくヨンホに寄ってきて、いつだっか？　と聞いてきた。何のことか分からずにいると、退院だんがな……。と言い、退院しても、通院しなはれや、いつまでも、痛い、痛いと言いなはれや、と、さも親切にしているとばかりに、ヨンホに知恵をつけた。ヨンホは、思わぬ休養にはなったが、働くことができないで気が焦った。しかし、休んだ間の休業保障金と、通院手当てと言うものが出、少ない額でも、慰謝料というのが出るらしいことがわかってほっとした。そんなある日、チョリンが病院に見舞いに来た。肩まであった茶髪をばっさりと叨って、頭の天辺にだけ髪を残し、刈り上げている。別人みたいやなぁ……とヨンホが笑うと照れたが元気がない。どうしたんや？　と聞いたら、

「アギガセンギョッソ（子どもができたんや）」

と言った。えっ！　と言ったまま、ヨンホは言葉が続かなかった。そ、それで？　とヨンホが聞くと、

「うん……。今、考えてるんやけど……。日本で、大学に進んでいてはとうてい、子どもなんか育てられないし……。進学せんと、ビザが出ないし……」

「郷へ帰ったら？」

「文なしで、どうして帰れるねん！　一旗あげて帰らんと……。それに、郷に帰ったところで、仕事があるか？」

「仕事さえ選ばなかったら……」

「もうできないよ」

チョリンは、タバコを吸いたいと言った。喫煙所まで行くと、チョリンはタバコに火を点けるのだが、せわしげに頬を凹ませ唇を尖らせて煙りを吐く。そういうことを何度も繰り返した。堕胎したら？　と、ヨンホが言うと、

「なんで堕胎するねん？　俺の子やで？　うれしいぞ」

と、ヨンホにとっては意外な答えが返ってきた。

「韓国に、スンニョのマーマが働いているから、ふたりで韓国に行って暮らそうと思ってるんや……。マーマに子どもを見てもらって、ふたりが働いたら食べていけるだろ？」

「でも……不法就労者になるんだろ」

「アイツ、顔に不法って書いてるか？　……きのうも入管に行ってきたけど……、李の奴、四百万円も貯めていたぞ」

「茨城のセンターか？」

「うん、そうや。俺らと一緒の頃に日本に来て、すぐ、学校にも通わず働いた奴や。不法就労の摘発で捕まったけど、またすぐ、来るって」

「でも、せっかく日本に来るのにたくさん金を使って、もったいないなぁ」

「うん、分かってる……。日本に来てみたら、つらいことも多かったけれど……日本は発展した国で、人も優しいし、便利だし……、後悔してないよ。出てきてよかったと思ってるよ……。なぁ、ヨンホ……、俺な、日本に来て自分が朝鮮人という当たり前のことがよく分かったんや」

と言った。

「そんなこと、前から分かってるだろ」

「いや、ヨンホもいつか気付く時がくるって」

「どういう意味や？」

「うん……、俺の叔父さんっていう人がいてな、その叔父さんていう人は父と年がずいぶん離れてて、植民地の頃に日本人学校に通ってたらしいんだ。中学生の時に解放されたんだが、日本軍に置き去りにされた一般の日本人が、たくさん、村の人間に殺されたのを知ってるだろ？」

「うん、聞いたことがある。日本軍にひどい目にあった復讐だろ？」

「その時、叔父さんと仲のよかった日本人の友人がいてな、その友人を匿《かくま》ったんだって」

「へえ……命がけやな」

「ともと、ひい祖父さんたちが生まれたところだろ？　俺、がんばって市民権をとるよ。駄目だったらそれから帰るよ」と言って、ヨンホの肩を叩いた。

ヨンホは、退院したものの、石膏に固められた右肩と腕を首から包帯で支え、無聊をかこち、タバコばかり吸っていた。日本に来てからというもの、犯罪者になった男や、チョリンのように世代を紡ぐといって逃げていく者、不法就労のまま金儲けに励む者……、いずれも自分とそう違わないということが、ヨンホの気を萎えさせた。俺は、いったいどうすればいいのか？　何も考えずに働いて、学校へ行けというのか？　日本で大学を出たところで、郷に戻っても職があるのかどうか分からない。方便の大学など……。これがつらいというなら、俺はいったい何を目的にすればいいのか？　とヨンホは訳も分からずいらついていた。ミファならどう言うだろう？　と思うと、むしょうに、ミファや両親、弟、友人に会いたくなった。慰謝料が五十万円出るらしいので、思いきって、一週間、郷へ帰ってこようと思った。

二

「そうや……。で、四十年ほどして、というのは、叔父たちはその村から出て住んでいたので、その人が三十年ほど経った頃に一度尋ねて来た時、村の長老に預けていた手紙を読んだのがそれから十年経っていたんだ。返事を書くとすぐにその人が叔父を尋ねてきたんだ。お礼を言いに。その時、親戚が集まって会ったんだが、その人は弁護士といって、ネクタイをせずに、亀のブローチのようなものを首につけて紐をぶらさげていたんだ、俺、幼かったから、日本っていう国はその亀と紐の強烈なイメージがあって、一度来てみたいと思っていたんだ……」

「チョリン、もう少しがんばって、一緒に郷へ帰ろうや。どっちみち不法になるんなら、少しでも慣れた日本がいいじゃないか」

「……そうやけどな、しかしな、郷で今、欲望むきだしに、皆が金、金、と走りまわって……確かに金でなんでも買える。金は力やと思う。でもな、今まで偉大な社会主義や、言うてたのがどんどん崩れていってさ。社会が変わっても俺たち朝鮮族はいつまでも漢族にはかなわないと思わないか？　俺はどこかで、異邦人という意識があったんやが、それが、日本に来てはっきりとわかったんや」

「そんなに難しく考えるなよ。郷には両親や親戚がいるじゃないか」

延辺駅に着いたのは早朝だった。細かい雨が音もなく斜めに落ちてきて、乳白色の靄がかかり、駅の喧騒をほんの少し和らげた。駅の出入り口に座りタバコをふかす男は、顎が張り酒に焼けたような皮膚をしていた。構内から、荷台にポーターを乗せた軽トラックが小さくクラクションを鳴らして出て行った。ポーターたちは、それぞれに日に焼けた赤黒い顔をしている。女たちも日焼けしていて、大きなトランクと荷包みをひきずっている。

今はまだ花売りも、ガムや飴を売る少女も出ていない時間だ。日本では危うくて乗れそうもない軽自動車が並んでいる。車体の汚れが雨のために斑になっている。タクシーだ。まれに、観光客だと二キロメートルでも十五元（二二五円）といってぼったくるようだが、土地の人間は、五元で五キロメートルくらいは運んでくれる。助手席に乗った男は、相乗りの客を探して大声を出していた。どこの駅の売店でも決まったように、飴と菓子、ペットボトルに入った飲料水、蕨とトラジ（桔梗の根）、北朝鮮産の朝鮮人参、金日成親子のバッジ、タバコ、熊の胆の薬などが売られている。背の高い、痩せて赤黒い皮膚をした男が、早朝にもかかわらず観光客目当てに、朝鮮人参ひとつ、胸の高さに持って歩いてきた。くたびれた黒っぽい背広の肩が左に落ちている。何かつぶやいているのだが、聞き取りにくい。男の手にある朝鮮人参は薄い黄色で、今、土から掘りあげたとでもいうように、髭の先に土がついている。

「あの髭の多い人参は偽物らしい……」

どこからか、旅慣れた人らしい声がした。ツアーで何回も中国に来ているのだろうか。男を撮ろうと、ビデオカメラを回そうとしていたが、人に押されてあきらめた様子だ。

一年半前と同じだ……。ヨンホは、左手で左の耳をひっぱりながら、大きく息を吸って深呼吸した。葉タバコの焦げ臭い匂いがただよっていた。やはりここが故郷だ。ヨンホは息を吐いた。ヨンホは、唇をほんの少しひろげ、癖のように上下の歯を合わせて下顎を出した。彼は空腹だった。

突然、女の金切り声がした。改札口で駅員と揉めている。眼がぎょろっとした浅黒い大柄な駅員が、女を無表情のまま見下ろしている。それでも、ぽっちゃりとした女は、たくましい腕をさらし、頑丈そうな手を腰に当てて、つばを飛ばし抵抗していた。乗越し運賃でやりあっているようだった。日本だったら、機械で処理するのでこんなにうるさくはない。やはり、日本は先進国だ……。ヨンホはそう思う自分にハッとした。ヨンホは思わず舌打ちして、構内の時計を見た。もうすぐ八時になろうとしている。ミファは来てくれるだろうか？　大阪を発つ日にミファに電話をして、今朝、延辺に着くことを伝えてあった。最初、交通事故にあったと言うと驚いていたが、軽症であるというとミファはホッとした声を出した。ミファは、夏休みで延辺の家に帰っていた。日本の大学院へ留学する同級生が多い中で、わたしは、大学を卒業したら、上海の日本企業で通訳の試験を受けるの、と言った。皆、外国へ出てしまってるから、延辺には、年寄りと子どもしか残っていないの。日本やアメリカに行ったまま帰ってこない人も多いし……と言った。また、ミファの先輩が、青島にあるアメリカ企業に通訳として入ったのだが、出世して中国とアメリカとを行ったり来たりしているという。ヨンホは、ミファが幼い頃に、ロシアに出稼ぎに出た両親が事故に会って、それ以来、祖父母と暮らしていたものの、貧しい孤児同様の境遇だったことを思いだしながら、努力家のミファならそんなことも夢ではないなあ……と思っていた。同時にミファとの距離がますますひろがっていく寂しさも味わっていた。ヨンホは、そんなことを思いながら、母に電話をしていないことに気がついて、駅の構内へ入り公衆電話を探した。改札口の横にそれはあった。

「マーマー、今、延辺に着いたよ……」

「アイッ、チャンドラ！　どうしたんだね。帰ってきたのかい?」

母はいつまでも、幼少の名、チャンドルと彼を呼ぶ。チャンドラー、チャンドル、チャンドリー。母の抑揚をつけた声がヨンホの耳の奥で響く。母には、帰郷ってくることを言えないでいた。ましてや交通事故にあったなどと連絡すれば、気をもんで大層な心配をかけるので黙っていた。

「イェー、すぐ行くから待ってて」

「アイゴー、苦労したんだろ？　痩せたかい?」

「なんでもないよ。元気だよ。お父さんは?」

「先月、また韓国に行かれたよ」

「あぁ、そうなの……。元気でいらっしゃった?」

「アイッ、元気でがんばっているよ。早くおいでよ」

父は、また韓国に働きに出た。ヨンホの留学資金にもそのお金が当てられている。お金もないのになんで帰ってきたんや、と言われると思ったが、ヨンホは、拍子抜けしたと同時に胸が熱くなった。

「アイッ、うれしいね。今日は店を休んで、チャンドリの好きなポシンタンを作ろうかいね」

母は、市場で米や麦、黒米、蕨、ごま、唐芥子などを売っている。鼻の頭に汗を滲ませて、小さな眼を三角にして笑っている母の姿が浮かぶ。市場は繁華街にあって、倉庫のように天井の高い売り場に、母が売っている物や、香辛料やキムチ、干した明太、キクラゲ、乾冷麺など食料品を売る店が集まっている。違う建物には、衣服やアクセサリー、日常雑貨という風に集められているが、通路といい、庇といい、少しばかりの隙間をねらって、キムチや果物、豆や葉っぱ、あひるの卵、狭い籠に入れられ身動きのとれなくなった鶏冠のついた鶏、松茸、鍋類といった、あらゆる物を売る露店がひしめいている。店舗を持たないそれらの人々は、階段に座ったり、路上に籠を置いて商うが、いつの間にかいなくなったり、転々と場所を変えたりしている。北朝鮮から逃げてきた人たちであることは一目瞭然だが、誰も斟酌《しんしゃく》しない。しかし、朝鮮族でも越境者でも、一等厳しい目付きの彼ら、彼女らは、前に立った客が足踏みでもしようものなら、シッ、シッといった風に手を振ってプイと横を向く。チャッスセヨ！　チャッスセヨ（召し上がれ）といった呼び声で客をひく飯屋。三元（四五円）も出せば、腹いっぱいの惣菜と飯にありつける。三元を払った労働者風の男は、直径十八センチほどの皿を一枚あてがわれ、バイキング式に湯気のたっている惣菜の中に首を突っ込み、見事に山のような惣菜を積む。主に野菜を炒めたものであるが、脂身の豚肉などもあって、キムチとそれらが重なりあうと、胃の中で重低音を奏でる。

表通りには、しゃれたレコード屋や、カラオケボックスなどが並び、クラクションを鳴らし疾送する車と自転車。信号など当てにせず、車の間を縫って渡る人々。秩序があってないような、混沌とした迷路のような社会。圧倒的な生きる力の原始と、未来への予感が混在している。

関西空港から大連経由で瀋陽市に着いたのは、昨日の昼だった。夏休みのために直行便が取れず、瀋陽から急行に乗ってきた。

汽車の窓から見渡す平野は、コーリャン畑とじゃがいも畑が続いていた。小ぶりな牛が草を食んでいる。そこだけが鮮やかに、単色の黄や赤、白、紫といった色彩を見せてコスモスが揺れていた。アヒルや鴨が群れをなして動いた。アヒルを追いかけて、三歳くらいの子が両手を広げ、まるでペンギンのように、今にも転がりそうになって走っている。彼はしばらくその子を追って見ていた。かつての俺がいる……。ヨンホは塩漬けのアヒルの卵を茹でてよく食べた。しかし、彼はガチョウの卵が好きだった。五歳の頃に村の人からガチョウの卵を三つもらったことがあった。そのまま食べてしまうより、雛に孵《かえ》したら永久に食べられる、と思ったかどうか忘れてしまったが、雛に孵すために、藁を敷いた木箱に卵を入れて、雌鳥に抱かせたことがあった。しかし、卵が大きいせいか雌鳥はじっと座らなかった。仕方なく、ヨンホは自分の服の中に入れてみたが、それも飽きてしまい。藁とぼろきれに卵を包んで、台所の火の側に置いた。そうしてやっと一羽を雛に孵したことがあった。ところが、孵した雛は弱々しく、いつも泥炭の灰の中で眠るばかりで、四か月を過ぎても片脚で立てなかった。ようやく立てるようになっても、甘えんぼうで、人なつっこく、彼について歩いた。

川の側で砧を打つ女が見えた。二、三人で足を八の字に広げて、シーツ様の色とりどりの生地を叩いている。ヨンホの耳に、そのリズミカルな音が聞こえるようだった。トントン、パタン、トン、トン、トトン、トントン。母もよく川石の上で砧を打っていた。その側で彼は、孵したばかりの泳げないアヒルの首を持って、川の水に漬け、

オリ、オリ、トントン（よちよち、アヒル）
ノランオリ、トントン（黄色いアヒル、よちよち）
オンナマルアンヅッコ、モルリカッタガ（母の言うことを聞かないで遠くに行ったから）
アイ、チャム！　クルセ、キルイロッソ（あーあー、だから、道に迷っただろ）

と、覚えたての歌を謡いながら、泡をふいて眼を剥いた瀕死のアヒルを掬いあげたりして、叱られたことがある。

白樺、柳、ポプラ、石炭の山、トウモロコシを干し、オンドルの燃料に蓄えてあるのが見える。煉瓦造りの平屋と煙突、足の短い馬が放たれている……。

平和だ。しかし、村では、夏の終りだというのに、柳の老木の下にはぬかるみが見られ、軒の下で男たちは、所在なげに座りこんでタバコをふかしていた。また、村毎に、中国チャンギ（将棋）の卓を囲む情景があった。何も変わっていない。中国チャンギで勝つと、村一番の頭の良い人として崇められる。日が落ちるまでのひととき、車内からそれらを無表情のまま見ていたヨンホが、人前で不覚にも涙したのは、煙突から出ている細く白い煙と、集落の家の窓に暖色の灯りが点いた時だった。あの灯りの下で、家族が暖かい夕餉を囲んでいる……。鍋を真ん中に、間引きした白菜や大根、蕨、じゃがいもなど、裏の畑のものや山のものを食べているのだと思うと、日本での侘しい食事や、この地でのなつかしい数々のことが思いだされてきたのだった。

どこの家でも、子どもには幼い頃から朝一番に仕事があった。春だと種まきの手伝いや、タンポポの新芽やセリを摘んでくる。今の季節だと、田や畑の草ひきをしてから学校へ行った。いつかの春は、父がインフルエンザに罹ってしまったので、じゃがいもの種芋をひとりで植えたこと

があった。中学生なのに、あんなに上手に植えつけるとは、と父に褒められた。秋になると、ヨンホと弟は、学校の休みの日に、クイツァー（リヤカー）に山ほど、白菜や大根を刈り取って積んでくる。それを母がキムチに漬けて、ウム（地下貯蔵庫）に置く。去年は、高校生の弟がひとりでクイツァーを押してきたのだろうか。一体、何が彼を日本へとかきたてたというのだろうか？　母はいっも口癖のように、

「百年も前から日本の植民地になる気配があったんだよ、人々は皆飢えて……。北朝鮮の人間が主にこの東北地方に移住したんだ。ここには、動物と薬草以外には何もなかったんだよ。広い豊穣な土地があると、時の朝廷にだまされたといっても、生きていける場所もなく……。朝鮮族が米の作り方の技術をもってきたんだよ。しかしぃ……。アイゴーッ、靴もなく、いつも腹をすかしていたよ、おまえのひい祖父さんたちは……」と言っていたが。

そこまで思いだして、ヨンホはタバコに火を点けた。煙りを吐きだして駅の外を見ていると、ポーターがじゃまだというように彼を押した。庇の方に寄ると、タバコを持って座っていた老人がじろっと彼を見た。爪が焦げそうになるまで、タバコを惜しみ惜しみ吸っている。年老いた鶏のような皺だらけの首が、はだけたシャツの間から見えた。目やにをいっぱい溜めて、縦皺のよった口元から、いまにも乾いた息をふきかけられそうだった。叔父に似ている、とヨンホは思った。そういえば、留学の繁雑な手続きを終え、パスポートが出来て、出発まで後三日という日に、遠くの大連からも親戚の叔父、叔母、従兄弟たちがやってきて泊まっていった。口々に、がんばりぃやぁ、外国だなぁ、と言って、朝鮮族の習慣でもあるようにお金をくれた。お年玉より大金のそれを集めると、六千元にもなった。公務員の一ヵ月の給料より多い。ヨンホは浮き浮きしていたが、内心は日本のことを思うと、不安と嫌悪、期待と欲望、あこがれの狭間で揺れていた。

親戚の接待に追われていた母は、朝から晩までこまねずみのように走り回っていたが、ふっと、誇らしげに言うことがあった。母は何かを言おうとする時は、必ずはにかんだように微笑んで首をかしげて喋りだす。

「……どんな土地でも人間は生きれらるものだということは、わたしたちのひい祖父さんたちが証明してくれたがねぇ、でも、いまのままで満足しては発展がないよ。墳墓の地には未来がないが、海の向こうには希望があるじゃない？　ね！　貧しい者はいつまでも苦労するんだから、寂しいなんて言ってられないよ」

エプロンで濡れた手をふきながら言ったものの、こんな

判りきったことを言ってもなんにもならないね、と言って照れていた。大きく息を吸ったので、エプロンの胸元が盛りあがった。そして、さっき言ったこととは裏腹に、

「チャンドリを産んだ時には、わたしは死ぬかと思ったよ。初産で逆子だしね。無事産まれた時には、とりあげてくれた婆さんもわたしも、くたくたで声もでなかったよ……。チャンドリの首に臍の緒が二重に巻かれていてね、産声も弱々しいし、無事に育つかと思ったがね……。それが育ててみるとやんちゃで、ハラハラし通しだったよ。本当に」

と言った。その時、ヨンホは、母の口癖を思いだしていた。『わたしの巣のかわいい雛』と謡うように言ったものだった。

出発の朝、目の周りが腫れていた母は、きつくヨンホの手を握り、

「家の仕事はトンセン（弟）にしてもらうから安心して……。お父さんも韓国でがんばっていらっしゃるから、チャンドリもがんばりぃや、体に気ぃつけてな……」と言った。

三か月ぶりに散髪して、髭そりあとの青いヨンホは、慣れない背広に身を包み、顔は紅潮していた。それは、興奮のためだけではなく、その時ヨンホは、ふっと自分にはもう役割がなくなったのだということに気がついていた。いや、何十年もの話ではない。たかが五、六年のことではないか、と思うのだが、高揚する気持ちと反対に、家を離れて放浪者になるのでは、という不安が頭をもたげた。自分はどこへ行こうとしているのか。本当に自分の意思なのか？　周りが皆、金、金、と言って狂気のように走り回っている渦の奔流に俺も流されていくのか？　従兄弟の兄は、この土地でも成功していて、車も携帯電話も持っているではないか。ヨンホは、いつもの役割を解かれてみると、あれほど都会に憧れて、この田舎の、貧乏で何もかも原始的で、薄汚く見えていた生活が、これ以上のない、豊かで居心地のいいものに思えてきた。身勝手で、薄情で、残酷で、怠け者で乱暴な自分が、ほとほと恥ずかしくなっていた。

彼は、物事を深く考える質ではなかったが、父や母、そして先祖の人生が目の前に浮かんでは消えた。寒さと飢えと闘った先祖。きつい仕事、病気、飢えと不安、戦禍に追われ、文化大革命に翻弄され、ふたたびのきつい仕事の中で、守られてきた自分という存在。それはまるで、自分が育てたガチョウと同じだった。餌をやるときにも体を上げないで、嘴だけ延ばして啄んだあの、横着なガチョウのように、甘えて育った自分のことを思うとヨンホは身震いがした。目の前が霞んできたが、それをふりはらうように、

「マーマー、僕はしっかり日本でがんばってくるから、

体に気をつけて待っていてください」と言った。

家の外に出ると、野菜畑の側でガチョウたちが、麦をつついていたが、一羽の雄のガチョウが首を高くかざして、ヨンホを見ていた。今にも尻をふり、ガァーガァーと笑いそうだった。庭に放してあったアヒルの内、一羽がよちよちと歩いてきた。犬のようにヨンホになついているアヒルだった。ヨンホは、屈んでアヒルの首を持ってひっくり返し、腹の上を円を描くようになでてやった。大きくなりいやぁ、と言って腹をなで続けると、アヒルは目を閉じて眠った。カジャ（行こう）という従兄弟の兄の声で彼は立ちあがり、駅へと向かったのだった。


ヨンホ……！

と呼ぶ声がした。ミファが傘を縦にふって駆けてきた。眼を見開き、笑っている。元の明るいミファに戻っている。彼女ならこの地で成功していくだろう。少し痩せてきれいになっている。たくましいが、よくひきしまった腕は、まぶしいほど白く、溢れでそうな脂を潜めている……。ヨンホはミファを見ながら思ったが、遠くにある光景を見ている気がしていた。ミファは、彼の首から腕にある包帯に一瞬驚いて立ち止まる様子を見せた。水溜まりの泥をはねた。口をつぐんでいる。

ミファ！　とヨンホが左手をあげて呼んだ。ミファは走ってきて、ヨンホの前に立って首をかしげ、まぶしそうにヨンホを見た。ミファの眼は、雌豹のように輝き、一瞥で本質を見抜く若い女のそれであった。自信と不安に揺れ動きながらも、しっかりとした決意で立っているという感じがした。ヨンホは改めて、ミファについては何も知らなかったことに気付いた。甘えて育ったヨンホには考えも及ばない世界がミファを育てのだろうか？　今、ミファには、将来について、恐れもなければ、怯えもないように見える。ミファの唇の動きは、再会のよろこびを表しながらも、ヨンホとは異質のもののようだった。堅く閉じられている。これは、ミファの意思ということか？　と、ヨンホは唇のはしに小さく痙攣を覚えていたが、ミファに気付かれぬよう奥歯に力を入れた。ミファの黒い眼、細い鼻、反りぎみの唇、歯の間からもれる息、磁器のような肌ざわり、その温もりは、いつもなつかしく、ヨンホの孤独や苦しさを緩めてくれたものだ。が、しかし、ミファが眼の前にいるのに、ふたたびそれをつかみきれぬまま、その記憶が薄れていくのを、ヨンホは感じていた。


（二〇〇三年「白鴉」）

あとがき

「一冊の本には大きな世界があるという神通力があつた」と信じていた。

地元の小学校に通っていた私は、帰国事業が盛んになった一九六〇年の十歳の時から朝鮮学校に通うようになり、高校を卒業するまで朝鮮語と朝鮮の歴史、そして金日成主義思想を叩きこまれた。熱心に学んだつもりだったが、日本語も朝鮮語も中途半端なままである。しかし、私がそういう教育を受けたからといっても私は必ずしも赤ではない。

私が字を覚え、物語の世界に遊ぶことができたのは幸せなことだった。実母との相性が悪かった私は、つらく寂しい思いを抱えていた。名もない作家の継子いじめの漫画だったが、その世界で私は生き生きと生きることができた。それ以来私は、私の周りで見たことや、聞いたことなどを基にほとんど私の思い込みと勝手な想像で話を紡いできた。人々の沈黙を表現したつもりだったが、どうだろうか。

文学学校に入ってから同人誌「白鴉」に参加できたのはこの上ない幸せだった。達人ばかりの集まりになぜ私のように、基礎学力の備わっていない者を仲間にしてもらえたのかはふしぎなことだった。初稿は見事に朱に染まっていたが推敲を重ねるうちに小説らしくなっていったのはこの上ない喜びだった。

この短編集はほとんどが「白鴉」時代の作品である。同人だった仲間に感謝している。私の三文小説で人々の沈黙を表現できただろうか？　それだけが気がかりである。

著者紹介

金由汀（きむ ゆじょん）

1950年生まれ。小説家。

受賞作「むらさめ」（第28回部落解放文学賞入選　2002年）、「ぶどう」（第23回朝日新聞らいらっく文学賞入賞　2002年）。

著書『セーチャメ 三姉妹』（社会評論社、2023年）

金由汀 短編集

2023年8月31日初版第1刷発行

著／金由汀
発行者／松田健二
発行所／株式会社　社会評論社
〒113-0033　東京都文京区本郷2-3-10　お茶の水ビル
電話　03（3814）3861　FAX　03（3818）2808
印刷製本／倉敷印刷株式会社
感想・ご意見お寄せ下さい　book@shahyo.com